比较文学与世界文学 研究丛书

主编 曹顺庆

二编 第 **10** 册

中国文学与世界论集（中）

周 锡 山 著

花木兰文化事业有限公司

国家图书馆出版品预行编目资料

中国文学与世界论集（中）／周锡山 著 —— 初版 —— 新北市：
花木兰文化事业有限公司，2023〔民112〕
目 4+164 面；19×26 公分
（比较文学与世界文学研究丛书 二编 第 10 册）
ISBN 978-626-344-321-1（精装）
1.CST：中国文学 2.CST：西洋文学 3.CST：文学评论
4.CST：比较研究
810.8   111022114

ISBN-978-626-344-321-1

比较文学与世界文学研究丛书
二编 第十册   ISBN：978-626-344-321-1

中国文学与世界论集（中）

作   者 周锡山
主   编 曹顺庆
企   划 四川大学双一流学科暨比较文学研究基地
总 编 辑 杜洁祥
副总编辑 杨嘉乐
编辑主任 许郁翎
编   辑 张雅淋、潘玟静 美术编辑 陈逸婷
出   版 花木兰文化事业有限公司
发 行 人 高小娟
联络地址 台湾 235 新北市中和区中安街七二号十三楼
         电话：02-2923-1455 ／传真：02-2923-1452
网   址 http://www.huamulan.tw 信箱 service@huamulans.com
印   刷 普罗文化出版广告事业
初   版 2023 年 3 月
定   价 二编 28 册（精装）新台币 76,000 元   版权所有 请勿翻印

中国文学与世界论集(中)

周锡山 著

目次

上　册

前　言 …………………………………………………… 1

壹、总论 ……………………………………………… 5

中华创世神话的创新精神和救世情怀——兼与
　西方神话比较 …………………………………… 7

《老子》与中国传统文化对世界文明的贡献 ……… 17

《庄子》对中国文艺的巨大指导作用及其现代
　意义——兼叙西方名家论人生如梦 ………… 33

论中国美学在世界美学史上的地位和意义 ……… 49

论中国古典小说在世界文学史上的地位和意义 …… 65

论戏曲在中国和世界文学史、美学史上的地位 …… 81

论印度佛教文化对中国文学的全面渗透和巨大
　影响 ……………………………………………… 95

王国维对中西文化的精当认识及其重大现实意义 · 109

莫言获诺贝尔奖授奖词商榷——神秘现实主义
　和神秘浪漫主义，还是魔幻现实主义？ ……… 129

诺贝尔文学奖与比较文学——兼谈莫言诺奖授奖
　辞的 3 个理论错误 …………………………… 147

世界上最早的长篇小说 ……………………………… 157

本刊中方主编周锡山与德国汉学家顾彬
　（Wolfgang Kubin）对话纪要 ………………… 161

贰、首创性理论和研究方法 ……………………… 179

中国之石和西方之玉——中国文论评论和研究
　西方文艺名著方法论纲 ……………………… 181

意志悲剧说和意志喜剧说 ………………………… 191

神秘现实主义和神秘浪漫主义导论 ……………… 213

中　册

参、名家名作的比较研究 ………………………… 229

《诗经》和《荷马史诗》 …………………………… 231

武则天《如意娘》的首创性和《静静的顿河》的
　原创性 ………………………………………… 237

《水浒传》和《艾凡赫》 …………………………… 247

西方名著中的失误及其接受效应——从莎士比亚
　　的重大失误谈起 ……………………………………… 257
京剧《司卡班的诡计》述评 ………………………… 265
沪剧外国名著改编本简论 …………………………… 279
印度小说《断线风筝》的中法改编本述评
　　——兼论沪剧《断线风筝》的成就和特色 …… 291
香港出版王国维《人间词话》英译本 …………… 305
肆、汤显祖和莎士比亚比较研究 ………………………… 307
汤显祖和莎士比亚 …………………………………… 309
汤显祖与莎士比亚伟大艺术成就的总体比较和
　　评论 ……………………………………………… 319
汤显祖与莎士比亚，我们今天应该如何做比较?
　　——从网上传播的离奇错误观点谈起 ………… 337
汤显祖的中西比较、中外普及和研究瞻望三题
　　——答新华社记者袁慧晶问 …………………… 363
《牡丹亭》与《欧也妮·葛朗台》花园描写比较
　　研究 ……………………………………………… 367
《临川四梦》和西方名著的婚恋观比较与评论 … 377
英国利兹大学学生英国版《南柯记》观感 ……… 391

下　册
伍、中国文学的美国学生赛珍珠研究 …………… 393
论赛珍珠在中国现代文学史上的地位和意义 …… 395
上海与赛珍珠，赛珍珠与上海——赛珍珠与多元
　　文明对话：中美文化交流的一段重要历史和
　　一些重要事件 …………………………………… 413
论赛珍珠与中国文化 ………………………………… 429
再论赛珍珠与中国文化 ……………………………… 441
论赛珍珠创作和论说中的辩证思想 ……………… 453
电影《庭院里的女人》述评 ………………………… 463
赛珍珠对女仆王妈形象的记叙及其重大意义 …… 475
赛珍珠的中文姓名和中文姓名墓碑的意义
　　——答南京电视台编导问 ……………………… 483

中国杰出女儿赛珍珠在中国故乡的最新研究——
　　评裴伟、周小英、张正欣著《寻绎赛珍珠的
　　中国故乡》……………………………………………485

陆、神秘现实主义和西方、拉美气功特异功能
　　文学名著研究……………………………………493
　气功、特异功能与天才杰作和对文学的重大推动
　　作用……………………………………………………495
　文学作品是气功、特异功能的重要历史记录………503
　神秘现实主义文学简史…………………………………505
　〔苏联〕布尔加科夫《大师和马格丽特》：魔幻
　　现实主义的创始之作…………………………………515
　拉美魔幻小说：特异功能与“神奇现实”…………529
　〔阿根廷〕阿道夫·比奥伊·卡萨雷斯小说的
　　精彩内容………………………………………………531
　〔哥伦比亚〕加西亚·马尔克斯《百年孤独》的
　　神奇描写………………………………………………537

柒、英国名剧译文和评论……………………………543
　斯坦利·霍顿和他的《亲爱者离去》………………545
　〔英〕斯坦利·霍顿《亲爱者离去》（独幕喜剧）
　　………………………………………………………549
　　　附识　陈瘦竹教授的评论和杭州师范大学
　　　　　　上演《亲爱者离去》……………………565
　高尔斯华绥和他的《最前的和最后的》………………567
　〔英〕高尔斯华绥《最前的和最后的》………………571

后　记………………………………………………………595

参、名家名作的比较研究

《诗经》和《荷马史诗》[1]

　　《诗经》是中国和世界上最早的诗歌总集，凡 305 篇。这些诗歌产生于公元前十一世纪到公元前六世纪的五百年间，即在西周初年（公元前 1046 年）到春秋中期之间。司马迁《史记》指出："古者诗三千余篇，及至孔子去其重，取可施于礼义……三百五篇，孔子皆弦歌之。"可见这些诗歌是从大量诗歌中删选出来的。汉代学者虽认为是孔子删定，实际上《诗经》在公元前六世纪中叶即已编定成书。

　　《荷马史诗》由《伊利亚特》和《奥德赛》组成，相传是公元前九至八世纪由盲诗人荷马根据小亚细亚民间流传的口头歌曲修订综合编成，因得此名《荷马史诗》，在公元前六世纪才见诸文字，公元前三至二世纪最后编定。

　　世界文学史上与《诗经》和《荷马史诗》大致同时的文学杰作还有不晚于公元前五、四世纪的印度史诗《腊玛延那》和《玛哈帕腊达》（印度最古的诗集是比它们更早的《吠陀》）、大约于公元前五世纪形成的巴勒斯坦《旧约》（后与《新约》合并为《圣经》）。世界上最早的诗集——巴比伦的史诗《吉尔伽美什》在公元前三千年已具雏形。但就反映早期人类社会的全面深刻和艺术魅力及对后世文学无与伦比的巨大影响来说，《诗经》和《荷马史诗》无疑是高度成熟的作品，是世界文学史上最早的两个高峰。

　　《诗经》的成书年代早于《荷马史诗》，而且中国在商代即有文字，《诗经》中诗歌产生的年代文字已相当发达，远早于古希腊年代的文字。这是因为在公元前十二世纪以前希腊尚处于原始社会，中国的社会发展与发达远早于希腊。

---

1 原载智量主编《比较文学三百题》，上海文艺出版社 1990。

可见《诗经》是世界上最早的成熟的文学作品。但《诗经》与《荷马史诗》有一个很大的共同点，它们早期都以口头文学的形式流行，是许多代劳动人民的共同创造；它们都是歌唱作品，并经过传唱者的修改和完善。在成文、编定过程中，重视文化的当时官方和学者都起过重大作用。我国周代有官方"采诗"说，班固《汉书》："孟春之月，群居者将散，行人振木铎徇于路以采诗，献之太师，比其音律，以闻于天子。"何休《春秋公羊传》也说："男年六十、女年五十无子者，官衣食之，使之民间求诗。乡移于邑，邑移于国，国以闻于天子。"所以《诗经》是周王朝经过诸侯各国的协助，进行采集，然后命乐师整理、编纂而成的，后又经学者孔子的整理。《荷马史诗》在行吟诗人进入宫廷后，由雅典城邦的统治者组织人力加以删订，用文字纪录下来，至于最后的编定工作则由亚历山大里亚学者完成。劳动人民有无穷的智慧，他们是文学艺术的创造者，学者有渊博的学识，深厚的修养，善于自觉地继承和发展人类的文化，他们将处于自发、自然与粗糙状态的民间文学作品加工和提高为成熟的艺术精品；统治者手中握有政治、经济和推广乃至扼杀文化的大权，重视文化发展的统治者有意识地组织人力物力整理和总结、推广文化，也是文化能获高度发展的必要条件之一。以上三个必要条件的结合，是使文学艺术发展繁荣的一条规律。这个规律在今天也依然适用，而《诗经》和《荷马史诗》的形成是这个规律的最早的突出体现。

世界文学的一般规律是，史诗是最早发达的一种体裁。《荷马史诗》是史诗体最杰出的作品。我国文学的最初发展有特殊之处，即史诗不发达而抒情诗特别发达。不过《诗经》中也有一些史诗性的作品。《诗经·大雅》中的《生民》《公刘》《绵》《皇矣》《大明》等西周前期的诗歌，记述了从后稷出世到武王灭商的许多史迹和传说，是一种用诗写的历史记载。当然，《诗经》中的最优秀的作品，都是抒情诗。黑格尔在《美学》第三卷中说："在对东方抒情诗方面有卓越成就的个别民族中，首先应该提到中国人。"[2]黑格尔是在进行科学比较之后得出这个正确结论的。我国连绵三千年的抒情诗传统，其源头即发祥于《诗经》。

《诗经》作为无比发达的中国抒情诗的源头也即光辉起点，给后世文学以极大影响。《诗经》中的作品多方面地深刻地描写了现实生活，多层次地反映出各个阶级、各个阶层人们的生活及其他们在在生活中的感受。不少作品展现

2　黑格尔《美学》第三卷下册，朱光潜译，第 231 页，商务印书馆，1979。

了关心国家命运和人民疾苦的赤诚热肠。有些作品谴责了人世间的不平，批判统治阶级的残酷压迫和剥削，发出正义的呼声。这种现实主义精神对后世的影响最大，在中国文学史上形成一种极其可贵的忧国爱民、与黑暗势力坚持斗争的传统。《诗经》中许多优秀的情歌表现了青年男女之真挚执著的纯正爱情。这些健康、明朗的情诗反映了青年大胆、热烈追求自由、理想婚姻的美好愿望，也给后世文学以很大的影响。还有一类诗歌以同情的笔触反映不合理的婚姻给妇女带来的不幸和痛苦，谴责负心男子的背信弃义，造成一种正义的舆论，宣传和发扬中国人民的传统道德。后世无数歌颂真诚爱情，谴责抛弃糟糠之妻的诗歌、小说、戏曲等，其传统都可追溯到《诗经》。

《诗经》作者摸索的押韵等规律为后代诗歌的韵律奠定了基础，形成我国诗歌语言独特的节奏感和音乐感。《诗经》所创造的赋比兴手法，尤其是比兴手法，给后代的文学创作以极大的影响。我国的各体文学都大量运用比拟、譬喻的手法，是不同于他国文学的独特现象；比兴的艺术手法，引伸到象征的作用，丰富、开拓了文学的表现力，更有重要意义。四字句的句式，影响深远，一直到今日的现代汉语还大量运用四字成语和四字句式。《诗经》中许多生动、形象、优美的语言一直到今天还在使用，有的如"高山仰止，景行行止"，"他山之石，可以攻玉"，甚至已成为哲理性的格言。《诗经》的高度艺术成就和规范性的发端，为中国文学成为独立的、有民族特色的体系的建立，奠定了坚实的基础。可以说世界上没有第二部作品象《诗经》那样给自己国家的后世文学以这样全面的巨大的影响。

《诗经》的影响还越出文学范围，进入到政治领域。在《诗经》最初流行的春秋时代，周代贵族非常重视学习诗，而且带着实用的目的来学习诗。当时的贵族阶级除典礼、讽谏等要用诗而外，还用诗来美化言语，借诗喻志。当时列国外交场合也借诗来作委婉示意，孔子甚至认为"不学诗，无以言'。由此证明，我国古代政治家，外交家和众多官吏，通过学诗提高了水平和艺术修养；这反过来又使我国在先秦时代就显示高度成熟的政治文化斗争和外交乃至军事斗争的水平，对此，学诗虽非全部原因，但确是重要原因之一。学诗此事对后世影响所及和发扬广大，造成我国封建社会各级官员的平均文化水平达到很高状态的局面。在唐代，甚至以赋诗作为科举考试的科目。《诗经》的这种巨大影响也是世界上独一无二的。

与《诗经》不同，《荷马史诗》中的《伊利亚特》和《奥德赛》是叙事长诗，记叙了两个相贯连的完整故事。《伊利亚特》描写希腊半岛上的一些部落联合进攻小亚细亚西北岸的特洛亚战争。中国古代和希腊相似，部落与民族间的战争频繁而剧烈。这些战争在诗歌中都有反映，不同的是《诗经》中反映的是战争的侧面，用抒情形式主要描写战争对人民生活的影响和参战者的感情波澜；而《荷马史诗》则通过特洛亚战争的最后阶段的精采叙述，详细介绍了战争发生的原因、过程，并用 15693 行的巨大篇幅完成这部杂有神话的英雄史诗。《奥德赛》则描写希腊英雄俄底修斯在特洛亚战后还乡的故事。这是一部描写航海生活和家庭生活的史诗，是西方文学中第一部以个人遭遇和命运为主要内容的作品，为文艺复兴和十八世纪流浪汉小说及批判现实主义小说的先驱。两部史诗的共同特点是气势宏伟，场面广大，写出众多的栩栩如生的人物形象尤其是英物人物，具有一种非凡的雄壮美。盛大的战争场面和惊心动魄的海上冒险经历，用最后几十天的短促过程高度浓缩地倒叙十年战争、十年海上漫游的复杂全过程的结构，显示出高超的艺术技巧，也是以后西方文学独擅的胜场。像《诗经》一样，《荷马史诗》也擅于运用各种生动、形象、恰切而明快的比喻；象妇女难以形容的美，都善于用烘托式的虚写予以巧妙表现。如《诗经·硕人》用含蓄朦胧的手法描写"所谓伊人，在水一方"的美人；《伊利亚特》通过人们遥观城墙上漫步的海伦，发出为她打十年倾国之战是非常值得的感叹，来反衬海伦的惊世之美，都是非常高明的。

世界文学史上从没有绝对完美的文学作品。《荷马史诗》和《诗经》有一个共同的局限性。《诗经》中《颂》部分的一些诗歌为贵族歌功颂德，《荷马史诗》和《诗经》中的部分诗歌一样，也对奴隶制度采取歌颂态度。不同的是《诗经》的时代我国已由奴隶制过渡到农奴制，而《荷马史诗》所处的还是奴隶制关系正在形成的阶段。

如前所述，《诗经》是贵族和官吏的教科书，到孔子时代教育扩展到平民中，成为他们重要的文学和知识教本（如孔子说学诗可以"多识草木鸟兽之名"）；同样地，《荷马史诗》在后来的城邦时期是公民教育的重要材料。

古希腊人从中吸取了关于天文、地理、历史、社会、哲学，艺术和神话等广泛的知识。由于《荷马史诗》真实而艺术地反映了古希腊时期的政治、社会和生活，它至今仍是人们了解远古氏族社会各方面的生动史书，和《诗经》一样，它将永远具有极大的认识价值。

《荷马史诗》不仅是后代欧洲史诗的典范，也是西方文学的最早典范。它不仅哺育了历代西方作家，而且为西方特别发达的叙事体文学的形成和发展，奠定了最早的基础。综上所述，《诗经》和《荷马史诗》以其思想性与艺术性的完美结合成为各自文学体系中的最早典范和奠基性作品，它们不愧是东西辉映、双峰并峙的世界文学中最早的两个高峰。

但是《诗经》高于《荷马史诗》的是，《诗经》具有宏扬正义的伟大精神，谴责强权和欺霸，同情民众的疾苦，反映了上至贵族、下至民众对于社会公理和幸福生活的共同追求；其中大量民歌，表现了中华民族自古即有的乐观精神和悲悯心理，底层民众尤其是青年男女爱好音乐、歌唱的天性。《荷马史诗》大力宣传个人英雄主义和强者的气度与魅力，视弱者如蝼蚁。西方列强欺软怕硬，服膺强者，害怕"黄祸"（横扫欧洲的匈奴和蒙古）和欺凌东方，其文化基因可以上溯到《荷马史诗》。

武则天《如意娘》的首创性和
《静静的顿河》的原创性[1]

    前苏联作家肖洛霍夫的《静静的顿河》于 1965 年获得诺贝尔文学奖，并被公认为诺贝尔文学奖获奖作品中的上乘之作。

    《静静的顿河》记叙苏（俄）共中央在政权初立艰险之时，苏维埃政权在顿河地区产生了一些列的政治、军事和民族政策的错误，造成该地区激烈的动荡。红军和白军在这里胜败无常，反复拉锯，给该地取民众带来巨大的苦难。《静静的顿河》作为一部表现时代风云的史诗，如作正面记叙和描写，复杂的局面要完整记叙，容易陷入枯燥。托尔斯泰《战争与和平》就如此，战争写的不好，而穿插的爱情故事写得好。

    肖洛霍夫可能吸取了《战争与和平》的教训，或者他自己摸索到正确的写作道路，他用格里高利和阿克西妮娅两人动人曲折的爱情和命运，表现时代风云，精确、生动而形象地记叙了这个重大的政局，使此书成为一部不朽的史诗。

    研究家公认，格里高利和阿克西妮娅的爱情故事贯穿小说始终，是整部小说最重要的线索，也是全书最具魅力的篇章。这个曲折的爱情的结束是阿克西妮娅之死，她的死成为全书最为悲怆的一幕，也是最为激动人心的落幕。

    格里高利在娜克西妮亚死后，为她仓促落葬，然后看见自己头顶上是一片黑色的天空和一轮黑色的大阳。研究家评论：格里高利的忠实情侣、高傲的阿克西妮亚，有火一样耀眼的容貌和火一样炽热的性格。娜克西妮亚对格里高利的爱情也如火一样狂热，她在格里高利心中此刻已经成了整个的世界。失去了

---

1 2022·上海外国语大学主办"故事的旅行：中古叙事文学研讨会"论文。

她，格里高利只能笼罩在"黑色的天空和一轮耀眼的黑色大阳"之下，这表现了格里高利痛苦绝望的心态，表现了艺术的至悲至美的极境。

这个场景，出现在《静静的顿河》（金人译）第八卷第十七章结尾：

> 黎明前不久，阿克西妮亚死在葛利高里的怀抱里、她始终没有苏醒过来。他默默地亲了亲她那已经冰凉的、血浸得带咸味的嘴唇，轻轻地把她放在草地上，站了起来。有一种莫名其妙的力量在他胸膛上猛推了一下，他往后退着，仰面倒在地上，但是他立刻惊骇地跳了起来、可是又摔倒了，光着的脑袋碰在石头上疼得要命。后来他索性跪着，从刀鞘里拔出马刀，开始挖起坟坑来。土地湿润，很容易挖。他匆忙地挖着，但是气闷得很，憋得喉咙难受，为了喘气痛快一些，他撕开了衬衣。黎明时清新的空气使他汗湿的胸膛感到一阵袭人的凉意。他觉得干得痛快得多了。他用手和马刀往外挖土，不停地挖，但是等挖出一个没腰深的坟坑——时间已经过去了很久。

> 在朝阳灿烂的光辉中，他埋葬了自己的阿克西妮亚。已经把她放进坟坑里了，他又把她的两只没有血色的、黝黑的胳膊十字交叉地摆在胸前，用头巾盖住她的脸，免得泥土落进她的半睁半闭、一动不动地望着天空、已经开始暗淡无光的眼睛。他向她道了别，坚信，他们的离别是不会很长久的……

> 他使劲用手把小坟坑上的湿润的黄土拍平，低下头，轻轻地摇晃着，在坟旁边跪了很久。

> 现在他再也用不着忙了。一切都完了。

> 太阳在热风阵阵的晨雾中升到沟崖上空。阳光照在葛利高里没戴帽子的头上，照得他那浓密的白发银光闪闪，滑过他那苍白的、呆板。可怕的脸。仿佛是从噩梦中惊醒，他抬起头，看见头顶上黑沉沉的天空和一轮闪着黑色光芒的太阳。[2]

力冈的译本为：

> 他抬起头来，好像是从一场噩梦中醒来，看到头顶上是黑黑的天空和亮得耀眼的黑黑的太阳。[3]

2　《静静的顿河》第四册，金人译，第 1689-1690 页，人民文学出版社，1988。

3　《静静的顿河》下册，力冈译，第 1454 页，译林出版社，2010。

　　这两个"黑色"的描写，被研究家惊叹为"神来之笔"。可是研究家无法给以精确的评论。尽管我们可以解释：阿克西妮娅的容貌、性格和爱情都热得像红火一样，现在生命之火熄灭，留下了黑色的灰烬，黑色的结局，这样的描写形成强烈的对比，给读者以极大的震撼，所以这是极其出色的神来之笔。这样的分析是非常专业的，精确而有力的。

　　但是，晴天白日出现的必然是蔚蓝的天空、红色（或白色）的太阳（红日或白日），怎么可能是黑色的天空和黑色的太阳呢？作者肖洛霍夫怎么会想象出这个不可能出现的匪夷所思的景象呢？黑色的天空和黑色的太阳，这个描写是否能成立呢？

　　我认为这是移情作用的描写。当时格里高利极度痛苦，他的心境是极其灰暗的，灰暗到黑色了。于是按照中国的情景交融理论就可明晰分析："黑色"是情，是葛里高利极其沉痛的内心感情造成的视觉错觉和心理折射，"天空和太阳"是景；"黑色的天空和太阳"是他沉痛到极点的感情渗透到眼中所见的天空和太阳即景中的结果。所以，"黑色的天空和太阳"无疑是作家在有意或无意中用情景交融的高妙手段描写此情此景的巧夺天工的神来之笔。

　　纵观《静静的顿河》全书，不少研究家已经指出，肖洛霍夫极善情感彩照式的融情于景的描写手法。《静静的顿河》多有融情于景的场面，就是作家带着自己或书中人物的感受去观景，写景，使描写对象渗透着浓郁的主观情调。这种情，是作家的婉约抒情。这种景，是一幅情感彩照。读者通过读景，便可琢磨出作家或书中人物的或喜或悲的心境和对某件事的爱憎立场或态度等。肖洛霍夫对此驾轻就热，得心应手。无论写顿河沿岸的大草原，还是战时森林沼泽，还是战时后方哥萨克村庄，都能准确地传达出作家自己或书中人物的情感和生活态度。而"黑色"的天空和太阳，是特殊心理下变换眼前的景色的色彩的高明艺术想象的产物。

　　这个高明的想象，中西研究家惊叹为肖洛霍夫的神来之笔，认为是空前的精彩。

　　黑色的天空和太阳，描写了格里高利失去情人、葬送爱情的极度痛苦，不仅具有艺术创造的典范性意义，而且具有深远的思想意义。为什么？

　　因为纵观世界一流的爱情杰作，多描写婚外情。家花不如野花香，平常的恩爱夫妻之情，真挚、悠久而感情日深，但已陷入油盐酱醋的日常生活，难见波澜。颇有一些男子，怀着见异思迁、得陇望蜀、这山望着那山高的喜新厌旧或里外通吃的心思，不安分，喜欢翻新或猎艳。而野花的采撷，颇费心思，可以满足征服感，而陌生化的异性之美颇有使人难以忘怀的吸引力。于是世界一流的爱情著作，多为精心刻画婚外恋的经典作品，例如，被誉为爱情小说第一的托尔斯泰《安娜·卡列宁娜》（一译《安娜·卡列尼娜》）、名列第二的法国《包法利夫人》和法国斯丹达尔（一译司汤达）《红与黑》、美国霍桑《红字》等，佳例不胜枚举。其共同的特点是多极力描写婚外恋的三大享受：非常刺激，非常快乐，非常美妙，但有一个共同的结局：没有好下场。

戏剧、歌剧和舞剧，也上演了大量的婚外恋悲剧。

顺便强调一句：爱情杰作当然并不是必须写婚外情，正当的令人热血沸腾、回肠荡气的爱情小说，不仅有，也写的非常精彩的如英国夏洛特·勃朗特的《简爱》、俄国普希金的《叶甫盖尼·奥尼金》和冈察洛夫的《悬崖》《平凡的故事》，印度泰戈尔的《沉船》，这些小说的结局有悲有喜，其过程都引人入胜，曲折动人，且都是经典。

回过来再说肖洛霍夫这个爱情描写响亮的豹尾，中西美学家、文学评论家都极度欣赏。可是西方的学者大多是西方中心主义者，对中国文学不了解；而中国的外国文学专家大多不熟悉中国古代文学，所以他们不知道——

可是肖洛霍夫之前，表现眼前颜色的感觉变换，是有先例的。即使在西方也有先例。

近代以来，英语有一个短语，"to see a pink elephant"，意思是出现幻觉。英语词典的解释是，有人酒喝得太多了，酒醉到头昏眼花——居然把灰色（或白色）大象看成粉红色。

在更早的古代中国，就有更出色的描写。

著名的有唐代女皇武则天写的《如意娘》："看朱成碧思纷纷，憔悴支离为忆君。不信比来常下泪，开箱验取石榴裙。"这首诗说女子因为思念情人，痴心之极，相思过度之后，以致魂不守舍；恍惚迷离、思绪纷乱中，竟将红色看成绿色（看朱成碧。朱，红色；碧，青绿色）；诗人接着解释，只因太过思念你，我已经身体憔悴，精神恍惚，这才会将颜色看错。诗中的红色，运用了修辞学中的借代格，以颜色借代红色的石榴裙。石榴裙的典故出自梁元帝《乌栖曲》"芙蓉为带石榴裙"。本意是指红色裙子，转意指女性美妙的风情，因此才有了"拜倒在石榴裙下"一说。

一般认为，这是武则天写给她的地下情人、唐太宗的太子李治的。

武则天名武曌（zhào，624-705），并州文水（今山西省文水县）人，为荆州都督武士彟次女。14 岁时进入后宫，成为唐太宗李世民的才人（后宫嫔妃的一种，皇帝的妾），因有出众的妩媚的美色，而获赐号"武媚"，所以，人们又称其为"武媚娘"。武媚娘侍奉李世民达 12 年，并未得宠，更未能生儿育女。唐太宗晚年患病后，太子经常探望病中的皇帝时，与伺候在旁的武则天互生情愫，暗结私情。贞观二十三年五月二十六日（649 年 7 月 10 日），太宗于含风殿驾崩，武则天因无子女，按例只能入长安感业寺为尼。"太宗崩，随嫔御之例出家，为尼感业寺。"（《唐会要·卷三》）这已经算是好的了，如果遇到狠毒的皇帝，如明太祖朱元璋，就遗命全体嫔妃殉葬！

按照历史逻辑的常规发展，武则天只能在感业寺吃素念佛，在青灯黄卷中了此一生。但是，武则天绝非听天由命的弱女子，即使是被圈养在李世民后宫，她仍然处处寻求翻身良机。都说，机会是给有准备的人的，所以，李世民病重期间，她就与前来探病的太子李治暧昧起来，打下了感情基础。"时上（皇帝，此指太子时期的李治）在东宫，因入侍，悦之。"（《唐会要·卷三》）

作为皇帝的嫔妃，与太子暗中结情，是大逆不道的罪行，如被发现，后果不堪设想；而成功的几率则微乎其微。武则天孤注一掷，其胆量和魄力是无与伦比的。

在李世民崩逝一年后的永徽元年（650）五月，唐高宗李治在为祭奠李世民周年忌日而入感业寺进香时，又与武则天相遇。武则天肯定是久久地等着这一天，她知道这天李治会来此祭奠大行皇帝，她为与他的相遇，做了精心的准备。

高宗李治（628-683）在寺中看见她，果然旧情复萌。27 岁的武媚娘，有着成熟女性的智慧和魄力，善于展示自己成熟的美，风情万种，魅力四射，23 岁的李治虽作为盛世太子而阅尽群芳，但有比较就有鉴别，面对这位智慧和灵气渗透全身的极品美人，极为欣赏和爱慕，极易受到诱惑，姐弟恋的张力俘虏了年轻皇帝的心。他将"后母"复召入宫，拜昭仪。武则天终于走上了通向皇后、女皇的康庄大道。

武则天就是在感业寺期间，写下了她最有名的诗歌《如意娘》，史载这首诗是写给唐高宗李治的。

但是这首诗歌的写作，是爱情无望中的呻吟和倾诉。因为当时两人在寺中相认，并互诉离别后的相思之情的时候，武则天这种公开难掩的尴尬身份，两人这种差着辈份的恋情，即使是十分开放的唐朝，也是件让人无法接受的难事。所以，这次的寺中重逢，留给武则天的，并不是久别重逢的愉悦，而是更多的思而不得的苦闷与恼恨。于是，武则天可能病了，可能是身体病了，也可能是精神病了，甚或两病兼顾，而且还病得不轻，以至精神恍惚，"看朱成碧"。绝端聪慧的武则天，绝不浪费资源，而是懂得充分开发资源，她化悲痛为艺术，将自己相思病中的感受，以高明的艺术手法将相思之苦诉说出来，她就提笔给心上人，当今的高宗皇帝李治写下了一首情真意切的情诗《如意娘》。可能是这首诗歌最后彻底打动了唐高宗李治，他打破伦理道德的束缚，冒天下之大不韪，英雄救美（将武则天从苦修的寺庙中救出），毅然将武则天接到宫中，武则天苦尽甘来。于是两人鸳梦重温，远别胜于新婚，其乐无穷。

要说武则天与唐高宗李治联姻，倒真正是英雄配美女，而且美女本人也是英雄，他们的确是珠联璧合。

唐高宗是一位英明的皇帝，在即位之初，继续执行太宗制订的各项政治经济制度，李勣、长孙无忌、褚遂良共同辅政。由于他勤于政事，故而"百姓阜安，有贞观之遗风"（《资治通鉴》卷一九九，高宗永徽元年），史称"永徽之治"。高宗没有辜负武则天的深爱，在废立皇后问题上坚持自己的主张，排除了元老派的干扰，坚持立武则天为皇后。显庆五年（660）以后，高宗经常头晕目眩，影响处理政务。武皇后乘机开始参与国家大事。高宗的健康状况不佳，政权由高宗向武则天手中转移的趋势逐步形成。唐高宗在位期间先后灭西突厥（657年）、灭百济（660年）、灭高句丽（668年）。高宗时期唐朝版图为最大，东起朝鲜半岛，西扩咸海，北包贝加尔湖，南至越南中部，维持了三十二年。弘道元年（683），唐高宗去世于贞观殿，享年五十六岁，葬于乾陵。他与武则天的恩爱感情至死不渝，长达33年。他懂得和赏识武则天的才华，让武则天参政干政，为武则天独掌大权、升级为女皇，打下了切实的基础。

作为杰出的具有超强风范的政治家，武则天能够因势利导，把握机会，利用各种力量，打击和剿灭敌手，发展和壮大自己；作为美女，她面对困难和情敌，也是如此，这首美丽的小诗，是她善用无坚不摧的柔情的力量，艺术的力量，终获成功——她终于爱情、婚姻、后位、功业全部成功。

拙著《临朝太后——从吕太后到慈禧》的下编"临朝太后典型"第二章"武则天：中国唯一的天才女皇武则天"论述这首诗歌时，引用施蛰存先生的名著《唐诗百话》对武则天的诗歌的介绍和高度评价：

她也是一位杰出的诗人，所作诗文很多。……但最能表现其浪漫性格的却是她自制的商调曲《如意娘》：（诗略）

有人怀疑此诗不是武则天作的，因为从诗意及语气看，不像是一位执政的女皇身分。这是由于误解此诗，认为是作者自己抒情。当然，武则天不会有这一类型的爱情苦闷。但这是她写的乐府歌辞，给歌女唱的。诗中的'"君"字，可以指任何一个男人。唱给谁听，这个"君"'就是指谁。正如现代歌星手执话筒，唱着"我爱你"、"我念你"，使听众不免动心，就收到恋歌的效果。你如果把这一类型的恋歌认为是作者的自述，那就是个笨伯了。

诗四句，意义明白，不用注解。我只要提出其第一句，可见武则天对于妇女的相思病，极有深刻的体会。"看朱成碧"是视觉的错乱。妇女在极度苦闷的情绪中，官感会发生异状。对于色、声、香、味的感觉，都会反常。武则天以"看朱成碧思纷纷"来形容这个女人的"憔悴支离"，确是符合于生理学、心理学的经验之谈。

这首诗，岂不是也可以说是女诗人大胆之作吗？[4]

施蛰存先生的分析非常精采。尤其是对"看朱成碧"的分析，指出"在极度苦闷的情绪中，官感会发生异状。对于色、声、香、味的感觉，都会反常"。不仅妇女如此，任何人都一样。[5]博古通今、学贯中西的文学大家施蛰存先生认为武则天此诗是代人而作的观点，也可作为一解。

总之，武则天的《如意娘》在情人眼中看错颜色的描写中是最早的，是首创性的艺术成果。此后是英国人发现的人的一种特殊心理状态造成的视觉色误。底层出身的肖洛霍夫只受过初级教育，他不懂英文和中文，不可能知道这个英语短语，不可能读过武则天的诗歌，因此《静静的顿河》"黑色"天空和太阳的描写，不是首创的，但是原创的，是这位天才作家的一个杰出的艺术创造。

"看朱成碧"后来成为唐宋人常用成语。名句如李白《前有一樽酒行》："催弦拂柱与君饮，看朱成碧颜始红。"王安石《送吴显道》诗之三："舣船一棹百分空，看朱成碧颜始红。"辛弃疾《水龙吟》词："倚栏看碧成朱，等

---

4 《唐女诗人》，施蛰存《唐诗百话》，上海古籍出版社，1987，第724-725页。

5 拙著《临朝太后——从吕太后到慈禧》（增订本），上海锦绣文章出版社出版社，2012，第140-141页。

闲褪了香袍粉"等等，大家都认为他们都是承袭了武则天的创意。大家都认为武则天首创了这个成语。

但这也是有问题的。南朝齐梁时期的王僧孺已经写出了这个名句，他的名诗《夜愁示诸宾》说：

> 檐露滴为珠，池水合成璧。
>
> 万行朝泪泻，千里夜愁积。
>
> 孤帐闭不开，寒膏尽复益。（膏，脂肪、油脂，这里指灯油。复，
> 再、又。益，增加。）
>
> 谁知心眼乱，看朱忽成碧。（心眼，谓识见与眼力。乱，迷惑。）

王僧孺寄居他乡，思念乡友，日久已回肠欲断。转瞬又届天寒地冻、滴水成冰之际，大夜弥天，孤帐独寝，怎能不能更加愁肠百结！因而做此诗，将夜愁的情景告知诸位客人。

王僧孺（465—522），南朝齐东海郯县（今山东省临沂市郯城县）人。王肃八世孙。

王肃（195-256），字子雍，东海郡郯县（今山东省临沂市郯城县）人。王肃是三国时期魏国大臣、经学家，司徒王朗的长子，晋文帝司马昭岳父。出身于会稽郡（治山阴县，今浙江绍兴）。王肃历任多个高级官职，又是权威学者，遍注群经，对今古文经学加以综合。凭借深厚的文化底蕴，借鉴《礼记》《左传》《国语》等，编撰宣扬道德价值的《孔子家语》，将儒家精神理念纳入官学，其所注经学被称作"王学"。唐代时，作为"二十二先贤"配享孔庙。宋真宗时，追赠司空。

王僧孺有着如此显赫的祖先，却出生时，已经家贫，为人抄书养母；可是他聪明过人，抄毕即能讽诵。

他少好学，年五岁能读《孝经》，六岁能撰写文章。仕齐朝为太学博士、治书侍御史。入梁朝后，天监初，出为南海太守，居郡清廉。禁断杀牛旧俗。外国舶物、高凉生口至郡，旧时州郡常买而即卖，获利数倍，因叹称不以此遗子孙，独无所取。在郡两年，颇著声绩。召拜中书侍郎，领著作，复直文德省，撰《起居注》《中表簿》。后除（官拜）游击将军，兼御史中丞。复为北中郎南康王咨议参军，寻病卒。

史称王僧孺工属文，善楷隶，多识古事，好典籍，聚书至万余卷，与沈约、任昉为当时三大藏书家。著述颇多，有《十八州谱》《百家谱》，另有文集及《东

宫新记》等。明人辑有《王左丞集》。

此诗开头两句，"檐露滴为珠，池水合成璧。"写出滴水成冰的隆冬寒夜，并能精细描绘眼前景色的特点：露为珠、水成璧，景象非常美丽。《汉书·律历志上》："日月如合璧，五星如珠联。"珍珠，呈球形。璧，片状洁白的美玉。美丽的比喻，将一片冰凉，化为珠玉一般的华丽。中间四句，描述忍受夜愁煎熬之苦的具体情景。结尾两句，诉说经受夜愁折磨之后的神态，看朱成碧了。

这首诗，将以看朱成碧，表达友情至深，用的是夸张的手法。朋友之情，未到生死之交，因极度思念而看朱成碧，这是夸张的描写。这个夸张，可信度不高。

而武则天的这首《如意娘》，极尽相思愁苦之感和深谋远虑之思，看朱成碧是真实的写照。

于是，武则天的这首诗，历来被评为尺幅之中曲折有致，融合了南北朝乐府风格于一体，明朗又含蓄，绚丽又清新。不仅与古代众多女诗人相比，武则天的这首《如意娘》是抒写闺情的上乘之作，而且也胜过王僧孺的看朱成碧之诗，真挚而动人。因此，作为描写爱情、婚外情题材的作品，其所使用的"看朱成碧"的确具有首创性的意义。

看朱成碧这个精妙描写，为后人所继承。但看朱成碧的范式，如果照搬，那么李白、王安石、辛弃疾等大家已经用熟，后人必须有所变化和创新，才能出彩，而运用之妙，存乎一心。精彩的佳例，请看《水浒传》第三十六回《没遮拦追赶及时雨　船火儿夜闹浔阳江》：

宋江因怒杀阎婆惜而犯了命案，在发配去江州的一路上充满了惊险。先是在揭阳岭李立的酒店中被麻翻，差点被杀了，做成人肉馒头；接着在揭阳镇看到病大虫薛永卖药卖武艺，宋江当众喝彩并给以赏银，得罪了当地穆家庄的小郎，遭到追杀。他逃到浔阳江边，后有追兵，前有大江，正走投无路之时，有一只小船划过来，他们以为遇到救星，慌忙上船。

《水浒传》描写宋江逃上小船后，那梢公摇开船去，离得江岸远了。那梢公放下橹，说道："你这个撮鸟！两个公人平日最会诈害做私商的心，今日却撞在老爷手里！你三个却是要吃'板刀面'，却是要吃'馄饨'？"宋江道："家长，休要取笑。怎地唤做'板刀面'？怎地是'馄饨'？"那梢公睁着眼，道："老爷和你耍甚鸟！若还要'板刀面'时，俺有一把泼风也似快刀在这板底下。我不消三刀五刀，我只一刀一个，都剁你三个人下水去！你若要吃'馄饨'时，你三个快脱了衣裳，都赤条条地跳下江里自死！"宋江求他"饶了我三个！"那梢公喝道："你说甚么闲话！（金圣叹批道：临死讨饶，谓之"闲话"，可发一笑。）饶你三个？我半个也不饶你！——老爷唤作有名的狗脸张爷爷！来也不认得爷，也去不认得娘！你便都闭了鸟嘴，快下水里去！"宋江又求告道："我们都把包裹内金银财帛衣服等项，尽数与你。只饶了我三人性命！"梢公不理，执意要取宋江和两个公人（解差）的性命，宋江吓得魂飞魄散。

紧急关头，李俊带着童氏兄弟飞舟来寻宋江，将他救出。宋江"钻出船上来看时，星光明亮。"金圣叹评论《水浒传》的高明写作手段说："此十一字妙不可说。非云'星光明亮'，照见来船那汉，乃是极写宋江半日心惊胆碎，不复知天地何色，直至此，忽然得救，夫而后依然又见星光也。盖吃吓一回，始知之矣。"[6]结合景色，分析人物陷入绝境和获救后的心理，非常精彩。

金圣叹的批语精当地指出：宋江半日心惊胆碎，不复知"天地何色"。宋江在岸上飞奔逃命和船中差点丧命时，心里紧张恐惧之极，心惊胆碎造成两眼墨黑，周遭什么环境，"天地何色"，一概没有感觉，一心只有担忧，当危难解除，才感到星光明亮，夜色宜人。

《水浒传》的描写自然而精确，一般读者跟着书中的人物一起担忧，脱险后一起松快。因为写得自然而真实，一般读者就自然而然地一览而过。而金圣叹则巨眼罩见这个环境描写的高明。

综上所述，《静静的顿河》中黑色的天空和黑色的太阳，是情景交融的美学原理的体现，天空和太阳是情，黑色是景；但黑色也是移情的手法，作者将格里高利极其痛苦的感情折射到天空和太阳中去了；因此，这个描写是情景交融与移情手法的结合。看朱成碧则是一种幻觉和错觉，因极度相思情人，造成精神迷乱而产生的幻觉和错觉。而宋江在危急中对天色视而不见，脱离险境后精神轻松了，看到了星光明亮的天色，这是一度丧失知觉和视觉后恢复了视觉和知觉。这些小说和诗歌，能够这样捕捉人物的不同视觉，细致入微而又精确明晰，为塑造人物的典型环境中的典型性格服务，都是大手笔的天才之作。

---

6 周锡山编校《金圣叹全集》第2册，第38页，江苏古籍出版社，1985。

《水浒传》和《艾凡赫》[1]

  《水浒传》和《艾凡赫》[2]，是中、英两国反映农民起义题材的杰作，都是大作家的手笔。两书虽东西相距数万里，上下相隔几百年，但在内容和形式上却有许多惊人的相似之处。又因两个民族的历史变迁、心理习惯和文化传统不同，所以又呈各有千秋，同工异曲之妙。对比研究一下，是饶有趣味和颇有启迪的。

一、施耐庵与司各特

  施耐庵是我国元末明初时的作家，他的生平事迹缺乏可靠的历史记载，但无疑地是一位大小说家，具有革新的精神。他敢于直笔控诉统治阶级的罪恶，揭示出"乱自上作"、"官逼民反"的真理；在写作技巧上采取前人未用过的许多手法，给文学界带来一股清新、活泼的气息，为中国后来的现实主义小说开阔了道路。

  司各特（Walter Scott，1771-1832），名华尔特，英国诗人，历史小说家。他先以写诗闻名，政府甚至要给他桂冠诗人的封号，为他所拒绝。他虽是个贵族，且有二级男爵的头衔，可是他青年时代即深入苏格兰民间做过调查研究，收集过大批民间歌谣。他了解人民疾苦，同情劳动人民，生前死后都深得人民

1 原刊中国《水浒》学会会刊《水浒争鸣》第 2 期（1981·武汉·首届全国《水浒》研讨会论文专辑），长江文艺出版社，1983。

2 《艾凡赫》过去在中国以林纾所给的译名《撒克逊劫后英雄略》（林纾、魏易译《撒克逊劫后英雄略》，上海商务印书馆 1913 年版）蜚声文坛，实际上英文的原名是《艾凡赫》（Ivanhoe），今从原名。本文的引文采用刘尊棋、章益译《艾凡赫》，人民文学出版社 1978 年版。

爱戴，是英国最著名的历史小说家。

司各特的历史小说丰富和发展了欧美十九世纪的文学，对后世影响很大，著名作家如英国的萨克雷，狄更斯、史蒂文生，法国的雨果、巴尔扎克、俄国的普希金和美国的库柏等，无不受其重要影响。

司各特也爱写农民起义、人民斗争题材。从他创作第一部历史小说《威弗利》（1814）起，紧接着在《清教徒》（1816）、《罗伯罗依》（1817）、《罗沁中区的心脏》（1818）、《艾凡赫》（1820）等多部著作表现或涉及到此类题材。但他在思想上有不及施耐庵之处：施耐庵，身为地主阶级知识分子，却能在一定程度上突破阶级偏见，揭露批判地主阶级的罪恶，在作品中带有明显的想实施开明政治的理想。司各特是资产阶级作家，而政治思想却比较保守，竟然留恋已被资本主义破坏的宗法社会，故而他的批判矛头有时反而不如施氏尖锐。故司氏诸作的政治影响，远不及《水浒》。但他也有胜过施氏之处：施氏只有《水浒》一书传世，他却有三十一部长篇小说，还有不少诗歌，可称为多产高质的大作家。

二、宋江和罗宾汉

宋江和罗宾汉（Robin Hood）的起义都发生在十二世纪，不过一个是在世纪初，一个是在世纪末。宋江起义在中国脍炙人口，罗宾汉起义震动英伦三岛。罗宾汉出身自由农，因不堪封建压迫、逃进谢尔武森林，成为"不受法律保护的人"。许多同样受封建主、骑士和僧侣压迫、欺凌的农民、手工艺者，团结在他的周围。他们出没绿林、城镇，抢劫财主、骑士、僧侣，扶助贫苦无告的人民，并和追捕他们的官兵、僧侣进行顽强而机智的斗争。罗宾汉最恨那廷根的州官和骑士盖·吉士邦，他不愿给国王服务，还射吃国王领地上的鹿，但他并不以国王为敌。他是一个神箭手，有勇有谋，生性豪迈。他手下著名的伙伴有绰号称小约翰的瘦高个儿，力大无穷的快活僧人杜克，美妙的歌手艾伦和罗宾汉的女友、多情的玛利燕女郎等人。

罗宾汉和他的伙伴们得到英国劳动人民的厚爱而被传唱不休，在十四、五世纪时为最盛行。到十五世纪时产生了一本《罗宾汉歌谣》（今存约四十首），这是西方中古时期成就最大的歌谣作品之一，直到文艺复兴，十九世纪还时常为作家所采用。高尔基评价说："……民谣所写的罗宾汉是一个诺尔曼压迫者的不知疲乏的敌人，居民的宠儿，贫民的保卫者，是个谁需要他帮助他就到谁

身边去的人。"（《罗宾汉歌谣》俄译本序）

可见宋江和罗宾汉起义有许多相同或相似处，罗宾汉亦颇有英国"及时雨"之风度。

但也有一些不同点。首先是起义规模不同，罗宾汉队伍小、活动范围也小；宋江原以三十六人横行齐魏，据推知后来至少发展到成千人。小说写罗宾汉一伙侧重于聚义之后，而宋江起义的菁华闪耀于上山之前。宋江和他的部下前期对封建统治者的打击比罗宾汉大，但后期有受招安、征方腊这类投降敌人和自相残杀之蠢举，也有抵抗外侮的壮举，而罗宾汉则无。

三、《水浒传》和《艾凡赫》

为了在将两书比较时叙述方便起见，下面先谈两书的不同之点：

其一、水浒的故事在南宋和元两代流传于民间，后发展成说书和戏剧艺术，并用话本和剧本的形式记录下来，特别是元曲中的水浒戏，已经文人精心加工，不乏优秀之作。施耐庵在情节的构思和语言的通俗两方面，都批判继承了说书和戏曲的艺术成果，并加以提炼和再创造。

我国传统的"发愤著书"、"不平则鸣"等文学理论，也深刻地影响了施耐庵。杰出的文艺批评家金圣叹在《水浒传》第六回批道："发愤著书之故，其号耐庵不虚也。"可谓一语破的，真不愧为施耐庵的知音。《水浒传》散发出浓厚的战斗气息，在下层知识分子和劳动人民中，引起很大的共鸣，乃至越出文学范围，影响到历次农民起义，对国家的历史和政治产生了虽属间接的、但却是巨大的影响，其根本原因也在于此。

《艾凡赫》则不然。在它之前只有内容简单的歌谣，没有同题材的说书和戏剧作前导[3]，因此描写农民英雄事迹的情节比较单薄，不很曲折。这当然也与作家不把这个内容作为作品的主线而予以全力刻画也有关系。所以《水浒传》写出起义的全过程，并把这个全过程作为写作的唯一内容，而《艾凡赫》则只写其局部，并把它仅作为小说的副线，将罗宾汉作为艾凡赫的陪衬。

西方古代文论比较侧重于模仿与再现客观世界。故而司各特注重于再现

---

3 英国人并无"说书"艺术，有的论者看到《艾凡赫》新译本有"说书的人讲到这里"云云，便以为英国也有"说书"，此纯系误会。译者这样译也受了《水浒传》影响而故意套用这种称呼，以示其俏皮。译书中如称脱克为"和尚"，称罗宾汉为"寨主"，皆同此例。英国何来和尚，何来"寨主"？此乃译者求俏皮又深受《水浒》影响之故也。

历史，不强调作品的战斗作用，在这方面的影响不可和《水浒传》相比拟。但是在此书以前，西方长篇小说已有数百年发展的历史，积累了相当丰富的创作经验，不像《水浒传》在中国当时还纯属筚路蓝缕之作，所以在掌握长篇小说这个艺术形式方面显得成熟些和成功些。另外，中西长篇小说的特点不同。中国是章回体，适应中国读者的民族心理和欣赏习惯，喜欢故事有头有尾，一贯到底；西方小说常以一个或数个事件为中心，围绕这中心来展开情节；或者以主人公的某段经历来表现他的命运。这样写就能突出重点，干脆利落，以适应西方读者的心理和习惯。《水》《艾》两书各自体现了自己民族文学的特点和他们的长短处。

其二，《水浒传》全面、深刻地反映了后期封建社会的各个方面，生活气息非常浓厚。如打猎、经商、开店、做道场、办丧事、走江湖，乃至小贩叫卖、手工劳动、家庭起居，无不生动、真实，用具体化的描写，组成一幅完整的全景色的巨画，给水浒英雄提供了宽广的舞台，也就是写出人物活动和发展的历史背景和典型环境。

《艾凡赫》也通过艾凡赫的冒险、恋爱经历，反映出萨克逊领主和诺曼贵族的斗争，中间穿插了狮心理查和约翰亲王兄弟间的权力斗争，萨克逊人民与诺曼封建主之间的民族和阶级矛盾，还有基督教徒和犹太人之间的民族矛盾和宗教之争。作者也给读者描绘了生动而广阔的历史画面，写出了典型环境。

《艾凡赫》也写了统治阶级压迫人民的暴行和宗教界的黑暗。但从全书来看，对阶级压迫很少有形象的揭露，小说里竟大段引用起学术著作来，以抽象议论代替具体描写，未免有煞风景。纵观全书，小说对社会生活反映的深广程度上，用典型性的形象来反映阶级压迫的普遍性方面，皆不及《水浒》远甚。而且因此书重点不在罗宾汉，而在艾凡赫，故而提供罗宾汉情节一线的背景较模糊，而提供艾凡赫的背景较全面。

两部小说都谴责挑起民族矛盾、造成民族压迫的罪魁祸首，但对这些历史罪人的态度却迥然不同：施耐庵认为要斗争，用武力平定；司各特主张应调和，以妥协求和。

在描写、反映农民起义时，两书都写到了精采的武艺表现（如罗宾汉和花荣"百步穿杨"式的技术）、攻打城堡（如宋江们三打祝家庄和罗宾汉们进攻别夫的城堡）、打家劫舍和扶助穷人弱者。但这里除了前面指出的，罗宾汉一线在书中内容单薄外，另外由于中国封建社会历史长，同在十二世纪，中国的社会比英国发达，斗争也就更复杂得多；又由于中国农民斗争的历史长，经验丰富，所以小说中描写的宋江起义队伍，在组织形式和斗争形式上都要远高于罗宾汉的队伍。罗宾汉们还带有浓厚草莽英雄气息，宋江们则不同，他们有训练有素的军队，军队中有精于文韬武略的谋士和将军指挥。各队战士和他们的头领分工明确，有的造兵器，有的建山寨，有的管钱粮，有的做耳目。他们有明确的政治纲领，有精熟的战略战术，所以进退有据，所向无敌。他们善于网罗人才，发展队伍，孤立和打击敌人。这是一股成熟的政治力量和军事队伍。这是中国农民起义波澜壮阔的规模和功勋卓著的业绩的真实反映。西方农民起义的政治、军事、组织水平，跟中国相比是望尘莫及。因此，《水浒》起了历史上农民革命的镜子作用，有很大的认识意义。《艾凡赫》则相形见绌。

奇妙的是，小说中写的中、英两国的农民起义都不反对王权，都不直接反对皇帝。这是两位作者对历史的诚实处，同时也暴露出两位作者都有拥护王权的保守思想。但是，施耐庵身处封建社会，那时，资本主义制度还未产生，所以有这种思想是历史的必然，没有这种思想倒反而出现违反历史唯物主义的"奇迹"了。因此不可深责；而司各特则生活于当时世界上资本主义最发达的国家，竟还有这种保守思想，不免削弱了他自己的进步性和作品的战斗性，令人可惜。

《艾凡赫》很注重细节描写，环境描写，而《水浒传》则不大注意这些，这是一个缺点。但根据其他书籍的记载，和流传下来的如《清明上河图》等绘画及别的文物，我们也知道宋代生活较为翔实的情况。

其三、《水浒传》最主要的人物是宋江。水流千转归大海，小说中的各种人物和事件都象众星托月般地围绕着宋江的形象塑造而展开，紧紧扣住作品的主题。宋江胸有大志，深谋远虑，爱国忧民，功高望重。这是作者心目中理想的国家栋梁。但作者对宋江热爱而不偏爱，理想化而不神圣化。他写宋江貌不惊人，身无绝技，命蹇运乖，屡遭挫折。但他有刘邦式的奇才，虽不善将兵而善于将将。根据历史真实，作者写宋江受了招安。但作者在这个形象中注入了自己的阶级偏见，着力表现宋江尚未举义，就预早想把招安立为人生宗旨；而他又是头脑清醒的现实主义作家，故而忍痛割爱，老老实实地写出应有的结局，让自己心中理想人物中了奸臣、政敌的诡计，只好自杀身亡，一命呜呼。这好象普希金违背自己的意愿让塔吉雅娜结婚，托尔斯泰忍痛含泪让安娜。卡列尼娜自杀一样。不是既身手不凡又忠于艺术的大文豪，是落不下这样的笔头的。

《艾凡赫》的主人公是艾凡赫和罗文娜，最重要的是艾凡赫，因此连书名也取之于他的名字。但遗憾的是作家没把这两位主角写好，陷入写滥了的英雄美女的套子，成为西方文学史上著名的败笔。换做别人，一部书把主角写坏了，这部书就不可救药了。但司各特这部写坏了主角的小说不仅没有倒下去，而且是他作为大作家的最著名的代表作，他用了什么妙手回春的高招呢？他把两位第二流人物写得有血有肉活灵生现，令人难忘，作为前述缺陷的补救。这就是疾恶如仇、机智勇敢的人民英雄罗宾汉和聪慧美丽、善良勇敢的犹太姑娘蕊贝卡。

由于本文讨论的重点是农民起义，所以这里不谈蕊贝卡，专谈罗宾汉。

小说的重大场面一共有五个：一、阿什贝的比武，二、绿林绑票，三、进攻别夫的城堡，四、第二次绑票，五、蕊贝卡受诬被判火刑，艾凡赫和狮心王理查赶来将她救出。

罗宾汉共出场了三次。第一次在比武时他化装成庄户人洛克司雷来观看，在第三天他在射箭比赛中施展百步穿杨的绝技，击败了不可一世的约翰王的亲信。第二次是攻打反动贵族别夫的城堡，罗宾汉和他的全队人马在理查王和塞得利克的组织指挥下，英勇作战。攻下城堡后，罗宾汉们到牧场去分战利品。第三次是反动势力在密林中对理查王进行突然袭击，准备绑架、暗害他。正在危急关头罗宾汉率部下赶到，经过激烈战斗，击败敌人，救出国王。

小说中的罗宾汉一出场就先声夺人，他在大庭广众之下指斥犹太高利贷者艾萨克吸穷人的血，他故意顶撞骄横拔扈的约翰王，当众影射王朝的祖先，狠煞了这位想在公众面前耀武扬威一番的凶神恶煞的威风。比武中，让约翰王及其亲信当场出丑，并骄傲地拒绝获胜的奖金。进攻城堡时，他部署队伍井井有序。他处理事情赏罚分明。作者生动形象地刻划出这么一个智勇双全，具有高风亮节的义士形象。

但由于小说只是写了罗宾汉起义的几个片段，所以作家远未能描画出这位英雄的全貌。另外，由于篇幅的限制，英国历史条件（特别是农民运动不够发达和成熟）的限制，加上对罗宾汉被迫为盗的原因，不是靠生动、曲折的"逼上梁山"式的具体描绘，而是用抽象议论来代替，这就使作家也无法丰富饱满地写好这个人物。罗宾汉作为起义中的领袖人物在原书中颇有光彩，但与宋江相比，难免黯然失色了。

两书中政治上的最主要人物，除了起义一方的两位首领外，还有两位帝王。一是宋徽宗，一是狮心王理查。这两位帝王倒也属于无独有偶的一对，有很重要的相似之处。小说里写宋徽宗"是个聪明俊俏人物，"琴棋书画，无所不通；踢球打弹，品竹调丝，吹弹歌舞，自不必说"。但他耽于享乐，又缺乏政治才能，疏于治国，是个亡国的昏君。小说里写理查是"一个地道的游侠，凭着个人的膂力，到处漂流，最爱到那最危险的去处，却放着国家大事不问，也不考虑自己的安全"（中译本第406页）。在狮心王的身上充分体现着一个游侠骑士的性格，但对于国计民生攸关的重大决策反而看作无足重轻。

中、英两个帝王，弓马文艺武艺虽佳，都是荒于治国之昏君，两位作者对两个帝王都持批判态度，但施耐庵批判锋芒尖锐，且写具体事实揭露（如嫖妓、重用坏人等），而司各特笔调含蓄温和，多用抽象议论表述，其思想和艺术效果就有高下之分。

其四、两部小说都是文学史上的力作，在艺术上各具匠心、有同有异，也各有优劣处。

首先两书在语言上所达到的高度成就应该重视。《水浒传》的语言平易、通俗，但又经过千锤百炼，丰富而又生动，寥寥几笔就能绘声绘色，极富表现力；人物语言的高度个性化。这是中国读者所熟悉的。

《艾凡赫》则善于用明快通达的语言来写人叙事，又能用丰富生动、精细入微的文字来描绘人物肖像和自然景色。《艾凡赫》的语言和对话则有古希腊悲喜剧和莎士比亚的雄辩、幽默和华丽的特色。

由于中西美学思想的传统不同，《水浒传》的描写讲究"神似"，不强调形似，体现了以虚带实的特色。如《水浒传》的对人物肖像的描写，不作非常具体的介绍，但寥寥几笔，即可让读者看到人物的"尊容"。如写李逵只有"一个黑凛凛大汉"半句，但读了全书，这位好汉鲜灵活脱、生龙活虎的完整形象，却清晰地浮现在我们眼前。如写风景，林教头风雪山神庙一段写大雪，只要"那雪下得紧"五个字，就令鲁迅赞叹。至于写心理活动，书中妙例更多。如宋江杀阎婆惜前后一反小心谨慎、宽厚待人的常态，而顿萌杀心时一系列内心激烈斗争，读后，令人叹为观止。

西方美学思想讲究形似，即摹仿，再现，并从形似、再现中再写出典型性来，偏向于以实带虚。《艾凡赫》在这方面也颇有成就。如书中对蕊贝卡美丽容貌和形象的精细描绘，可与俄国擅写女性肖像和形象的大师冈察洛夫、屠格涅夫媲美，而他对英国田野风光，房屋城堡的描写，也使我们有身临其境的亲切之感。但总的来说，此书的心理描写远远比不上《水浒传》。

至于两书的情节，则都很生动曲折，跌宕多姿，引人入胜。与之相适应，两书在菁华处的结构都很严谨，随着故事情节的开展、人物性格的发展而环环紧扣，作了精心的安排。但两书的结构也都有松散之处。《水浒传》也许因为七十回以后有许多处是别的作者增添或续写的吧，它的后半部结构散乱，且和前半部联系不紧密；而《艾凡赫》作者贪多图快，喜欢信笔所之，有时还是口述，由人笔录，这就未免顾此失彼，经常出现疏忽与漏洞，为论者所屡讥。

另外《水浒传》用语言和行动来刻划人物的性格，而《艾凡赫》喜用大段的议论和描写来反映人物和事件。

《水浒传》还有一个妙处为《艾凡赫》和中外其他许多名著所缺少的，那就是全书有许多事件的描写充满了辩证法的哲理。除了毛泽东同志所举的"三打祝家庄"这个在故事内容和情节上闪现辩证法光辉的著名范例外，笔者再举两个把辩证法用在写作上的例子。一是写武松打虎过程中，三次写到武松心中害怕，这就写出了武松既神奇而又平凡的两面，揭示了生活本身的逻辑。把勇敢与胆怯辩证地统一在一个人彼时彼地的心理状态和性格特征中，这样写并不影响人们对武松勇力过人的赞叹。

又如武松气呼呼、急匆匆拿着刀到狮子桥酒楼去找西门庆复仇。西门庆本事不及武松，又没有思想准备，赤手空拳，处绝对劣势，武松杀他，好比虎与猫斗，有什么精采之处？但作家自有妙法，他写武松报仇心切，气壮而心粗，缺乏细致，一脚被对方将刀踢飞。西门庆见开打得手，心中就不怕了。这样双方搏斗就比较精采，武松打赢他，也倍显光采。作家懂得写作时将矛盾双方力量的消长作有变化的调动，先扬后抑，抑后再扬，就使文章有了波澜。

施耐庵在写作中有意识地使用辩证法，这与他有较清醒的政治、哲学头脑分不开。他又能将此法不露声色、天衣无缝地用在写作中，一个古代作家能这样做，很了不起。

在西方文学史上，《艾凡赫》是历史小说。

历史小说当然允许也必须有虚构，但虚构绝对不能违背历史真实。

而司各特则时有失实之处，特别是他把资产阶级人道主义、对敌人的"宽容"精神硬赋于中世纪的人物，岂不大悖事理。众所周知，人文主义、人道主义的旗帜是针对中世纪的残酷、野蛮、黑暗才在文艺复兴时期开始高举起来的。

最后还要指出的是，这两部小说都是现实主义和浪漫主义比较完美结合的杰作。《水浒传》虽以现实主义小说著称，但书中带有浓厚的浪漫主义色彩。不要讲武松打虎、鲁智深倒拔垂杨柳是浪漫故事，就是义军中的主要领袖也是被高度理想化的。《艾凡赫》像作者其他历史小说一样，一方面接受了十八世纪后半期以"恐怖和神秘"为特点的哥特派前浪漫主义的影响，有的地方如死人复活还表现出消极浪漫主义的痕迹，但另一方面也继承和发扬了英国启蒙时期的现实主义。这表现在书中真实地再现了英国中世纪的历史画面，真实地写出了反动统治者的凶恶和愚蠢，看到人民力量的伟大和强大。

正如高尔基指出的那样，一个作家或一部作品兼有现实主义和浪漫主义往往是这个作家或作品高度成熟的一种标志。《水浒传》和《艾凡赫》都是值得我们反复认真揣摩、借鉴的这样的好作品。

一九八一年十月

西方名著中的失误及其接受效应
——从莎士比亚的重大失误谈起[1]

    莎士比亚是西方文学中不可企及的高峰之一。他的伟大作品光照千古，是我们学习的典范。但巍巍然如莎翁，也常有失误，乃至重大失误。譬如在四大悲剧中名列第二的《奥瑟罗》，其原文和朱生豪译《莎士比亚全集》（人民文学出版社一九七八年版）的译文为：

    Desdemona: Why is your speech so faint? are you not well?

    Othello: I have a pain upon my forehead here.

    Des. Faith, that's with watching: 't'will away again:

        Let me but bind hard, within this hour

        It willbe well.

    Oth. Your napkin is too little.

        [Puts the handkcrchief from him, and it dtops.]

        Let it alone, Come, I'll go in with you.

    Des. I am very sorry that you are not well.

        [Exeunt Oth. and Des.]

    苔：您怎么说话这样没有劲？您不太舒服吗？

    奥瑟罗：我有点儿头痛。

    苔：那一定因为睡少的缘故，不要紧的：让我替您绑紧了，一
        小时内就可以痊愈。

---

1 《外国文学研究》1992 年第 2 期，中国人民大学资料研究中心《外国文学研究》
   1992 年第 7 期。

奥：您的手帕太小了。（苔丝狄蒙娜手帕坠地）随它去；来，我
　　跟你一块儿进去。

苔：您身子不舒服。我很懊恼。（奥瑟罗、苔丝狄蒙娜下。）

这段对话在第三幕第三场，是苔丝狄蒙娜偕爱米利亚（伊阿古之妻）在军营前与奥瑟罗不期而遇时发生的故事。

我认为这段对话是莎翁此剧的重大失误。为什么？请看此剧以这段对话为基础的情节发展：

奥瑟罗和苔丝狄蒙娜一块儿进军帐后，这块手帕马上被爱米利亚拾去。爱米利亚拿到手帕，不去归还苔丝蒙娜，而是兴高采烈地自白说，她丈夫伊阿古要她偷这块手帕，她虽然不知他有何用处，为讨好他，仍愿意为他效劳，但一直未捕捉到机会。现在竟唾手可得，所以十分高兴。她立即将手帕交给丈夫，伊阿古拿到手帕后，设计转到副将凯西奥手中。伊阿古觊觎凯西奥的副将官职，蓄谋要陷害他，于是造谣说苔丝狄蒙娜已和凯西奥私通，并以此帕为铁证。奥瑟罗本来将信将疑，后见此帕才深信不疑，盛怒之下妒火上升，杀死爱妻，酿成震撼人心的大悲剧。这块手帕是奥、苔定情的信物，又是他们经历过暴风雨般考验的爱情的见证，所以它落到"第三者"手中，便成为奥相信伊阿古鬼话的唯一物证。可见手帕是全剧中起关键作用的道具。于是这段对话也便成了激烈的戏剧冲突的情节支撑点。但这个支撑点却落在沙滩上。因为这段短短的对话，漏洞太大了——

试问：这样重要的手帕，奥竟没有看清，轻易让它丢失？（两人近在咫尺，而这位叱咤风云的将军又绝不是近视眼患者。）苔丝狄蒙娜自己竟没有意识到手中掉下、弃而不拾的是什么手帕？（剧中紧接着还借爱米利亚之口特地强调，这块手帕是苔时刻不离身、常常拿出来看的爱物；而这也是爱米利亚此前偷不到此帕的唯一原因。）时隔不久，为查清有否私情，奥还向苔索讨此帕，这两位年轻人竟象老年人一样健忘，想不起此帕掉在地上后主动放弃不拾的情景？（要知道奥是思路敏捷的青年英雄，苔也是聪明绝顶的女子。）至于手帕坠地后放弃不拾，这个戏剧动作本身缺乏必然性，是一种缺乏心理根据、不符合正常和一般心理逻辑和生活逻辑的奇怪行为和不正常行为。

对照原文，朱生豪的中文全集本显然漏译了"Puts thc handkerchief from him"一句。曹未风的译文为："他把手帕拿下来；她失手落在地上。"[2]而朱

_____

2　《奥塞罗》曹未风译，第84页，上海译文出版社，1979。

译本仅为："苔丝狄蒙娜手帕坠地。"如果补上曹译的一句，则莎翁此剧中的情节漏洞便更明显了。

可见莎翁此剧这一关键性的场面是经不起推敲的，并又牵连到全剧的情节发展和结局缺乏可信性，无疑是一个重大失误。如果莎士比亚构思爱米利亚背着苔、奥，设计偷走手帕的情节，才是合理的，前后的情节才能借此天衣无缝地联结在一起。

我后来看到英国当代推理小说大师阿加莎·克里斯蒂从犯罪学、推理学的角度对莎翁此剧表示非议。她在《别墅阴云》（又译《幕》）中描写波洛在临终前侦破最后一个案子，这位比利时大侦探对他的英国朋友分析案情时说：

……于是你就匆匆忙忙荒谬地作出一种既对也不对的推论。你说 X 犯了所有的谋杀罪。

但是，我的朋友，情况是这样的，在每一件案子中，可能只有一个被告动手作案。如果是这样，怎样去证明 X 犯了罪呢？……意思就是，X 在哪里出现，罪行就在哪里发生——不过，X 并没有主动地参与那些罪行。

这是一种非常离奇的，不正常的局面！而我看到了，在我一生的最后，我偶然碰上了这个厉害的罪犯，他创造的那种种技巧十分高明，使他能永远不被判决有罪。

这是令人惊异的。但是并不新鲜。这种情况不乏其例。在这儿我就留给你第一个"线索"：剧本《奥赛罗》。因为在剧本里就有我们那个 X 的原型的动人描写。埃古就是一个厉害的谋杀犯。苔丝德梦娜和卡西奥之死——实际上还有奥赛罗本人之死——都是埃古的罪行，都是由他一手策划，亲自执行的。而他却始终躲在圈子外面，可以不受到怀疑——或者有可能一直是这样不被发现。因为你们伟大的莎士比亚，我的朋友，也不得不去处理他自己艺术作品中造成的这种困难局面。为了撕下埃古的假面具，他不得不求助于最笨拙的手段——那块苔丝德梦娜的手帕——这种做法与埃古总的巧妙手法太不相称，而且这种错误人们认为他是决计不会去犯的。

说真的，谋杀艺术在这里达到了登峰造极的地步。甚至连一句直接暗示联想的话也没有。他总是劝阻其它人采取暴力行动，而且往往带着一种恐慌的神情来驳斥那些经他提醒后才产生的缺点。

> 而同样的巧妙手法也可以在《约翰·弗格森》的出色的第一幕
> 中看到……3

阿加莎·克里斯蒂这位怪异的天才,以其独特的眼光从犯罪学的角度对《奥》剧中有关手帕的情节提出总体性的否定,是很有说服力的。由于她的这个精辟见解是在通俗小说中"发表"的,故而未引起研究家们的注意。

莎翁的这个失误,一般读者观众和众多专家皆未察觉。不少人也许会认为这是因为莎剧曲折的情节、磅礴的气势、栩栩如生的人物形象和华丽的语言征服了大家,吸引着人们的全部注意力,于是大小缺点便悄无声息地在眼皮底下滑过去了。这话非常有道理,但其中还有更深一层的美学原理。《奥》剧借威尼斯的场景真实地反映文艺复兴时期英国的历史特征。随着资本主义的兴起,海路大通,欧亚非的各民族间的交流包括人才交流大大增强。非洲摩尔人奥瑟罗在意大利半岛威尼斯任人唯贤的政权下得以身居高位而舒展惊人才华,而他的出现,阻碍了资本原始积累时期产生的冒险家、阴谋家之流利已主义者对财富权势的追求,造成进步与反动两种政治势力的激烈冲突。勃拉班修这个保守的贵族老朽歧视奥瑟罗的门第和肤色,阻挠自己女儿的自主婚姻。奥和苔以爱情为表、"真诚相待"为里的人际关系的产生和遭破坏、毁灭后的重建,体现了人文主义的原则和理想。唯才德用人和真挚的爱情是种族平等和人和人之间真诚相处的产物,这一切都闪耀着不灭的时代光辉,体现了莎士比亚所处时代的精神。

莎翁此剧和其他作品所包涵的时代精神是使他及其伟作取得辉煌成就的最大保证。文学的时代精神使作品具有极大的社会价值和认识价值,又是作家出神入化的高超艺术手段得以发挥、作品的艺术成就赖以附丽的根本基础。作品中的时代精神引起当时观众读者的共鸣,使之陶醉其间;而越是忠于自己时代的作品便越有永恒的意义,这又使无数后代欣赏者心折神往。伟大的作品令人们倾倒,而人们一旦进人"倾倒"这种审美心理状态,欣赏者便不自觉地全神贯注于作品的优点,忽视或宽容了它的缺点。无数事实证明:时代精神是文学艺术作品中最重要和最有魔力的因素。

不仅莎翁,其他西方作家也有类似情况。如一九〇六年发表于沙俄时代的《母亲》,是伟大作家高尔基的代表作,在世界文学史上有极高的地位。我在

---

3 〔英〕阿加莎·克里斯蒂《别墅阴云》,陈渊,支叔良译,第213—214页,花城出版社,1981。

高校"外国文学"课教学中也发现此书在艺术上有一个很大的失误。此书的最后，即第二部第二十九节，描写主人公、工人革命家巴威尔被捕后，被反动法庭无理判"罪"，巴威尔和同志们在法庭上一个个发表演说，慷慨激昂、义正词严，法庭变成了宣传革命真理的讲坛。第二天，巴威尔的演讲稿印成了传单，他的母亲尼罗芙娜把传单带到车站，准备向群众散发。此节即叙述母亲在车站候车室散发传单、最后被逮捕的动人情节。全书到此戛然而止，这一节是表现母亲成长为坚定革命者最有力最深刻的一笔。小说描写母亲正准备发传单，却突然被密探盯住。母亲心中害怕，慌乱不堪，甚至想丢弃传单夺路而逃。经过激烈的思想斗争，她逐渐冷静下来，换了一个位子坐下来。此时暗探叫来一个路警，让他出面抓获母亲。这个老警察经验非常丰富。他"从容不迫地一步一步地走过来"，到母亲面前还"沉默了一会"，"注意地"观察母亲，并不马上下手。然后这个老奸巨滑的警察"声音不高地严厉地"斥责："哼，女贼，上了年纪，还要干这种勾当！"竟故意不把她当作政治"犯"，而当作小偷抓。这样既可不惊动可能在附近策应的革命组织派来的同志或在场的同情者，又可煽动群众对窃贼的不满情绪，顺利将母亲抓走。母亲急中生智，借申辩自己不是小偷的机会，打开箱子，散发传单——说明这不是赃物；一面进行革命宣传。在场群众纷纷来取传单，聆听母亲的讲演，并自动围成屏障，阻拦后面的宪兵上前捉拿母亲。暗探和两个宪兵费了很长时间，好不容易"排开群众"，挤到前面，"用一只红色的巨手抓住母亲的衣领，将她摇撼了一下"。此时母亲已作了一阵革命宣传并引起人们的共鸣，而传单也已几乎分完。最后宪兵抓住母亲，母亲依然高呼口号，"真理是用血海也不能扑灭的！""宪兵扼住母亲的喉咙，使她不能呼吸。她发出嘶哑的喊声。'不幸的人们……'回答她的是不知谁的恸哭的声音。"[4]

小说到此结束，留下袅袅余音，富有象征意味。问题是母亲面前的这个老警察到哪里去了？作者竟毫无交代地让他失踪了！如果这个老练奸滑的警察在场，还用得着"远水来救近火"，让宪兵和密探迟缓而来捉拿，这个警察早就揪住母亲了。至少母亲没这么顺利地散发传单和发表演讲了吧。这个人物既已出现，并作了令人注意的突出描写，可是接着竟消失得无影无踪，而情节则

4　《母亲》，夏衍译，人民文学出版社，1973。北京外国语学院《英语精读课本》第一册，英译本的最后口号是："Band up, workers!（工人们，团结起来！）"商务印书馆，1963。

据此才能展开，这无疑是高尔基的一个不容忽视的败笔！

高尔基撰写这本小说时，已经是世界著名作家，创作经验成熟而丰富，他怎么会犯下这样低级的错误？

原来，这部小说是在访问美国期间写的。高尔基访美前，因故和原配夫人分手，他由情人安都丽华女士陪伴访美。

高尔基应邀访问美国，美国朝野轰动一时，欢迎热烈。美国名作家马克吐温和豪尔斯等代表美国著作界特开宴会欢迎，随后宴会和公开演讲会已按日排好，准备陆续接着对这位世界大作家作热烈的欢迎。当时的罗斯福总统且有将请他到白宫宴会的消息。美国全国舆论均轰轰烈烈的反对俄国的专制政治，都同情于俄国革命。面对此状，帝俄政府气急败坏，极力设法破坏，几次失败后，便"利用美国普通人最所顾忌的一件事——关于性道德的计较"。他们"放出空气，说和高尔基一同来的安都丽华女士是个女伶，并未和他正式结过婚，他的原有的夫人和一个儿子还在俄国云云，便弄得各报争载，使原来对高尔基热烈欢迎的社会，一变而为鄙弃冷淡"。韬奋介绍高尔基婚姻状况的事实是：

高尔基和他的夫人分居了好几年，他的夫人已另得了一个伴侣。因为他是革命者，俄国的天主教堂不许他受离婚的手续，在实际是等于离了婚。安都丽华女士是个多才多艺的女伶，贤惠干练，通俄文、法文、德文、意大利文，和高尔基已实行同居之爱者数年。高尔基只懂俄文，在国外就靠她担任翻译。他们两人对协助列宁从事革命，列宁关于组织及设法寄递革命报纸到国内去，靠安都丽华女士的干才辅助之处颇多。但是因为未得到俄国牧师的证婚，被美国各报一为披露，便弄到他们俩受人白眼相加，他们所住的旅馆不肯再容纳，挥之门外，搬到别一个旅馆去，深夜又被他们请出门外，高尔基夫妇等竟于深夜中立在纽约的人行道上，彷徨无所归！据传当时高尔基笑着说，倘若需要的话，他尽可睡在街上，像他幼年穷苦时在故乡所做过的一样。后来马丁夫妇（Mr.and Mrs. John Martin）接到他们家里去住下。此事在帝俄政府可谓踌躇满志。高尔基虽受着这种意外的挫折，但在美国的夏季却著完他的名作《母亲》一书[5]。

高尔基是受到资助，在美国完成《母亲》的。但是他的情绪在受到冲击后，

---

5 《高尔基与革命》（中）篇，原载于 1932 年 12 月 10 日《生活》周刊第 7 卷第 49 期；《韬奋全集》（增补本）第 4 卷第 744-748 页，上海人民出版社，2015。

有了波动，所以作品除了纰漏。

就象能一幕幕背诵莎翁剧作，熟悉莎剧中任何一个不起眼的次要角色，但未能发现其中失误的马克思一样，列宁一再读过《母亲》，赞扬此书是"非常及时的书"，他那敏锐的眼光也未发现高尔基的疏漏之处。因为《母亲》在问世之初即受到了"最热烈的赞扬"[6]，培养了一代一代俄国无产者，表现了本世纪初俄国十月革命胜利前夕的时代精神。鄙弃此书的读者当然不会仔细读它，而热爱此书的读者将全部注意力集中在思想内容、社会内容，为主人公的英勇行为所感动，着力于汲取其中漾溢着的斗争力量。对影响巨大的世界著名作品的严格审视和全面评价，是后世一代代研究者冷静思考的长年积累的产物。

另如西方历史小说的奠基人、英国瓦尔特·司各特最著名的作品是《艾凡赫》。这部长篇小说的主人公艾凡赫和罗文娜——骑士和美人的形象苍白无力，是文学史上的著名败笔。这部写坏了主人公的作品之所以仍是第一流的世界名作和西方历史小说的开山之作，是因为作家写活了两个陪衬人物，作了极好的弥补：侠盗罗宾汉和犹太女郎蕊贝卡。这两个喧宾夺主的人物，前者体现了当时英国人民反对强暴和黑暗政治，渴求启由光明的强烈愿望；后者反映作者反对民族压迫，要求民族平等团结的进步主张，表现了时代精神。

我国作品也不乏虽有明显毛病但仍有极好接受效应的现象。如古典戏曲名作《琵琶记》历来被誉为"传奇之祖"，极受明清以来的作家、批评家和观众读者的推崇。可是此剧也有重大缺陷，戏剧情节上有不少漏洞，清代著名曲论家李渔指出："若以针线论，元曲之最疏者，莫过于《琵琶记》，无论大关节目，背谬甚多。如子中状元三载，而家人不知；身赘相府，享尽荣华，不能自遣一仆，而附家报于路人。赵五娘千里寻夫，只身无伴……"但《琵琶记》以高超的艺术手段，写出时代的苦难：灾荒频仍，吏治黑暗，科举中榜后的遭遇无情拆散了父子、夫妇，毁灭了众多家庭。主角赵五娘的光辉形象集中体现了我国古代劳动妇女的美德。她善良勤劳，忠于爱情，在无比艰难中坚定地承担抚育老人的重任。她的责任感、牺牲精神和奋斗精神体现了古代人民的愿望和要求，具有时代的特色。《琵琶记》无愧为我国文学史、戏曲史上的不朽之作。

中外文学史都证明，凡是作品，即使再伟大，也决不会完美到没有缺点的

6　卢那察尔斯基《论文学》第 315 页，人民文学出版社，1978 年。

极境。但只有富于时代精神的作品，并能用强有力的艺术手段给以表现，才是伟大的，有现实和永恒意义的。所以一切有攀登艺术高峰的雄心的作家，应该努力创作富有自己时代精神的作品。我们面临着建设四化和改革的时代，所以表现这样题材的优秀文艺作品受到读者欢迎，甚至产生轰动效应，这决不是偶然的，而其根本原因是本文前所揭示的这个美学规律的必然体现。

京剧《司卡班的诡计》述评[1]

2012 年 8 月盛夏酷热季节，由中法艺术家共同创作、演出的据法国著名喜剧家莫里哀的经典剧作改编的京剧《司卡班的诡计》，先后在福州、上海、武汉上演，引起观众和专家的很大兴趣。演出后，上海戏剧学院、上海艺术研究所、福建艺术研究院、福建省戏剧家协会、漳州市戏剧研究所、武汉大学、法国中法文学艺术研究学会举办了三次学术研讨会。与会者一致公认此戏是中外文艺交流的一个重要成果，本文对此戏做一个全面但又简要的评述。

一、创作阵容

此戏的策划人是法国戏剧学博士，在巴黎第三大学戏剧研究院执教的法籍华人傅秋敏，出于她的动议和策划，创建了这个中法文化交流项目，并亲自担任剧本改编、翻译和部分导演工作。

傅秋敏是上海戏剧学院表演系毕业生，学的是话剧表导演。但在对京剧梅派有精深独到研究的父亲影响下，她从小随荀派弟子上海京剧院的陆正红学演京剧，随月琴师韩高升学弹月琴，因此又是戏曲的内行。傅秋敏曾在上海艺术研究所从事多年戏曲历史和理论的研究，尤钟情于中国的李渔、梅兰芳、汪笑侬和俄苏的斯坦尼斯拉夫斯基，撰写和发表过颇有见解的论文。她在中国艺术研究院做完戏曲硕士论文答辩后，就到法国发展。

1988 年深秋的 11 月 2 日至 6 日，刚到巴黎的傅秋敏，经法国导演推荐，

---

1 2013，上海艺术研究所、福建省京剧院、中国比较文学旅法分会主办京剧《司卡班的诡计》研讨会论文，中国比较文学旅法分会，上海比较文学研究会《对流》（法国巴黎）第 8 期，2013。

出席了纪念斯坦尼逝世 50 周年的斯坦尼斯拉夫斯基国际学术研讨会。会上有来自苏联、法国、英国、中国等 12 个国家的 50 多位代表发言，用英、法、俄三种语言同声翻译。她提交的论文是《李渔与斯坦尼比较研究》。中国派来的代表是高行健和林荫宇（音），傅秋敏作为个人出席大会。大会组委会经过研究，确定傅秋敏与高行健等一起在大会上作重点发言。林谈中国话剧的现状和斯坦尼对中国话剧的影响，高行健谈《从毛泽东到现代主义》。傅秋敏作《体验与表现 Expérience et incarnation》发言，主要是分析研究京剧的表演和戏曲的传统导演学思想与斯坦尼体系的异同。这是中国学者首次在国外边唱边演对中西戏剧表导演的异同进行具体的分析。现身说法的演讲获得了轰动效应，受到与会者的极大欢迎。会后傅秋敏被英国伦敦戏剧学校和英国伦敦大学亚非学院聘请讲学，专题演讲中国戏曲。并被在场听她演讲的巴黎第八大学戏剧系主任教授帕维斯收为自己的研究生。1989 年法国《诙谐戏剧 Bouffonneries》杂志出版了题为《斯坦尼斯拉夫斯基的戏剧时代 Le siècle Stanislavski》国际戏剧学术研讨会论文专集。论文集的序言把梅兰芳列入世界戏剧大师的行列，在傅秋敏的文后附上了斯坦尼与梅兰芳的半身合影。从目前所查到的资料看，这可能是在法语戏剧杂志上所刊行的第一张梅兰芳照片。[2]

傅秋敏在短短的几年中，"四面出击"：一面打工糊口，一面学习法文，一面相夫教女，一面攻读学位，先后取得了巴黎第八大学的戏剧学硕士和巴黎第三大学戏剧学的博士学位。学成后的傅秋敏，又长年"四面出击"：一面教书（在巴黎中央大学等学校教汉语、在巴黎三大戏剧研究院教戏曲），一面从事学术研究、撰写论文和著作《梅兰芳艺术研究》等，并在法兰西喜剧院、法国国立戏剧学院、法国高等师范大学等名牌大学做过多次讲学或学术报告；一面将法国的重要戏剧著作翻译成汉语、引进中国，一面创办"法国中法文学艺术研究学会"和杂志《对流》（即本刊）。此外又为中法艺术交流付诸了很多心血，如为福建省京剧院在法国的演出做了不少工作。傅秋敏还创立了海外"汉语戏剧教学法"，并出版了受到学生好评的专著和教材《小品演练汉语教程》（包括 DVD 和 CD）等。基于傅秋敏为法国汉语教学所做的特殊贡献，荣获了中国国家颁发的"海外优秀华人教师"称号。

本剧出品人、艺术指导是中国福建省京剧院院长刘作玉、国家一级导演，毕业于中国艺术研究院。从事京剧表演、戏剧导演、戏曲教学 40 余年。曾多

2　法国《诙谐戏剧 Bouffonneries》杂志，114 页，第 20／21 期，1989。

次在戏剧会演和比赛中荣获表演奖、导演奖、优秀辅导教师奖。所教学生多人在省级比赛中获得金奖。曾在中国戏曲学院、厦门大学、福州大学、福建师范大学等作过学术报告和艺术讲座。应邀赴法国巴黎第三大学戏剧研究院讲授中国京剧表演艺术。执导剧目有：京剧《雷锋之歌》《成佛记》《北风紧》《大唐才女》，话剧《哦，梨花洲》等。

总策划冯学锋，中国武汉大学文学院教授、博士生导师。现任中国汉语国际推广教学资源研究与开发基地（武汉大学）副主任等职，钟情于中国京剧艺术。

总监制金于贤，福建省京剧院副院长，国家一级艺术管理。从事京剧表演（武生）、导演 40 余年，曾在京剧《真假美猴王》中扮演孙悟空，并在多部剧中和重大晚会中担任导演。执导京剧现代戏《走过十五岁》（合作），获福建省22 届戏剧会演"优秀剧目奖"、"优秀导演奖"，曾参与创作京剧《北风紧》。

监制陈新华，福建省京剧院书记，国家一级艺术管理。长期从事文化艺术工作，在众多报刊杂志发表过文化艺术论著。参与创作的京剧《北风紧》《大唐才女》获得第五、六届中国京剧艺术节一、二等奖。

监制黄国庆，福建省京剧院副院长，国家一级艺术管理。福建省对外文化艺术公司经理。

京剧本改编陆柏兴，毕业于中国艺术研究院。中国戏剧家协会会员、国家二级编剧、研究员。曾任武汉市文化局局长，发表过诗歌、散文、人物传记、理论文章以及戏曲、话剧评论文章等约 50 万字。

法文本改编洛柏（ROBERT ANGEBAUD），法国著名导演、编剧、演员，阿让市戏剧学院院长。年高七十岁的洛柏先生已度过五十多年的艺术生涯，被誉为法国戏剧的活字典。他曾在波尔多大学执教戏剧，在雷恩市戏剧学院担任过十几年院长。曾在布尔代、格伦、朗高夫、梅斯吉什、维泰兹等多个法国著名导演的执导下，演过一百多部戏剧。还创编了五十多个新剧目、七十多个改编移植剧目。他不仅参与法国国家戏剧中心等许多剧院的剧目编导，也曾多次被聘请到墨西哥、阿尔巴尼亚、埃及、土耳其和非洲一些国家的戏剧学院兼职任教。

法方导演安澜（ALAN BOONE），法国戏剧、影视著名导演和演员，"法国博览戏剧演出公司"总经理，现执教于巴黎第三大学戏剧研究院。早年就学于巴黎高等戏剧学院。曾担任图鲁兹生活剧院院长。是法国国家演剧中心主任赫努西的合作伙伴之一，曾参与法兰西喜剧学院的演剧工作，和维泰兹、尼谢、歌狄亚等不少大导演一起工作过。还在巴黎戏剧学院、凡尔赛戏剧学校等法国重要的艺术院校兼职教学，并创建了自己的戏剧学校。在英国伦敦、中国香港哑剧戏剧会演的各类国际戏剧节上，他既是导演和演员，又是青年演员的培训教师。他曾任教于美国纽约大学，在芝加哥剧院当过导演。

中方导演韩宁，国家二级演员。1987 年毕业于福建艺术职业学院京剧班；2010 年毕业于中国戏曲学院戏曲导演系。曾在根据法国高乃依名剧《熙德》改编的京剧《情仇剑》中担任副导演，程派传统剧目《窦娥冤》中担任复排导演。2011 年京剧新编历史传奇剧《大唐才女》导演之一，并荣获第六届中国京剧艺术节二等奖。

中方演员张飞飞，文丑，国家二级演员，饰司卡班。1999 年毕业于上海市戏曲学校。常演剧目：《海舟过关》《醉皂》《小上坟》《苏三起解》《金玉奴》《望江亭》等。曾获福建省第八、九届水仙花比赛铜奖。

黄嵩，花脸，国家二级演员，饰阿冈特。1999 年毕业于上海市戏曲学校。常演剧目：《打焦赞》《李逵下山》《李逵探母》《汉寿亭侯》《赵氏孤儿》《楚汉争》等。曾获福建省第五届水仙花比赛金奖；福建省第二十二届戏剧会演优秀表演奖；福建省第二十三届戏剧会演演员奖；第二届深见杯武戏武打比赛最佳表演奖；福建省第六届中青年演员比赛金奖；福建省第九节水仙花戏剧奖金奖。

刘泳渤，刀马旦，二级演员。饰雅散特。2006 年毕业于中国戏曲学院附中。常演剧目有《白蛇传》《杨门女将》《改容战父》等。曾获 2005 年全国红梅大赛银奖；福建省第六、七届武夷奖中青年演员比赛金奖；福建省第十届水仙花戏曲大赛金奖。

马超博，小生，优秀青年演员。饰奥克达。2007 年毕业于北京戏曲艺术职业学院。常演剧目：《花田错》《白蛇传》《监酒令》《小宴》《陈三两爬堂》《大唐才女》等。曾获福建省第七届武夷奖青年演员比赛铜奖。

徐旭东，小生，国家二级演员。饰莱昂德。1999 年毕业于上海戏曲学校。常演剧目：《罗成叫关》《辕门射箭》《小宴》《红娘》《四郎探母》《白蛇传》《望江亭》《凤还巢》等。曾获 2001 年 CCTV 哈药杯全国青年演员电视大奖赛荧屏奖；福建省武夷杯比赛铜奖。

李海宁，花旦，二级演员。饰塞尔比。2004 年毕业于河北省石家庄艺术学校。常演剧目：《红娘》《金玉奴》《春草闯堂》《白蛇传》《四郎探母》《情仇剑》等。曾获福建省第八届水仙花戏剧比赛新秀奖，福建省第六届中青年演员比赛银奖；第九届福建省水仙花戏剧比赛优秀新秀奖；福建省武夷奖比赛金奖。

王连鲁，文丑，优秀青年演员。饰席乐外。2008 年毕业于山东艺术学院附中。常演剧目：《乌盆记》《钓金龟》《拾玉镯》等。曾获福建省第二十三届戏剧会演演员奖；第一届深见杯校际联赛二等奖。

法方演员有：

李皓（LEEROY BOONE），饰卡尔。法国巴黎歌剧院古典芭蕾舞演员。出生于艺术世家，从小就上台演剧，跳芭蕾。他曾在法国图卢兹国家剧院和科西嘉岛国际汇演中演戏剧。他演过的剧目有：《火鸟》《葛佩莉亚》《胡桃夹子》《堂吉诃德》等。

布莉洁（BRIGITTE PARQUET），饰奈丽娜。演员、导演，法国梦幻剧院院长，执教于图卢兹市艺术中心。作为演员，她曾演过阿里斯托芬、莫里哀、福楼拜、契诃夫等大剧作家的不少剧目。也导演过莎士比亚《仲夏夜之梦》、达·佛里奥获诺贝尔文学奖的《Mystero Buffo》等戏。

本剧京剧演员都是朝气蓬勃的青年才俊，其中张飞飞等三位主演都是上海戏曲学校的毕业生，这次回上海演出此戏，用上海话插在戏中，颇有特色。

二、创作过程

在策划人傅秋敏确定了改编剧目——莫里哀《司卡班的诡计》后，该剧首先由法国编剧洛柏和导演安澜根据莫里哀原作进行了删节和增加情节，然后由傅秋敏根据京剧的特点和她自己的导演构思，根据莫里哀的原本和他俩的修改本，对剧本进行了全面的修改、删节、增补和调整，并翻译成中文。接着，武汉的陆柏兴按照傅秋敏改编本的基本内容，撰写成京剧本。

作为尝试剧目，傅秋敏提出了几点关键的编导和排演方法，并得到了其他编导合作者的认同：

1. 中国、法国的编剧、导演、演员共同合作，这在中法戏剧史上是首次，有着开创性的意义。

2. 不用任何布景道具，用只有一桌二椅的传统戏曲手法。

这种演出方法的第一个目的，是找回中国和法国传统的舞台表现方法。正如法国老编剧洛柏在福建和武汉的专家座谈会上说："我们一直在寻找莫里哀时代当年的表演方法，今天在中国演员身上，在这出戏里，我们找到了当年的影子"。第二个目的是返璞归真。针对今天中国花了很多很多钱制作大布景、音响、灯光，外表的花里胡哨，反而淹没或者吞噬了舞台是观看演员表演的戏剧本质的弊病，找回前人成功的演出方式。

3. 不花一分钱，用原有的京剧服装表现法国名剧，照样可达到同样的效果，又节约了经费。

4. 表演上基本搬用京剧方法，但同时揉进西方的喜剧形体表演。这种中西结合的方式，演员开始抵触，后来喜欢。因为这种排戏方式为演员发挥自我创造的积极性提供了自由。其实这也是 20 世纪上半叶戏曲的幕表表演方式，现在有了导演后，大量地扼杀了演员的创造力，傅秋敏认为舞台还是应该以演员为主，而不是导演专制。

5. 以喜剧为主，以中法结合的编、导、演方式，至少吸引了年轻观众，尤其那些从不爱看京剧的观众的喜爱。所以这种探索是有意义的。而且，京剧是看角儿，如果这次是一位大名角演，可能效果会不一样，尤其票友和行家会青睐，但让青年演员演，就不会太保守，也使青年演员有机会成名。这也是一种尝试。

6. 由中国汉语国际推广教学资源研究与开发基地（武汉大学）负责完成该剧的 DVD 和汉法双语的教学文本。教学文本将由傅秋敏具体翻译编撰，DVD 委托武汉电视台具体制作，现已完成初稿（将配上全部法语解释）。这用于法国学戏剧和学中文的教学实践，是一种颇有特点的教材。

三、剧本评论

这次选择《司卡班的诡计》，很有意义。

首先，《司卡班诡计》是"意志喜剧"（本作者周锡山首创的理论话语）中的一部名作。一般的喜剧的主人公都是被动地处于被嘲笑的地位，喜剧冲突多靠误会巧合来组成，而意志喜剧中的主人公因出于正义和道义，主动帮助他人，成为可笑脚色或造笑角色，正面的喜剧形象全靠自己的聪明、机智和灵慧，有时还用幽默的言行，愚弄了丑恶的反面的喜剧形象，造成笑料，并取得斗争的胜利。意志喜剧歌颂富于正义感的主人公的幽默、机智、狡黠，尤其是伸张正义的主动精神和为正义而甘愿冒险的牺牲精神。

意志喜剧最早产生于中国。司马迁《滑稽列传》记载的优孟和优旃，是最早演出意志喜剧的艺术家。元杂剧和明清传奇也多这样的作品，最著名的除《西厢记》中的红娘之外，另如关汉卿名剧《救风尘》中的赵盼儿，《望江亭》中的谭记儿，《李逵负荆》中的义士李逵等，都是主动为救助别人，而成为喜剧角色的侠义人物。

西方虽未创立"意志喜剧"理论，但在创作实践上，却由古希腊的阿里斯托芬《阿卡奈人》和米南德肇其端，后有古罗马普劳图斯的《撒谎者》、泰伦提乌斯的《福尔弥昂》等名著，继中国之后，在西方文化史上首创了意志喜剧。这些喜剧多叙述仆人为了正义而主动介入纠纷，帮助主人或他人摆脱困境、成人之美。

普劳图斯流传至今的二十一部剧本中，大部分是计谋喜剧。莫利哀的许多喜剧都或多或少受到它的影响。

泰伦提乌斯的《福尔弥昂》也是意志喜剧。剧中机智的门乐于助人，运用策略，在仆人（奴隶）格塔的帮助和配合下成全了两对青年男女的婚姻，莫利哀改编为《司卡班的诡计》，还有其他一些剧本模仿它。

第二，《司卡班的诡计》所表现的生活，与中国同时代的生活颇有相同和近似之处：

商人和一般小市民往往唯利是图。

青年婚姻必须遵循父母之命。剧中人非常强调这一婚配原则，"阿尔刚特：作儿子的，不经父亲许可，就娶媳妇？"（第一幕第四场）"皆龙特：这到底是怎么一回事？比他儿子还糟！叫我看，再糟也不过如此；不经父亲许可就结婚，我认为已经岂有此理到极点。"（第二幕第二场）

受五四新文化反传统思潮的影响，人们误以为中国事事落后，西方事事先进，实际上西方直至近代，婚姻不自由，妇女的地位很低，等等，都与中国相同或相似，甚至还更严重。关于包办婚姻，主要以父亲的许可为主，中西皆同。

社会上的人们都相信算命。在此剧开首"人物"介绍："赛尔比奈特——起初被当做埃及女人"，译者（李健吾）注释：埃及女人指一般算命行乞的游民。剧中塞尔比奈特对皆龙特说："我不走运，落在叫作埃及人的那帮人手里，他们一省一省荡来荡去，给人算命……"（第三幕第三场）欧洲人非常相信算命，所以算命人能够一省一省荡来荡去，以此谋生。不仅是此剧中所说的埃及人，更著名的是吉普赛人。白人也喜欢算命。

仆人没有人权，见到主人要下跪（第三幕第七场开首奶妈乃莉娜见到主人皆隆特即"跪在他面前"），还经常要受到主人的严厉惩罚和体罚。奥克达弗的听差席耳外司特对主人说："您寻乐儿，看样子，我要吃大苦头。我看乱棍打下来，有我这背皮受的。"（第一幕第一场）司卡班对阿尔刚特说："我每次回来，心里就准备好了受主人气啦、受申斥啦、挨骂啦、屁股挨踢啦、挨打啦、挨鞭子啦，万一什么也没有的话，我就谢谢上苍照顾。"（第二幕第五场）

司法腐败和黑暗。司卡班听阿尔刚特说要告状，就劝他说："哎！老爷，您说到哪儿去啦，您打的这叫什么主意？您单看打官司，要费多少手脚，也就行了。没完没了的上诉，一重一重的审级，手续烦难，还不提个个儿如狼似虎的官员：什么承发吏啦、代诉人啦、律师啦、书记官啦、检察员啦、报事员啦、审判官啦，还有他们的见习生，你就别想逃过这些人的手。这些官员见钱眼开，没有一个不贪赃枉法的。……您那些审判员就许受了一些信教的人士或者他心爱的妇女的请托，让您败诉，您也只有干瞪眼。哎！老爷，您有办法的话，还是逃出这个虎口吧。您一告状，就算下了地狱啦。我一想到打官司，就恨不得爹娘多给我生两只脚，逃到印度去。"（第二幕第五场）

另如忘恩负义的现象严重。司卡班对奥克达弗说："眼下这世道，只有忘恩负义，我一气之下，决计什么也不干了。"（第一幕第二场）

此外，社会治安也颇有严重问题。司卡班对阿尔刚特说："做家长的，不拘出门久暂，都该想到回家的时候，可能发生种种不幸的意外：什么房屋失火啦、银钱被盗啦、太太死去啦、儿子断腿啦、女儿被拐啦，万一平安无事的话，就权作走运好了。"（第二幕第五场）

上已言及，《司卡班的诡计》是莫里哀改编罗马喜剧名著的成果，而京剧则是第二次改编，将法国名剧改编成中国戏曲。

京剧的这次再改编是一个成功之作。京剧《司卡班的诡计》忠实于原作，剧名和剧中人物的姓名全照原作。剧情按照原作而改编。原作中主角司卡班："我是分忧使者，专管年轻人的闲事。"（第一幕第二场）京剧也以此面貌塑造司卡班，他初次上场时说："（上。数板）我给上天一份彩，上天给我十分才。斗心眼儿，想鬼招儿，替别人出出气儿，整老爷们儿，帮有情人儿，正招歪招样样来！"首两句显示了此剧的文采。

京剧在忠实于原作的同时，做了必要的修改。莫里哀《司卡班的诡计》原剧共三幕二十六场，京剧本删繁就简，删改至五场。这是因为京剧演出时间短，而京剧的唱要比话剧念台词费的时间多。

故事情节方面，增加了开首两位商人回到巴黎的海上经历，并在他们经历海上风波，生命受到威胁时，定下儿女亲家，情节的开展就非常紧凑和自然。全戏选择原作的重要情节，巧妙连接，推进迅速，线索分明，转折和结局自然。

有的细节也做了补充或改动，例如通过杰龙特的台词介绍女主角的经历："是啊！应该上个月就回来了！我可爱的雅散特，自从她坚决地要去中国、印度、东南亚游历，走了以后，好几年没见到她了，不知道她现在长成什么样了？"

全剧的语言更下了颇大的功夫。首先，全剧的唱词和道白，既保有一定的西化语言，也用京剧的固有语言，并能将两者乳水交融，显示了颇为深厚的艺术功力。

戏中适当使用西式的语言，如：

> 司卡班：您不会这样做的，因为您是一个仁慈的父亲，爱儿子
> 　　　　胜过爱自己！
> 阿冈特：我承认我是一个无比仁慈的父亲，可是在这件事情上，
> 　　　　我可以让我的仁慈暂时去休假！
> 菜昂德：不想说？那好吧，就让我的利剑亲吻你的胸膛！（举
> 　　　　剑欲刺）
> 菜昂德：当然记得！那天夜里一只可怕至极的人狼窜进我的卧
> 　　　　室，把我揍了个半死！现在想起来还心有余悸！

以上例句的句式或用词明显地带有西方色彩。

而大量的说白和唱词，带有中国色彩。例如司卡班骗阿刚特退婚费时说：

> 不到长城非好汉——哟！说错了！——不撞南墙不回头！不见
> 棺材不落泪！

司卡班向杰龙特骗取赎身费时，杰龙特：

> 啊！我心里难受，都把我搞糊涂了！（把钱袋给司卡班）可他
> 到那条战船上有什么鬼事干啊？啊！该死的战船！（下）
> 司卡班：（擦汗）铁公鸡身上拔毛——真难哪！
> 雅散特：是啊！（唱）我的身世就像悲剧里上演的故事一般，
> 　　　　都因为母亲过早去世无人对我问暖问寒。哥哥他只知
> 　　　　道拜师学艺舞枪弄剑，

雅散特：他怎么会答应呢？他爱的只有我！可是——唉——

（唱）为什么真诚的爱多灾多难？

为什么赤忱的心负重如山？

为什么苦海茫茫无边无岸？

上举之例，皆引自李健吾的译本，都用了汉语常用而与外文无关的名词、典故和句式。除了明显的"不到长城非好汉"之类，像"舞枪弄剑"，是中国话，古代的外国人只弄剑，不舞枪。"苦海茫茫"是中国流行的佛教语言。

有的唱词颇为机巧，司卡班向阿冈特骗取退婚费时：

司卡班：您听着！（唱）司卡班我天生一副好心肠，

见老爷您愁眉不展愁断肠，

害的我茶饭不思饿瘪了肠！

左思右想想疼了一个脑壳十二根肠！

好不容易想开了窍门想通了肠，

跑去找姑娘和姑娘的哥哥倾诉衷肠。

动之以情晓之以理帮他们清理肝肠，

总算是功夫不负我对您的忠肝义肠——

阿冈特：等等！司卡班！（唱）这根肠那根肠你究竟是何心肠？

司卡班：别着急！老爷！（唱）说出来老爷您得奖我五斤腊肠！

阿冈特：只要你的办法有效，老爷我奖给你五斤半腊肠！快说！

司卡班：叫那个姑娘家退婚！

这样的唱词和对白幽默而有趣，利用汉语的特点，在韵脚和"肠"字上做文章，令人耳目一新。

除上述成功的尝试成果之外，在上海演出时，演员还用上海方言，与在场观众互动。作为一种尝试，它会为中法戏剧史和中外文化交流史上留下浓重的一笔的。

当然这也是著名学者、文学家、翻译家李健吾在其译本中首创的。他翻译的《司卡班诡计》第三幕第二场，司卡班将皆龙特骗到口袋里，将他扎起来，然后假装有剑客来揍这个财主，接着又装外国人，用上海方言翻译司卡班假扮的"外国人"的话：

"天呀，我跑的来象个斯巴克人，整日天寻勿着皆龙特底个死老头子？"藏好了。"老兄，对勿起，请侬讲一讲，我勒拉（沪语：正在）寻皆龙特底个坏坯子，侬阿晓得伊勒拉（他正在）啥地方？"先生我不知道皆龙特在什么地方。"侬老老实实搭我讲，我也勿想难为伊，顶多也不过勒伊背皮上打脱十几棍，胸口头杆（戳）伊三、五剑。"说真的，先生，我不知道他在什么地方。"我觉着象煞有啥物事勒拉袋袋里向动（似乎有什么东西在口袋里面动）。"你看花眼啦，先生。"格里向一定有花样经（这里面一定有奥秘）。"先生，什么也没有。"我有心对底个袋袋里向杆伊一剑。"啊！先生，千万别这么做。"好让我看看底个里向到底是啥物事。"先生，使不得。"哪能啊？勿成功啊？"我扛的东西，你想看啊，办不到。"我啊，偏生（上海方言：非要）要看看，我。"你看不成。"啊！侬勿要多讲！"里头是我的旧衣服。"侬倒是爽爽气气打开来把我看。"我不干。"侬勿肯？"不干。"我呀，拿这棍子打杀侬！"我不在乎。"啊！侬嘎（这么）坏啊。"哎唷，哎唷，哎唷；哎唷，先生，哎唷，哎唷，哎唷，哎唷。"再会：侬讲闲话勿讲道理，我现在叫侬尝尝味道，下趟（下次）还敢口伐。"哎唷！这叽里咕噜的野人就欠黑死病！哎唷！

译者李健吾 1906 年生，山西运城人。毕业于国立北京师范大学附中，翌年与同学组织文学团体曦社，创办文学刊物《爝火》，开始发表剧本、小说。1925 年入清华大学西洋文学系。同年加入文学研究会。1931 年入法国巴黎大学研究福楼拜等现实主义作家和作品。1933 年回国，在中华文化教育基金董事会编译委员会任职。1935 年任上海暨南大学教授。抗日战争时期在上海从事话剧活动，是上海剧艺社及苦干剧团的中坚。1945 年应郑振铎之约，主编《文艺复兴》杂志，并参与筹建上海市立实验戏剧学校（后改为上海戏剧专科学校），即上海戏剧学院前身，任教授。李健吾留学回国后，自 1933 至 1954 年调入北京的中国科学院文学研究所为止，在当时文化和话剧中心——上海，生活和工作了 20 年之久。莫里哀剧作的翻译，也是他在上海期间完成并出版的。这位出生山西、北京读完中学、大学的著名作家，已经成为老上海了。莫里哀这段精彩的台词，李健吾先生用上海话来翻译，别有风味。

这次改编成京剧，也袭用了上海方言，但作了精简：

司卡班：谢谢老爷！啊？不好！又来了一拨（一批）打手！（把

杰龙特按进口袋）模样像个中国上海人。（装扮两人对话如同上段。本剧在哪儿上演就用哪儿的方言）

"打手"：碰着（遇到）鬼了，我跑得来要死，整天寻勿着杰龙特这个死老头子！兄弟，侬讲拨我听，我勒拉寻杰龙特这个坏坯子，侬阿晓得伊勒拉啥地方？

司卡班：先生，我不知道杰龙特在什么地方！

"打手"：侬老老实实搭我讲，我只想在伊的背上打伊十几棍、胸口头刺伊三五剑！

司卡班：先生，我真的不知道他在什么地方！

"打手"：好像有啥物事勒拉（有什么东西正在）袋袋里动！里相一定有花样经！我要对底个袋袋刺一剑！

司卡班：啊！先生，千万别刺！

"打手"：我偏生要刺！

司卡班：里面是我的旧衣服！

"打手"：侬不让我刺袋子，我就拿棍子打杀侬！（打口袋）

司卡班：哎哟！哎哟！哎哟……

杰龙特：哎哟！哎哟！实在受不了啦！（不顾一切地从口袋里钻出来，发现只有司卡班一个人）啊？原来是你？你这个坏蛋！

司卡班：啊？（逃跑下场）

司卡班：谢谢老爷！啊？不好！又来了一拨打手！（把杰龙特按进口袋）模样像个中国上海人。（装扮两人对话如同上段。本剧在哪儿上演就用哪儿的方言）

"打手"：碰着鬼了，我跑得来要死，整天寻勿着杰龙特这个死老头子！兄弟，侬讲拨我听，我勒拉寻杰龙特这个坏坯子，侬阿晓得伊勒拉啥地方？

司卡班：先生，我不知道杰龙特在什么地方！

"打手"：侬老老实实搭我讲，我只想在伊的背上打伊十几棍、胸口头刺伊三五剑！

司卡班：先生，我真的不知道他在什么地方！

"打手"：好像有啥物事勒拉袋袋里动！里相一定有花样经！我

要对底个袋袋刺一剑！

司卡班：啊！先生，千万别刺！

"打手"：我偏生要刺！

司卡班：里面是我的旧衣服！

"打手"：侬不让我刺袋子，我就拿棍子打杀侬！（打口袋）

司卡班：哎哟！哎哟！哎哟……

杰龙特：哎哟！哎哟！实在受不了啦！（不顾一切地从口袋里
钻出来，发现只有司卡班一个人）啊？原来是你？你
这个坏蛋！

司卡班：啊？（逃跑下场）

综上所述，京剧《司卡班诡计》是一个成功的改编，是比较文学的一个重要成果。

此戏因为时间的限制，未能进行细排，演出显得颇为粗放。但中法艺术家们做了多种多样的有意味的尝试。正如创作方所指出的：

中国京剧根植于中华民族五千年璀璨文化的土壤，它是中国传统文化的典型代表之一。法国戏剧诞生于古老的希腊戏剧，它是法兰西民族和欧洲传统文化的典型代表之一。由中法两国戏剧艺术家联合发起，把法国戏剧大师莫里哀的著名喜剧《司卡班的诡计》改编排演成中国京剧，在中法两国戏剧史上具有开拓性的意义。

融合是一种变形，是把几种元素合二为一，它能诞生新的创造空间和传播空间。这种中法两国编、导、演的共同创作，是中法两国传统文化难能可贵的融合。这种跨文化的融合，把单向的演出交流变成双向的演剧对流。两种传统的结合，为弘扬中法两国的戏剧文化开辟了新颖、直接、深化的传播途径。

沪剧外国名著改编本简论[1]

　　沪剧、锡剧、甬剧、苏剧和姚剧都是从滩簧曲艺发展过来的剧种，现在依旧将滩簧系统的曲调作为本剧音乐的基本腔调，所以按照戏曲以声腔划分的标准，它们依旧是滩簧戏，这5个剧种组成了滩簧戏系统。其中沪剧的观众最多，影响最大，在20上半期是上海的主要剧种，在20世纪下半期是与越剧并列的上海观众最多的最大剧种之一。沪剧与其它滩簧戏相比，具有许多共同的特点，但与其它滩簧戏不同，同时也在全国的戏曲中独树一帜的是，它大量编演现代剧目尤其是率先译编多个外国名著，并获得令人瞩目的巨大成就。受沪剧影响，苏剧和甬剧也改编或移植过外国名著的个别或少数剧目。

　　沪剧界从30年代末到50年代初的十余年时间中，曾编演了大量的现代戏，当时称为时装戏，又俗称西装旗袍戏，据统计约有250出左右。这个数量相当于古装戏（沪剧老传统剧目）和清装戏（扮演清代人物和故事的剧目）的总和。[2]沪剧时装戏的素材大致有6个方面：（1）根据当时社会上轰动一时的社会新闻编写；（2）剧作者根据自己熟悉的生活素材创作；（3）从其它剧种移植；（4）根据本国的小说改编；（5）搬演本国的话剧和电影；（6）改编外国作品。1950年代和1980年代，沪剧除演出已有的剧目外又新编约有150出现代戏，还以现代戏的形式继续编演了一些外国名作。

　　沪剧大量编演现当代题材的时装戏和现代戏，总数约达400出之多，不仅及时反映了时代风云，再现了20世纪上海的社会状况和世故人情，成功地探

---

1 2003・杭州・浙江艺术职业学院、江苏文化艺术研究院、同济大学文法学院主办，"长江三角洲滩簧戏学术研讨会"论文，《中华艺术论丛》第2辑（滩簧戏研讨会论文专辑），上海辞书出版社2004。
2 丁是娥《展开艺术想象的翅膀》，第65页，上海文艺出版社，1984。

索和发展了本来专演传统剧目（包括清代题材）的戏曲扮演现代人物和反映现代生活的演出方法和成功经验，在中国最大最先进和文化最发达的城市上海赢得最大量的观众由衷的喜爱，为 20 世纪中国戏曲史作出了特出的贡献。时装戏中，改编外国小说、话剧、歌剧和电影的优秀作品，还为 20 世纪的中外文化交流作出很大的贡献。这应是 20 世纪中国戏曲史和比较文学史研究的一个重要课题，但至今尚未有学者注意及此，本文于此以有限的篇幅先作一初步探讨。

自 1940 年前后至 1980 年代末约半个世纪中，沪剧改编外国名作的著名剧目有以下 20 部：

近代英国	莎士比亚	《哈姆雷特》	清装戏	《银宫惨史》
		《罗米欧与朱丽叶》	清装戏	《铁汉娇娃》
法国	莫里哀	《情仇》	现代戏	《花弄影》
	雨果	《恩捷罗》	时装戏	《何处再觅返魂香》
	小仲马	《茶花女》（小说、话剧）	现代戏	《茶花女》
德国	席勒	《阴谋与爱情》	时装戏	《阴谋与爱情》
俄国	奥斯特洛夫斯基	《大雷雨》	现代戏	《大雷雨》
		《无辜的罪人》（话剧、电影）	现代戏	《无辜的罪人》《母与子》
	托尔斯泰	《安娜·克列尼娜》（小说）	现代戏	《贵族夫人》
现代英国	王尔德	《温德米尔夫人的扇子》	现代戏	《少奶奶的扇子》《和合结》
	台维斯	《软体动物》	现代戏	《寄生草》《娇懒夫人》
美国		《乱世佳人》（小说、电影）	外国装戏	《乱世佳人》
		《魂断蓝桥》（电影）	时装戏	《魂断蓝桥》
		《风流女窃》（电影）	时装戏	《风流女窃》
意大利	普契尼	《蝴蝶夫人》（歌剧）	外国装戏	《蝴蝶夫人》
前苏联		《卫城记》（电影）	现代戏	《幸福门》
墨西哥		《生的权利》（电影）	现代戏	《谁是母亲》
日本	黑岩泪香	《野之花》（小说）	时装戏	《空谷兰》
印度	古尔幸·南达	《断线风筝》（小说）	外国装戏	《断线风筝》

沪剧改编外国作品,有四种情况:一是基本按原样改编,如《无辜的罪人》据俄国亚·奥斯特洛夫斯基同名话剧改编,《断线风筝》改编自印度同名小说,以及美国同名电影《魂断蓝桥》等。

《无辜的罪人》描写善良的少女叶莲娜为官吏穆洛夫所欺骗和玩弄,不多年即遭遗弃。为了保住自己的声名和地位,穆洛夫又将与叶莲娜生下的私生子葛利沙抛弃。叶莲娜独立谋生,献身于舞台,自强不息,终于成了名伶。17年后,她回故乡演出,发现被侮辱与被损害的青年演员葛利沙竟是自己日夜思念的亲生儿子。她痛陈前情后,在充满母爱的《摇篮曲》中,母子俩终于相认和团圆。

《魂断蓝桥》,沪剧传统剧目,根据美国同名经典电影改编,改编者戈戈,1941年上海沪剧社首演,演出还借鉴了电影和话剧的手法。第一次世界大战时,德国战机频繁空袭英国。贵族出身的军官罗伊与舞蹈演员玛拉邂逅后渐生爱情,并立下山盟海誓。不久罗伊出征,又误传他阵亡,玛拉迫于生机,沦落风尘。战后,两人重逢,却因门第和世俗的观念,有情人未成眷属。

《断线风筝》据印度古尔幸·南达同名小说改编,改编者沈鹰。太仓县沪剧团(原上海少壮、红星沪剧团)1983年5月首演于昆山陆家浜剧场。极受欢迎,很快即演满百场。剧情为印度少女恩珠萍由父亲做主许配善良英俊的柯伟,她却在新婚之夜逃婚去找花言巧语蒙骗他的表哥伯郎,却发现伯郎竟另有新欢。其父因此气极身亡。她悔恨交加,愧见亲人,只好远奔他乡,路遇同学好友布拉云,结伴而行。途中布拉云旧病复发,临终前托她将孤儿小波送到从未见过面的公婆谢格拉特家,因她丈夫一年前车祸身亡。恩珠萍受她所托,冒名顶替去她的丈夫家,可是她中途遇盗,实即伯郎竟相随而来,幸遇柯伟相助,顺利安全到达苏尔城。他们俩相逢却不相识,渐生爱慕之情,当恩珠萍得知柯伟即自己逃婚的丈夫时,她既羞恨又内疚,就写信给柯伟吐露真情,想悄悄离去。在具有宽厚胸怀的谢格拉特老人的同情和帮助下,恩珠萍和柯伟终于成全了美满姻缘。剧本富有异国情调,舞美、服饰、人物造型和音乐设计均具有印度的旋律和风情。

二是外国作品中国化,如莎士比亚的名剧《哈姆雷特》《罗米欧和朱丽叶》编著成《银宫惨史》(又名《窃国盗嫂》)《铁汉娇娃》,和《茶花女》等,此类作品,沪剧在改编外国名著时,往往将它衍化为中国故事,以加强外国作品与文化程度不高的小市民为主体的观众的亲和力。

《铁汉娇娃》，据莎士比亚悲剧《罗米欧与朱丽叶》改编，改编者赵燕士，1944 年 4 月文滨剧团首演于上海恩亚派大戏院（1949 年后改名为嵩山戏院、嵩山电影院）。写清末朱、罗两家世代为仇，互不来往。朱家少女丽云去佛寺进香时邂逅罗家公子罗杰，两人一见倾心。惜因家族世仇，良缘难缔，幸得丽云的奶娘帮助，两人月夜私会。丽云的表兄濮天龙，性恶貌陋，觊觎丽云美色，屡次求爱不成，正巧被他探悉两人的秘密，他就向朱父告密并挑拨，同时借丽云的后母之力，逼迫丽云嫁给自己。丽云得到法平长老的帮助逃婚：喝下长老调制的假死复生药，在新婚之日假装服毒自杀。罗杰闻讯前来，刺杀情敌，然后来到丽云灵柩前自杀殉情。朱丽云药性过后醒来，看到罗杰死在面前，她悲痛之极，也自戕而死。

《花弄影》据法国莫里哀《情仇》改编。改编者张恂之，后由陈德一、石见再改编，1950 年英施沪剧团首演。写少女方嘉年，其母为与妹家争夺遗产，从小将她女扮男装。一日，姨夫和表弟吴静波来探亲，嘉年对静波产生好感。她暗唤女装假冒绿云与静波会面，使绿云与其情人林之蔚产生误会。静波以为绿云爱己，反请嘉年促成自己与绿云的婚事，而绿云为与林之蔚呕气，也对嘉年表示喜欢静波。最后谜底揭穿，两对恋人皆成伉俪。此剧手法夸张，格调轻松，误会层出不穷，喜剧性极强。汪秀英饰方嘉年，反串小生，男腔男调，演来潇洒风雅，很受观众欢迎。

《茶花女》是常演的剧目，最新的改编本是金人据小仲马的同名话剧编写，由上海宝山沪剧团著名艺术家杨飞飞和赵春芳主演。剧情为：旧中国的上海，由于帝国主义入侵和军阀争权，战乱不息。美丽善良的姑娘白萍，因生活所迫，沦为交际花，可是她渴望着真正的爱情和幸福。白萍结识了青年杜达民后，达民对她的真挚感情，激发了她对纯洁爱情的向往。他俩离开上海，到昆山城郊隐居。然后好景不长，杜达民的父亲在洋行买办的挑唆下，拆散了这对情人。白萍身受冤屈和疾病的双重折磨，终于含恨离世。

三是将原作和话剧或电影的中国化改编本结合起来改编，或单据改编本改编。此类作品也有多种，如：

《少奶奶的扇子》的原作为王尔德的剧本《温德米尔夫人的扇子》，洪深将其编译成话剧《少奶奶的扇子》，沪剧据洪深的编译本改编，改编者是叶子，原名《和合结》，1947 年上艺沪剧团首演。后又有白沙（即水辉）改编本（1956）和江敦熙改编本（1961、1979）。情节为名闻港澳的交际花金曼萍来沪寻访 20

年前襁褓中即已分离的女儿刘曼萍，几经周折，在实业界人士吴八的相助下，与身为银行经理的女婿徐子明相见。徐子明恐怕影响自己的名誉和地位，只同意金曼萍在刘曼萍的生日舞会上见她一面，但不能相认，以后必须继续断绝来往。刘曼萍在舞会上与金曼萍见面后，竟误认为徐子明与金曼萍有染，一气之下，与同学刘伯英私奔。金曼萍知道刘伯英是浮滑之徒，追踪至刘伯英寓所，她虽因此而备受凌辱，但保住了女儿的清白。刘曼萍对金曼萍在急难中的相救，铭感于心，思恩图报，但在丈夫的胁迫之下，不得不远走高飞，她最终还是不知此人就是自己的母亲，两人终于失之交臂。金曼萍将自己珍藏21年的羽毛扇托女婿转交女儿后，怅然离去。早在1939年（民国28年）甬剧即已上演此剧。

《何处再觅返魂香》（又名《返魂香》）据雨果《恩捷罗》和电影《返魂香》改编。据《雨果夫人见证录》记载，雨果的重要剧作《恩捷罗》（Angelo）写成于1835年，同年即在法兰西剧院上演，并轰动了巴黎。1940年，此剧的中文节译本以《狄四娘》为剧名在上海出版，不久又以《返魂香》作片名，拍成电影。电影将故事地点和人物都从意大利移到中国，成为一个中国化的故事。沪剧本由宋掌轻据电影再作改编。但主要情节和人物关系，却仍然与雨果的原作相同。连那个贯串全剧并维系人物命运的十字架也沿用下来。沪剧本与原作不同的是，将原著中督军这个重要的角色分割为出场的司令和不出场的督军两个人，又增入教育救国的内容。这样的做法，是当时沪剧时装戏时期外国作品中国化过程中存在的普遍现象。

此剧中的女主角王克琴，是个知恩报德、品格高尚的女子。她出身寒微，经历坎坷，际遇不幸，却对爱情弥笃。当她得知心中的情敌原是自己少时的恩人后，能在患急中不惜牺牲自己的性命，成全他人的幸福。这是一位在一定程度上代表了当时新女性的优秀人物。

《空谷兰》，沪剧传统剧目，又名《幽兰夫人》。民国十四年（1925）包天笑根据日本作家黑岩泪香所著小说《野之花》改编成电影《空谷兰》，民国十七年（1928）王梦良根据电影及文明戏幕表编成沪剧，由文滨剧团首演。此戏叙纪兰荪受挚友陶某所托，携其遗子扶柩至陶家。陶妹纫珠与兰荪相恋结婚，生子良彦。兰荪之表妹柔云，因妒忌而诬纫珠为某人情妇。兰荪受骗，怒责其妻，致纫珠携婢出走，不幸于途中惨遇车祸，婢死，误传纫珠亦亡。兰荪与柔云遂成婚。良彦受后母虐待，去生母像前哭诉，纫珠化装，化名幽兰夫人至纪家执教。良彦染病，柔云欲下毒除之，为纫珠所察觉，当即说破真情，怒而斥之。柔云仓皇出走，车坠深渊而亡。兰荪与纫珠重合。此剧中的一曲"良彦哭灵"驰名沪上。

四是将外国名著和本国同题材的作品融合起来改编，如沪剧《大雷雨》。

《大雷雨》是沪剧传统剧目，此剧参照俄国奥斯特洛夫斯基的剧本《大雷雨》，并根据吴琛话剧本《寒夜曲》改编，改编者莫凯（顾梦鹤），1949 年 10 月由中艺沪剧团首演。剧情发生在 20 世纪 20 年代的江南某古老城市的一户书香门第之家，刘若兰与马惠卿婚后恩爱幸福，但执掌这个封建家庭大权的婆婆马母却冷酷无情，对媳妇百般刁难。某日，曾钟情于若兰的表弟梁世英来看望，世英重病在身，面对表姐，痛诉衷情，若兰伤心地劝解，可是马母指责若兰败坏门风，竟将她逐回娘家。若兰原以为风波平息后，惠卿就会接她回家，不料懦弱的丈夫竟然接受母亲要他另娶他女的决定，这就将若兰逼向了死路，她在大雷雨的夜幕中告别了人世。惠卿闻知噩耗，也殉情而死。

除以上已知的 20 个剧目之外，另需指出的是，由于众多中国化的外国名著改编本的沪剧作品在改编和上演时未注明出处，所以极为难以分辨。如 1948 年初演的《何处再觅返魂香》直到 33 年后的 1981 年重演时才知此剧改编自雨果的《恩捷罗》，弄清了此戏的来龙去脉。另如汪秀英主演的《花弄影》，从 60 年代初到 80 年代初，过了整整 20 年的时间才搞明白它所据的原作是法国莫里哀（丁是娥误作德国席勒）的《情仇》。可见，还有不少外国改编本的沪剧尚未追根寻源地找出所据名著，我们因而将它们仅看作为一般的时装戏，这是非常令人遗憾的。[3]

以上沪剧编演的外国作品都取得极大的成功。如 1941 年岁末，上海沪剧社排演《魂断蓝桥》，在小皇后剧场公演的第一天，"没有几小时，票房就挂出了客满的牌子，剧场大门前的马路上车水马龙，盛况空前。"[4]另如沪剧《风流女窃》据在上海滩轰动一时的由著名影星琴裘·罗杰斯主演娥美国同名电影改编，上演后，盛况空前，连满 140 场；因上座不衰，按沪剧界对极受观众欢迎的剧目必编演续集的惯例，又创作、编演了续集《女窃再风流》。[5]《寄生草》

---

3 丁是娥《展开艺术想象的翅膀》，第 64-66 页。

4 王雅琴《我的艺术之路》，《戏曲菁英》下（《上海文史资料选辑第 62 辑》，第 222 页，上海人民出版社，1989。

5 王雅琴《我的艺术之路》，《戏曲菁英》下（《上海文史资料选辑第 62 辑》，第 221-222 页。

在上海三次公演时都连续客满，六十年代，周恩来总理和越南胡志明主席也来观看，看完戏，很高兴地上台和四个演员一一握手，还频频地向乐池里的演奏员招手。总理对主演丁是娥连声说："演得好！演得好！"6

沪剧编演外国作品取得如此的成功，有4个原因：一是剧本改编的成功；二是由导演严格认真地指导和规范全剧的排练；三是演员的艺术功力深厚，排练极为认真；四是经过精心改编排练的外国题材的作品呈现在观众眼前的是耳目一新的舞台和人物、故事，对上海观众有极大的吸引力。

剧本的精心改编除了写出符合舞台规律、符合观众喜爱的标准的编译本外，还体现在同一剧目在成功上演后，为进一步适应观众的口味，再做多次修改和重复改编，有的剧目还多次改编，力求精益求精。如沪剧时装戏《花弄影》，据法国莫里哀《情仇》改编。改编者是张恂之，后由陈德一、石见再改编。俄国奥斯特洛夫斯基《无辜的罪人》，先有白沉、韦弦根据俄苏电影《无罪的人》改编为《母与子》，努力沪剧团1952年初夏首演于红都大戏院；1983年上海沪剧院又根据话剧原著改编，改名《无辜的罪人》，以外国装上演于大众剧场。同一作者的《大雷雨》于1950年由莫凯（顾梦鹤）改编上演后，另有李智雁改编本，1957年5月，由上海人民沪剧团演出，同年8月，剧本由上海文化出版社出版；1979年与1981年再由姚声黄重新整理改编，并由上海沪剧院上演。《茶花女》由刘谦、马达、金人据小仲马同名小说改编，1954秋首演于明星大戏院；1962年秋，金人根据小仲马同名话剧重新改编，演出于共舞台；1980年2月，重演于中国大戏院。1980年，宁波市甬剧团也曾移植演出。英国台维斯的话剧《软体动物》及其同名电影，由洪深改编为《寄生草》，沪剧《太太问题》根据洪深的话剧本改编，改编者是张恂之，上艺剧团1951年6月10日首演于巴黎大戏院；1957年上海市人民沪剧团由李智雁另作整理改编，改名为《娇懒夫人》，7月2日首演于新光剧场，剧本由上海文艺出版社出版了单行本；1960又恢复原名《寄生草》上演。

不少剧目几十年内不断重演，有极强的艺术生命力。除上面已提及的数剧外，另如上艺沪剧团《何处再觅返魂香》于1948年在九星大戏院首演，33年后的1981年由上海沪剧团重演。1841年上海沪剧社的《魂断蓝桥》，40年后另由上海长宁沪剧团于1980年上演，这是将内容衍化为中国故事的苏星改编

---

6 丁是娥《展开艺术想象的翅膀》，第75-76页，上海文艺出版社，1984。

本。1983 年 6 月，上海沪剧院三团再次改编演出此剧于延安剧场（原共舞台，后改为原名），由蓝天编剧，恢复原来电影的人物故事，并以外国装演出。苏剧在 40 年代初前后也曾上演过此剧。

剧作者在改编时的精益求精还表现在所写唱词也常能做到生动优美、雅俗共赏，如《大雷雨》中脍炙人口的《望君此后重振作》（刘若兰和表弟梁世英对唱）：

（幕后合唱）他一往情深来探望，我有心规劝口难张。心惆怅，意彷徨，叫我从何讲，叫我从何讲？！……（世英唱）这悲凉世界我早厌弃，我的存在看来是多余。每日里清晨但见红日升，黄昏又见日落西。日出日落寻常事，人生人死何足奇。今日能见兰姐面，我虽死无憾心中甜。（若兰唱）伤心人尽说伤心话，断肠人难解断肠意。表弟啊，你二十三岁年华正风茂，怎能像枯萎的花朵无生气？望君此后重振作，似鲜花盛开迎春天。（英唱）含苞的花朵正开放，突遭狂风和暴雨，叶落分飞飘荒野，花瓣零落入污泥。谁见花谢复芬芳？苍天啊，我此恨绵绵无尽期。（兰唱）表弟的心情我能理解，兰姐的苦衷你应详细。红线一根中间断，是谁抛下无情剑？为什么当初你我不反抗，到如今怨天尤人不如恨自己。（英唱）几多怨，几多恨，回首往事我恨自己。恨我自己少主见，恨我自己又无勇气。倘若当初齐抗争，而今又怎会两分离！兰姐啊，我也知花落原非东风意，（兰唱）既如此萧郎何须憔悴死？再劝表弟重振作，（英唱）可惜我已病入膏肓无药医。（兰唱）不，只要你胸襟开阔心酣畅，病体康复终有期。世上有淑女千千万，你定能乘心如意找到好伴侣。放眼事业和荣誉，你定能大有作为开创新天地！（英唱）利刀断水水更流，快语消愁愁更愁。自古多情空余恨，痴心人从来是命薄如绵。我的兰姐啊，生时难以了此愿，死后当结并蒂莲。一旦闻我赴阴曹，但求你带束鲜花来祭奠。坟前叫我三声亲表弟，我含笑瞑目在九泉。（旁唱）苦命人相劝苦命人，越劝越悲凄，越劝越悲凄。

这段唱词流转婉美，富有诗意，融以人物感情，兼之沪剧曲调优美动听，还有琴声悠扬的伴奏锦上添花，所以唱得回肠荡气，令人人迷。当时的不少名曲，在上海市民尤其是青年中不胫而走，传唱者众。上海的社区和里弄中，至今仍多固定的业余沪剧演唱活动，不断练唱这些名曲，弦歌不绝，自娱娱人。

沪剧的外国名著剧目受到沪剧界的极度重视，所以各个剧团排练极为认真，演出极为规范。如1941年底，上海沪剧社在排演《魂断蓝桥》时做了精心的准备，扮演女主角的王雅琴在近50年后回忆当时成立上海沪剧社后精心排练此剧的情景说：

> 我们排演的第一出戏是《魂断蓝桥》。大家进入排练场听导演分析剧本的主题、人物性格、规定情景。剧中我主演芭蕾舞演员，其中有一段是芭蕾舞演员赶往车站，与即将奔赴前线的军官恋人话别，剧中安排成幕后戏，因此我在舞台上表演的已经是从火车站，匆匆赶回剧场化妆室之后的情景，这时别人问我："送着伐？"
> "我回答："火车开脱了，呒没送着。"导演认为我的语气没有感情，让我反复练了几遍，还是不满意。导演为我深入分析了角色的心理状态，指出这对恋人的分别可能是永别，却又没能送上，她一定是望着火车的远去，心里万分凄楚和懊丧，满怀失望和痛苦回来，故而轻飘飘无动于衷的语调是不能表现她此时此刻的心情的。导演的话给了我很大的启迪，我就一次又一次不厌其烦的投入排练，直到导演满意为止。为了表演摔跤动作，我反复练习，连玻璃丝袜也摔破了。[7]

王雅琴在演《乱世佳人》中的女主角郝思嘉时，她首先"从外部形象开始准备角色"，她还"去百乐门和埃尔令舞厅观察外国女人穿裙子的体态动作，学会了用拇指和中指枪裙子的动作和轻盈纤巧的步态。"[8]

另如丁是娥在扮演《寄生草》女主角唐文锦时，挖掘角色的内心隐秘，揭开这个娇懒夫人的"软体动物"之谜，剖析这个人物外懒内阴的性格特点，外娇内忧的心理特点，外病内狡的言行特征，外变内怕的性格矛盾，终于透视了这个角色的灵魂，才演好了这个极为复杂极有深度的角色，取得极大的成功。周恩来陪同胡志明看了此戏后认为，丁是娥演得比蜚声全国的《罗汉钱》中的主角小飞蛾（荣获全国优秀剧目的演员一等奖）还好，他说："我在怀仁堂看过丁是娥演的小飞蛾，她重视内心戏。唐文锦比小飞蛾难演，她

---

7 丁是娥《展开艺术想象的翅膀》，第197-198页。
8 王雅琴《我的艺术之路》，《戏曲菁英》下（《上海文史资料选辑第62辑》，第226页上海人民出版社，1989。

比这个角色演得好。"[9]众所周知，周恩来年轻时演过话剧，后来又经常观看戏剧和各种文艺演出，不仅是个艺术内行，而且作为懂行的政府首脑还对中国文艺创作不断发表正确的指导性的意见，因此他对丁是娥的这个评价是弥足珍贵的。

沪剧编演外国名著并获得极大的成功是非常不易的，不要说当时除受沪剧影响的少数滩簧戏剧种如苏剧、甬剧仅演过个别的此类剧目外，其他戏曲几乎没有将外国名著作改编并成功演出的先例；就是在最近的 20 年中，虽也有京、昆、越、川、河北梆子等剧种编演过个别外国名著，但不仅数量稀少，更未有如沪剧那样受到观众由衷的欢迎并有轰动效应的作品出现。再回顾 20 世纪三十年代，新文学作家的著作读者非常少，具体数字还不超过 2 万人[10]；外国小说戏剧的读者也至多如此，话剧的观众更少。四十年代的情况与三十年代不会有多大改善。但沪剧则将外国优秀作品非常有效地普及于上海民众。以连满 140 场的《何处再觅返魂香》来说，每场以 500 人计算，就有观众 7 万人。这个数字不仅在当时，即使在今天也是相当可观的。

作为 20 世纪中外文化交流中心的上海，文艺家以极大的热情引进西方的文学艺术，综合当时的情况来看，引进的主要是西方文学、电影、绘画和戏剧的体裁和作品，成绩是产生了大量的翻译文学作品和学习西方手法的中国小说，翻译电影和国产电影，西方油画、水彩画作品的印制品和中国画家的油画、水彩画作品，西方话剧的翻译本和中国话剧剧本的出版和演出，还有就是沪剧的外国名著的改编本的成功演出。沪剧的外国名著的改编本的演出具有深远的意义。因为沪剧作为中国传统文化中的一种艺术形式，在戏曲中率先成功地表演西方名著，是中西两种文学艺术的完美结合，是中西文化深层次的一种交流和交融的成功产物；而且除了绘画之外，沪剧编演的外国（除西方这几个文学大国之外，还有印度、墨西哥等国）作品遍及文学、戏剧（包括歌剧）和电

---

9 丁是娥《透视角色的灵魂——扮演"软体动物"的体会》，《展开艺术想象的翅膀》，第 173-198 页，上海文艺出版社，1984。

10 瞿秋白在 1931 年指出，"五四式"的各种体裁的文艺作品充其量也不过销行两万册，满足一二万欧化青年的需要，那些极大多数的中国人则与中国的新文学无缘。他又在《吉诃德的时代》一文中，带着激愤的情感色彩批评说："那中国的西万谛斯（按今译塞万提斯）""还是在摇篮里呢，还是没有进娘胎？！不是的，这些西万谛斯根本就不把几万万'欧化之外的读者'当人看待。"（见《鸳鸯蝴蝶派文学资料》第 835 页。）批评新文学作家的读者稀少和未能着力去争取广大读者。

影等多种文艺体裁，作了多样化的成功尝试和实践，厥功甚伟。

二○○三年三月于上海长宁九学斋

主要参考书目

1.《中国戏曲志·上海卷》，中国大百科全书出版社 1993 年版。

2.《上海沪剧志》，上海文化出版社 1999 年版。

3.《沪剧小戏考》，上海文艺出版社 1984 年版。

4.《沪剧周报》，叶峰主编，上海沪剧周刊社 1946-1952 年。

5.《中国剧种大辞典》，上海艺术研究所编著，上海辞书出版社 1993 年版。

6.《戏曲菁英》下（《上海文史资料选辑第 62 辑》)，上海人民出版社 1989 年版。

7.《展开艺术想象的翅膀》，丁是娥著，上海文艺出版社 1984 年版。

印度小说《断线风筝》的中法改编本述评——兼论沪剧《断线风筝》的成就和特色[1]

摘要:

　　印度小说《断线风筝》描写印度姑娘恩姐娜和森林官卡玛尔曲折动人的爱情婚姻，生动表现人的命运的诡异和复杂。中国和法国大致同时翻译引进了这部小说，并大致同时将它改编成本国擅长的文艺样式：法国艺术家改编成电影《我嫁给了一个影子》；中国艺术家则改编成沪剧《断线风筝》，并在成功上演约20年后再拍摄成VCD碟片。而且，法国这部电影摄成不久，中国即引进并放映并也受到欢迎。一部小说在中国、印度、西方三大文化体系中都获得艺术和商业上的成功，是值得重视的。

　　上海在宋元时期属于浙江行省，明清属江苏，20世纪虽独立建市，上海和江苏、浙江的文化在异中有同地融为一体，即江南文化。作为上海本土主要剧种的沪剧是风靡江南的滩簧戏之一。太仓沪剧团在建国初期由上海迁入，此剧编剧沈鹰即是当年落户江苏太仓的上海作家。该团邀请多位上海艺术家合作，双方优化组合，完成了这个艺术精品。主角王盘声和小筱月珍，本是江苏省苏州市人，少时进入上海学戏谋生成名，最终成为上海的著名艺术家。所以此戏是新时期中外文化交流的优秀作品，是沪苏人才交流、文化交流和长三角地区同中有异的文化进行新的交融的出色成果。

　　江苏省太仓市太仓沪剧团1983年编演的沪剧《断线风筝》是一个优秀的

1　2004·苏州市文联，浙江艺术职业学院、江苏文化艺术研究院、同济大学文法学院主办·第二届"长江三角洲滩簧戏学术研讨会"论文，原刊中国比较文学旅法分会，上海比较文学研究会《对流》（法国巴黎）第7期，2012。

外国题材剧目。此剧根据印度古尔辛·南达同名小说改编。在成功演出后不久又被摄制成连环画册、拍成录像在电视台播出，近年又摄制成 VCD 碟片广为传播，在 20 年之后的 21 世纪之初，依旧受到观众的欢迎。又过十多年，上海（民营）文慧沪剧团对原作 3 个多小时的剧情作了删减，又修改了部分唱词，还为黄晓莉出演的女主角重新设计了唱腔音乐，再次上演，又大受观众欢迎。这是滩簧戏现代发展的一个佳例，值得我们作一较为深入的回顾和研究。

一、印度小说《断线风筝》原作和改编简况

作为文化大国的印度，虽然其曾处于当时世界一流的梵文文学和艺术因种种历史原因早已衰落，但现代印度曾产生过泰戈尔这样的文学大家，当代通俗文艺中的小说和电影（尤其是近年蜚声影坛的宝莱坞）也在世界上占有重要的地位。古尔辛·南达的小说《断线风筝》（全书约 15 万字）即是一部优秀的通俗小说作品。这部作品不仅在印度本国受到欢迎，而且很快得到东西方两个文化大国文艺界的呼应：中国和法国大致同时翻译引进了这部小说，并大致同时将它改编成其他的文艺样式。在法国，艺术家将这部小说改编成电影《我嫁给了一个影子》；在中国，则改编成沪剧《断线风筝》，并在成功上演约 20 年后再拍摄成 VCD 碟片。30 多年后，又由上海文慧沪剧团演出新版。而且，法国电影《我嫁给了一个影子》摄成不久，中国即引进并放映并也受到欢迎。一部小说在中国、印度、西方三大文化体系中都获得艺术和商业上的成功，是应该令人注意的。

小说作者古尔辛·南达，生于 1926 年，是印度当代著名印地语作家，他以创作通俗小说闻名，在中法两国翻译、改编此作时，他业已出版中、长篇小说 40 余部，深受读者赞赏和国际学术界的重视，《国际百科全书》和《传记及家谱总索引》中，他都得到专条介绍。他的小说在我国翻译引进的名著，除《断线风筝》外，还有《湖畔盲女》和《大湖彼岸》等。他的作品，语言简洁朴素，但又生动优美、自然清新；结构完整严密，情节曲折紧张，富有戏剧性和哲理性。

《断线风筝》的中译本由唐生元翻译，山西人民出版社于 1980 年出版，初版印数即已高达 17 万 4 千册。

《断线风筝》的主角是美丽的印度姑娘恩姐娜（爱称恩珠），她父母双亡，她的母亲将这个独生女，托付给弟弟拉拉·纳吉克显。于是她由舅舅抚养成人。

她的舅舅又为她选择了一个丈夫，名叫卡玛尔·摩亨，曾留学德国的优秀青年。舅舅还对她说："嫁人，结婚，一切都是偶然的事情。该着的事情谁也逃避不了。我做梦也没想到上帝给你安排这么好的一个男人。"但她心里装的却是与本瓦尼的爱情。在结亲的婚礼即将举行的时候，她竟当场逃婚，立即投奔她私下结识并热恋的情人本瓦尼。没有想到，她兴冲冲奔到格拉乌（即英语"皇冠"）饭店，找到本瓦尼时，却发现他正与他的情人、舞女谢伯拉姆（爱称喜帕）处在幽会的高潮，他还当场毫不掩饰地表示如果她逃婚离家，就失去了继承家产的权力，这样也就失去了"我们的新生活所赖以存在的权力"。充分暴露了他的爱出于攫取金钱的丑恶本质。

被情人当场抛弃的恩姐娜想赶回去赶上婚礼，挽回原定的婚姻，但出租车在她的催促下开得过快，出了车祸，待她赶回，婚礼早已被取消，她的舅舅也已被活活气死。因逃婚私奔而身败名裂的她，只好独自远走他乡，躲避目前的难关。她正感到走投无路，却在火车候车室巧遇久别重逢的女友布拉姆。交谈中得知她的丈夫钱德·谢格尔在德拉霍齐山谷一次吉普车的车祸中丧生，留下婴儿纳基普。婆婆住在奈利塔尔，列克·菲菲 16 号。公婆当时反对他们自由恋爱和结婚，为此父子断绝关系，所以她和公婆从未见过面，现在公婆因丧子而邀他们母子回家同住。布拉姆了解恩姐娜的遭遇后，邀她同回夫家，两人以姐妹的关系，互相照应。没有想到，火车也出了车祸，布拉姆受了重伤，临终前托付自己的婴儿给恩姐娜，要她冒名顶替自己去公婆家，做好婴儿的母亲，侍侯公婆，同时也就有了安身立命之处。

可是恩姐娜接连的灾难没完没了：在逃婚却遭到情人的无情背叛之后，惟一的亲人和靠山舅舅粹死；在逃婚回来时遭遇车祸之后，在与女友投奔公婆的路上，火车又出车祸，愿意帮助她的女友又死了。在女友临死前赠送给她一个靠山之后，她在投奔公婆的路上，又路遇出租汽车司机图谋不轨，差点丢了钱财和生命。幸亏路过的森林官卡玛尔。他驾着吉普追上出租车，救出恩姐娜，并将她安全送到公婆手中。

退休的副税务官拉拉·契格拉特，风湿病使他的腿不方便，现在只能瘸着腿困难地走路，还要柱上拐杖。儿子的死亡，使他后悔当时对儿子婚姻的反对和绝情。他和妻子贤蒂太太听说媳妇和孙子又命丧于车祸，感到了生活的绝望。看到儿媳妇和孙子还活着，并平安归来，他觉得在他生活的黑暗的地平线上，升起了一颗闪烁的明星。她犹如在黑暗的生活中送去一盏明灯。一直凄凉地空着的房间，终于又有人住了。曾经吞食过这家光明的黑暗之鬼，现在龟缩到很远很远的地方去了。同时，命运把这一家的荣誉和责任都放到了恩姐娜的肩上。

正像契格拉特家的女仆拉米亚见到恩珠时说的那样："谢格尔说得不错，拉拉先生的媳妇真像十五的月亮一样美。"她的美貌和善良打动了卡玛尔的心。卡玛尔在救出恩姐娜后，因天色已晚，更兼雷雨交加，他让她在自己家里安息了一晚，第二天在送她到公婆家。次日早餐时，卡玛尔说："我们相识虽只一夜，我觉得我们好像相识了几年似的。"恩姐娜倾心侍侯公婆的耐心和忠诚，深深打动了他的心。

后来两人在对话中知道他们有共同的爱好：喜欢阅读诗歌。恩姐娜说在学校时喜欢诗歌，现在不感兴趣了，原因"还不是感到了生活的严酷，觉得这些诗中的柔情就像梦景一般。"卡玛尔开导她："这是您的错觉。严酷的生活给这里面增添着现实的色彩。""现实中除了痛苦和忧愁外，什么都没有。""没有痛苦的心，没有忧愁的生活，那又怎么啦？"他们的心就更靠近了。

卡玛尔独自生活，起先他因为经历了逃婚的背叛，对婚姻和女人充满了失望，认为即使一个人，也可以过得很幸福，婚姻有时还会带来沉重的束缚。恩姐娜这时也因经历了失败的逃婚，说："您是个男人，可以这样想。但是女人的生活需要这样的束缚。爱情、母爱和义务，要是没有这些，女人的生活就毫无意义。"说出了她劫后余生的心声。后来两人互相被对方的美德和各种优点所吸引，但无法表达，他们感到自己的心情和眼前看到的景色相似，卡玛尔感慨："深邃的湖水不知从什么时候起就受着这瀑布的冲击，可是它却一直保持着沉默。它上面即使出现一些波浪，也不揭示它的秘密，反而将其覆盖。"恩姐娜回答；"人生有时也被埋藏在深渊之中呢！卡玛尔先生。"经过好长时间的心灵挣扎，卡玛尔终于大胆向这位昔日好友的寡妇表白了自己的爱慕之意，但同时，她的行踪和下落被本瓦尼发现后，本瓦尼不断上门来威胁和敲诈勒索，使恩姐娜的处境非常危险。恩姐娜决心将过去的一切写成信件，让卡玛尔了解所有真相，以便有个了断。可是这封信却阴差阳错地到了她的公公拉拉先生手中。他看到此信后，怒火中烧，以为这个假媳妇是来骗取他家财的骗子。经过一番曲折，拉拉先生弄清了事实的真相，他决定帮助恩姐娜和卡玛尔这对年轻人重续良缘。又经过几番曲折，最后，这对有情人终成眷属，恶棍本瓦尼则受到了法律的惩罚。

原作在歌颂人间中的真善美的同时，也暗寓人们面对诡谲叵测的命运的无知和无奈。两次车祸，布拉姆夫妇俩都葬身于灾难之中。两次车祸，恩姐娜却都大难不死。自由的追求却是骗子的成功，被迫的婚姻却是美好的结局。紧张的悬念，一波未平，一波又起，甚至一波三折，最后是大团圆的美好结局。这无疑对最广大的读者和观众有着很大的吸引力。

沪剧在改编这部印度小说时，既保持了原作的特色和优点，又有着自己的改编和再创造。

与法国电影《我嫁给了一个影子》相比，电影有不少改动，其中较大的改动有 3 处。第一个改动是，因为恩姐娜的女友将自己的戒指给了她，在火车车祸之后，来车站迎接媳妇的公婆两人，从昏迷中的恩姐娜带在手指上的结婚戒指，认出她是他们的媳妇，因为这个结婚戒指是祖传的，又是母亲在父子关系断绝后，暗中私赠给儿子的。于是他们就将她作为自己的媳妇带回了家。第二个改动是，爱上恩姐娜的青年卡玛尔，从原作中谢格尔的亲密朋友改为亲弟弟。第三个改动是，婆婆最后杀了本瓦尼。因为本瓦尼的敲诈勒索，严重威胁了孙子的安全，又严重威胁了小儿子和媳妇的前程，她认为自己年迈多病，来日无多，自己承担杀人罪名，可以无所谓了，但可以保住恩姐娜的秘密、全家的安宁和幸福。这是西方社会的道德观和西方式思维的情节推动方式。情节动人、巧妙，却比原作更不符合印度的论理道德和婚姻观念。

沪剧在大的改动方面，则将布拉姆遇车祸亡故改为因病亡故；途中遭劫，将抢劫者出租车司机改为本瓦尼。前一个改动，增加了布拉姆不幸命运的可信性，恩姐娜在她病中倾心照顾一个月，让布拉姆进一步了解了她的善良和执着，对她代替自己照顾公婆和扶养儿子也增强了信任度。后一个改动，更有利于反面人物的性格塑造。

此外，也有一些小的改动，并将人名作了改动。根据原作介绍恩姐娜的爱称恩珠，将她改名为恩珠萍，改卡玛尔为柯伟；改本瓦尼为伯郎，等等。还改变了一些人的职业，如卡玛尔（柯伟）本是森林官，剧中改为法官，契格拉特（剧中改名为谢格拉德）本是退休的副税务官，剧中改为退休教授。这些改动也是可以的。但沪剧将原作中婆婆经常去神庙拜神改作去佛教寺庙拜佛烧香，又强调恩珠萍常常在家拜佛烧香，却完全与印度的现实不符。事实是，现在的印度人信仰印度教或婆罗门教，佛教已经基本失传。所以，印度打算将汉译佛教回译过去，佛经在印度也早已失传了。沪剧现在的这种改动牵涉到敏感的宗教信仰问题，以后如重新在舞台上公演，最好要按照原作的描写为妥。

二、沪剧《断线风筝》的演出和传播简况

沪剧《断线风筝》由沈鹰编剧，宋顺锦导演，王盘声艺术指导，王盘声、周桂庆、小筱月珍、车国兴、钱英杰、王铁强、陆英（《上海沪剧志》作陆瑛）主演，奚根虎作曲，俞亮舞美设计。江苏省太仓县（今为市）太仓沪剧团（原上海少壮沪剧团／太仓红星沪剧团）1983 年 5 月首演于昆山陆家浜剧场。此剧于 1983 年 11 月参加苏州市新剧目会演，获创作奖、演出奖、演员奖。同年 12 月于参加江苏省专业剧团创作剧目调演，获剧本（创作）奖、演出奖、导演奖、舞美设计奖、演员奖（陆英〔《上海沪剧志》作陆瑾〕获优秀演员奖，车国兴、曹茹芬获演员奖）。1984 年获江苏戏剧"百花奖"和优秀演出（百场）奖。剧本先后发表于《苏州戏剧》和《江苏戏剧》1984 年第 6 期。

此剧的演出由江苏人民出版社（现为由该社分出的江苏美术出版社）摄制成连环画册。此剧 1883 年演出的实况录像在上海电视台播出后，近年又由上海市广播电影电视节目中心提供版权，中国国际音像出版社编入"金凤凰中国戏曲珍品"，出版 VCD 碟片，受到观众的热烈欢迎。

剧本富有异国风情，舞美、服饰、人物造型以及音乐设计均具有印度的旋律和情调。

太仓沪剧团是上海落户太仓的原少壮沪剧团。少壮沪剧团成立于建国初。演员有王阿根、盛根笙等。1955 年 5 月在太仓登记，改名太仓红星沪剧团，不久又更名为太仓县沪剧团。该团立足太仓后，经常演出于苏州、上海和浙江杭嘉湖地区。由于坚持勤俭办团，坚持下乡下厂为广大观众服务，《新华日报》和江苏省文化厅《文化工作简报》都曾表彰和推广。该团坚持编演现代戏，从 1955 到 1885 年共演出剧目 168 个，其中较有影响的有《方志敏》《红岩》和《断线风筝》等。

《断线风筝》的演出阵容为：王盘声和车国兴演谢格拉特先生、小筱月珍演谢格拉特夫人、周桂庆和陆英演恩珠萍、钱英杰饰伯郎、王铁强饰柯伟、曹茹芬饰布拉云、王丽英饰莉娜、陆品饰警官、杨金花饰米霞、李惠忠饰医生、朱振平饰仆人、黄绍铭饰瓦里博士。其中加盟此剧的上海著名艺术家有 3 人：

王盘声（1923-2016），苏州市人。1936年从师陈秀山学艺，后为文滨剧团演员，1945年起成为该团的台柱之一。他主演的名角有《白兔记》中的刘智远、《碧落黄泉》中的汪志超。尤以《刘智远敲更》和《志超读信》两曲，蜚声剧台，自成一派，极受观众的欢迎，成为艺术成就最高的沪剧艺术家之一。1951年，文斌剧团改为艺华沪剧团，任副团长。他积极主演现代戏，重要角色有《黄浦怒潮》中的林耀华、《金沙江畔》中的金明、《三代人》中的李玉和等。1971年奉调爱华沪剧团，主演《红灯记》，饰李玉和。1978年在上海沪剧团出演《艰难的历程》中的红军游击队政委梁晓光；同年又与丁是娥合作，主演《被唾弃的人》。1979年从上海沪剧团回到重建登记新艺沪剧团，直至1983年退休。退休后应邀到其他沪剧团体演出和担任艺术指导，第一个便到太仓沪剧团在《断线风筝》中担纲演出。

小筱月珍（1920-2017），女，原名黄素珍，苏州市人。1935年拜琴师杨鸿生为师，取名杨玉美，并与其师同在沈桂英班演出于大世界。1936年入筱文滨、筱月珍的文月社后，因其嗓音宽厚明亮，咬字吐音继承筱月珍"刚腔"的嫡传（运腔转调又兼沈筱英的明快流畅的特长），即改艺名为小筱月珍。她的表演作风朴实，擅演悲旦、老旦及村姑等。1940年代与丁是娥、汪秀英、顾月珍并称为沪剧"四小名旦"。先后扮演过古装名剧《赵五娘》中的赵五娘、《秦香莲》中的秦香莲、《连环记》中的蔡妻，清装戏《光绪与珍妃》中的慈禧太后、《陆雅臣》中的岳母、《冰娘惨史》中的谢冰娘，西装旗袍戏《碧落黄泉》中的李玉如，和现代戏《白毛女》中的喜儿和《风流英豪》中的蔡母等角色。

奚根虎，上海市人。1945年生。1960年进上海市人民沪剧团学馆学艺。1962年进上海市人民沪剧团青年演出队任演员，1966年为上海市人民沪剧团演员。1975年进上海音乐学院作曲指挥系进修，1977年回上海沪剧团（后改名上海沪剧院）任作曲，1994年从上海沪剧院调上海市长宁沪剧团任作曲，并先后担任艺术室主任、副团长、团长。主要作曲剧目有《樱花》《清风歌》《明月照母心》《母亲的情怀》《被唾弃的人》等。

在演出这个剧目时，两位老艺术家，王盘声正好60岁，小筱月珍63岁，与剧中人的年龄吻合，也是他们老当益壮地在戏曲舞台上爆发第二次青春之时。奚根虎作为科班出身的沪剧青年演员，又学过民族音乐和西洋音乐的作曲。当年他才四十不到，创作力正十分旺盛，所以在外国题材的沪剧音乐设计方面也做出了出色的探索。

本剧是比较文学研究的好题材，因为本剧是异国文化、文学和艺术交流的成功产物。

小说原作本是印度与西方文化相结合的产物。小说是西方传入印度的现代文艺样式。小说中的主要人物卡玛尔和拉拉先生都是受过西方文化教育的印度现代知识分子，具有现代西方民主自由博爱平等思想熏陶的进步人士。所以他们具有通达的观念、开阔的眼光和宽宏的胸襟。

这部小说改编成沪剧后，中国优美的文字语言、江南风味浓郁的音乐唱腔，传统道德和现代意识结合的中国现代伦理观和爱情观，与原作的思想观念、艺术成就、异国风味颇为成功地糅合和交融起来，成为一个令人耳目一新的风貌独特的中国戏曲的艺术精品。

本剧也是跨省市文化、人才交流的优秀成果。

上海的古代主体是松江，古称华亭，在宋元时期属于浙江行省，明清划归江苏省，市区在民国前期仍属江苏省，中期列为特别市，郊县在 1958 年前一直属于江苏省。建国后整个上海建制成为直辖市。在这个发展过程中，上海和苏南、杭嘉湖与宁绍地区的文化在异中有同地融为一体，即江南文化，现又称长江三角洲地区文化。沪剧是上海地区的滩簧戏剧种，太仓沪剧团由上海迁移落户，此剧编剧沈鹰即是当年落户太仓的上海作家。王盘声、小筱月珍和奚根虎是上海的沪剧艺术家，他们应邀与太仓沪剧团合作，并作为该团的这个剧目的主创人员，作出自己的艺术贡献。双方优化组合，才完成了这个令人瞩目的艺术精品。但是王盘声和小筱月珍，本是江苏省苏州市人，进入上海学戏谋生成名，最终成为上海的著名艺术家。

所以这个艺术精品是新时代异国文化交流的优秀作品，是异地人才交流、文化交流和长三角地区同中有异的文化进行新的交融的出色产物。

三、沪剧《断线风筝》的思想特点和艺术特色

在《断线风筝》演出成功并获奖的当时，著名戏剧研究家、南京大学沈蔚德教授（陈瘦竹教授的夫人）和魏铭先生就同时于《江苏戏剧》1984 年第 6 期发表了剧评《一部异国请调的传奇——喜读沪剧〈断线风筝〉》和《漫谈沪剧〈断线风筝〉的改编得失》。沈文赞赏此剧有思想意义：肯定寡妇有权利再嫁，批判反对包办婚姻就会身败名裂的落后社会习俗和陈见。赞扬此剧在情节结构上对原作进行了压缩和提炼，改编者使用删繁就简，凝练集中的艺

术手段，将原来较为缓慢进行的戏剧矛盾，更迅速地向前发展，更强烈地激化为冲突，做到了结构严谨，情节紧张，故事完整，显得难能可贵；又有创造和出新，发挥想像，作出必要的艺术加工，体现了改编者的苦心经营；而且还保持了鲜明的异族风格和异国请调。魏文也赞誉改编本保留了原作的精华：富于传奇色彩的故事情节、曲折动人的人物命运，通过人物命运揭示了颇有深意的人生哲理。经过改编者创造性的集中、剪裁加工，这个喜情节环环紧扣，波澜层迭，时有奇峰突起，悬念接踵而来，引人入胜；女主人公的生活道路、心灵世界，充满真和假、善与恶、美与丑的尖锐冲突，始终引起观众的强烈关注。等等。充分肯定了此剧的基本成功方面。沈、魏两文的精当分析和评价，至今仍有启发。

时间过去了 20 年，时代在前进，我们对此剧的评价也应有新的发展。重观此剧的音像制片，我认为除了沈、魏两文所肯定的优点外，我们还应该肯定此剧的以下具有鲜明思想特点的艺术特色。

首先，沪剧保持了原作的基本情节走向和人物关系。同时，也和原作一样，正视追求自由的妇女在严酷的社会环境中的生存条件，也即鲁迅先生提出的"娜拉走后怎样"的问题和《伤逝》中子君如愿嫁给了涓生，虽然得到了自由的爱情，却因断绝经济来源，涓生又无力赚钱谋生，而造成两人无法生存从而丧失了爱情和生命这样严酷的结果。在小说中，布拉姆提醒恩珠：在妇女没有权利在社会上获得职业的印度，"女人的生活需要男人的帮助啊！没有船夫的船，航行到哪里去呢？"丈夫犹如船夫而女人就像小船。"女人就像在暴风雨中飘摇的一叶小舟，如果由于命运的摆布，船夫把她抛在漩涡中，那她就只能葬身鱼腹。"沪剧和小说一样，用这个严峻的生存问题作为全剧情节发展的基础。作品表明，不正视生存条件，爱情就成了难以实现的空中楼阁。连马克思嫁女，也要问未来的女婿、职业革命家拉法格是否有条件养活自己的女儿呢。所以追求爱情和婚姻的自由美满，并非易事，而是一个复杂的系统工程，这需要社会的进步、经济的发展、道德、知识、审美乃至生理教育的深入和普及等等众多的条件和人们精神境界的高度提升才能逐步做到。

其次，此剧在情节的设计上，出乎意料之外，极尽曲折之能事。可是，此剧在运用促使情节曲折生动的一般规律如偶然、突发的手段，悬念的巧妙运用等之外，还有三个独特的方法。

一是贯穿本剧的爱情、婚姻故事的观念有新意。中国和西方、印度的进步作品，过去都反对父母和长辈包办婚姻，主张婚姻自由。但《断线风筝》小说原作和沪剧都揭示自由婚姻中不可避免的悲剧，尤其是因为忠诚的一方对另一方了解、考察不够，受到欺骗和遭到背叛的事例也很多。而原来长辈（小说中是女方的父亲，沪剧中是舅舅）为女儿介绍、物色、安排的对象倒是德才兼备、财貌俱佳的完美快婿。

生活是无比生动和复杂的，过去说包办婚姻不自由，造成许多爱情悲剧；可是在古代，青年男女没有互相接触和交往的社会条件，没有社会实践的机会和条件，故而也就没有自由恋爱的条件，所以媒妁之言、父母作主的包办婚姻，在古代社会是基本合理的，而小说戏曲中描写的自由爱情，是没有现实根据的，纯属艺术的虚构，代表着一种生活的可贵理想而已。现在婚姻自由了，可是有真正爱情的少，婚姻真正美满者也很少，而离婚率却居高不下，也还是产生不少悲剧。事实是，天真烂漫的少女因缺乏阅历而在自由爱情的历程中受骗上当、受到严重伤害的不在少数。还有不少人，在自由选择的婚姻场景中，却找不到或遇不到理想的异性，从而选择了独身，放弃了婚姻。所以，自由爱情不一定美满，理想的婚姻往往是可遇而不可求的。而在过去的现实生活中，包办婚姻也有人得到幸福的缘分，尽管包办婚姻的制度的确是封建专制的，在现代社会是应该反对和取缔的。沪剧《断线风筝》在我国较早即反映了这个复杂的现实，尽管当时的欣赏者和评论者都未见及于此。实际上，此剧的确也从这个角度反映了生活的这个复杂性和真实性。

二是人物的关系和命运的变化快，落差大，令人惊奇。

恩珠萍与情人，刹那之间就翻脸成为仇人，后来又成了敲诈勒索的罪人。

恩珠萍从纯真少女到逃婚新娘，又忽而摇身一变而为别人的媳妇和寡母。

布拉云（原作为布拉姆）夫妇两人，丈夫罹车祸而亡，妻子因病而亡。一个幸福的小家庭，很快只剩下一个嗷嗷待哺的婴儿。

老夫妇对儿子的自主婚姻深恶痛绝、驱子出门到悔莫当初、欢迎儿媳回家和睦共处。

恩珠萍从毅然逃婚到悔莫当初、真正爱上被自己逃婚抛弃的丈夫。

以上的命运变化和反差，给全剧组织了多组互相交叉、冲突激烈的戏剧矛盾，增强了戏剧魅力。

中国近千年的戏曲史的正反两方面的历史经验反复证明，曲折生动的情节是吸引广大观众的重要法宝。淡化它、丢弃它，戏曲就会受到观众的淡化和丢弃。当前的戏剧市场不景气，与缺乏情节精彩曲折动人的新品和精品有很大的关系。

第三，探索和描绘了无比复杂生动曲折深邃的人的感情。例如布拉云这位追求到美满的自由婚姻却丧夫和自己因病面临死亡还留下婴儿的少妇的悲切感情，和自己也处于悲伤不幸中还同情关心女友的爱心；谢格拉特先生从反对儿子的自由婚姻断绝父子关系到儿子死后深感年迈无人照顾的凄切，从而对儿媳的体贴关怀的感激之情和依恋之情，对年轻人因无知幼稚而做错事的宽宏大量和成人之美的高尚情怀；恩珠萍对自己一失足成千古恨的痛悔、对被自己抛弃的丈夫重新相爱的心灵变化和心理发展，等等，都能表现得可信和自然。

当然此剧难免也有不足之处。正像沈、魏两文所指出的，接近结尾时因限于戏剧时空的条件，矛盾的解决和全剧的结尾显得过于匆忙，唱词的语言提炼方面也有很大的加工的余地。但从总体上看，此剧将土生土长的滩簧戏、滩簧腔运载外国题材的故事，将它演绎成一个相当成功的现代戏剧，并适合于现代科技的音像手段，成为一个历久弥新的艺术精品，还可以提供给后人不断再作艺术加工的优秀剧作，无疑是滩簧戏在现代得到应有发展的一个成功佳例。

第四，本剧是探索失败的爱情的后续进程的佳作。

描写失败爱情的作品，一般在爱情到达失败的结局就为止了。少数作品则继续描写被遗弃者的悔恨和痛苦。可是我国的古代诗歌、小说和戏曲首创了背叛者的悔恨和痛苦，著名的是白居易《长恨歌》、陈鸿的传奇小说《长恨歌传》，和据此改编的元杂剧名作《梧桐雨》。白居易《长恨歌》叙述唐明皇到成都之后即"后宫见月伤心色，夜雨闻铃断肠声"。在"蜀江水碧蜀山青"的美丽景色中，无限思念贵妃的"圣主朝朝暮暮情"。回京后更是"孤灯挑尽未成眠"，"翡翠衾寒谁与共"。"天长地久有时尽，此恨绵绵无绝期"！《长恨歌传》也说他回京后，思念之情，"三载一意，其念不衰"。《诗》《传》都描绘唐明皇求之梦魂，也不可得，希冀通过神仙之助，与玉环的魂魄相见。尤其是清代传奇名作《长生殿》继承《长恨歌》《长恨歌传》和《梧桐雨》，用很大的篇幅具体细腻地写出唐明皇极度的后悔和刻骨的思念，也表现了以上的情节，取得极大的艺术成就。

本剧也描写了背叛者恩珠萍从毅然逃婚到悔莫当初、无限痛苦，又写出了这个悔恨和痛苦的曲折性和复杂性。这个曲折性和复杂性，体现在正是她和被背叛者柯伟的共同的痛苦，培植了他俩的真正的爱情；正是他俩的共同痛苦，和恩珠萍的公婆谢格拉德夫妇的悔恨和痛苦交织在一起，才使这个甜酸苦辣交织的复杂爱情转化为幸福美满的和谐婚姻。

这个悔恨的曲折性和复杂性还表现为恩珠萍毅然逃婚，本是反对落后的父母作主式的包办婚姻，追求的是自由恋爱式的新式婚姻。可是自由恋爱，却遭到情人的欺骗，而原先的包办婚姻的对象却是一位情义深重、德才兼备的难得的佳偶。这是生活的无比复杂的一种艺术的反映。

本剧的三个青年男子，表演了三个失败的婚姻和三个不同的结局。布拉姆的丈夫钱德·谢格尔因为车祸而死，死亡的力量中止了他们的爱情和婚姻。伯郎的背叛，让恩珠萍尝到虚假爱情的苦果。恩珠萍的逃婚，又使柯伟的感情受到很大的伤害。谢格尔的车祸，让我们警觉，我们一定要珍惜生命，不要在交通事故中作无谓的牺牲，给自己带来不幸，给家人留下不幸。伯朗的背叛，让善良的对婚姻持郑重态度的少女引起警觉，寻找配偶，不要仅仅是看重对方的英俊外表（上海人讲的"小白脸"）和潇洒谈吐，应该深入了解和观察对方的品格和性格，才能将终身相托。柯伟的婚姻的首次失败是命运中的无奈，他不管生活给了他多大的伤害，总是保持善良和理智的心态，这种品德和心态，值得少男和少女学习。此戏具有社会教育的意义，但毫无说教的弊病，而是将教育意义天衣无缝地编织进三种不同性质的失败的爱情和婚姻之中，错综复杂地纠缠在一起，使全剧的情节跌宕起伏，一波三折，又突现了布拉姆、恩珠萍、伯郎、柯伟和谢格拉特先生的品质、性格和命运，在他们的品质、性格和命运中显示人生的真谛。

本剧写出了失败痛苦的爱情和婚姻，所经过的种种曲折，其中恩珠萍和柯伟的一对情场冤家，在经历了曲折的失败和转化之后，依靠人世间和人心中的真挚和善良的力量，最后奇妙地成就了成功和幸福的爱情和婚姻。本剧在设计爱情和婚姻的诸种复杂的可能性，描绘年轻人得到真正爱情的艰辛不易和失败爱情的后续进程的探索方面作出了成功的创新。

这些艺术创新，是可贵的艺术探索的结果，是印度小说原作和中国戏曲的改编作者共同努力创造的出色成果。

本剧的不足是，全剧没有语言精美、唱腔优美的突出的优秀唱段。也即本剧在语言上缺乏精彩的唱词段落，"言而无文，行之不远"。这么精彩的情节，有这么多曲折感情的大起大落，在关键时刻应该有优美有力的诗一般的唱词给以表现。可惜的是本剧的语言平平，缺乏诗句的优美和意境。在音乐上，唱腔的设计也缺乏力度，尤其是本剧没有一个唱段具有出色的风采，从而让观众情不自禁地到处传唱。这个局限使本剧难以保持长期的声名远播，难以在广大业余的演唱爱好者中长久流传。

所以这部剧作还有精心加工的余地，也有作进一步加工的良好基础。如能用十年磨一剑的毅力，对此戏再作精益求精的修改、加工，尤其是忠实继承传统沪剧的优美唱腔，本剧可以成为沪剧艺术和中国戏曲的一个传世精品。

香港出版王国维《人间词话》英译本[1]

香港大学出版社于一九七七年出版了美国学者阿黛尔·奥斯汀·里基特博士（李又安）的《人间词话》英译本。

英译者里基特（李又安）分别于一九四八年和一九六七年，在美国宾夕法尼亚大学汉学专业获得文学硕士和哲学博士的学位。一九四八年到一九五一年，她在清华大学和燕京大学随浦江清教授学习中国诗歌和文学理论。在此期间，浦江清向她推荐《人间词话》这本名著。里基特（李又安）读后感到深有启发，并认为此书有助于西方读者理解中国的古典诗词，于是从一九四九年开始翻译《人间词话》。由于中国古代文论著作的概念深奥，文字典雅，语言精炼，翻译起来非常困难，里基特博士（李又安）前后历时凡二十八年，才完成这个译本。历时虽长，必臻全功，可见里基特博士（李又安）严肃认真的翻译态度，和她向西方读者介绍中国文化的可贵热情。

里基特博士（李又安）在译本正文前冠以序言、王国维生平大事年表和一篇长达数万言的导言。在序言中里基特博士（李又安）指出：尽管西方学者在中国古典文学和文论的翻译与研究方面，目前做得比较少，但经过中西学者的共同努力，可使西方读者开始了解丰富多采的中国古典文学和文艺理论。译本的导言则分成三个部分：一、中国的古代文论：二、王国维的诗歌理论：三、作为诗歌的一种形式"词"。里基特（李又安）就这三方面作了介绍，对西方读者阅读《人间词话》有很大的帮助。

里基特博士（李又安）在翻译的过程中做了许多细致的工作。译本里详细

1　《文艺理论研究》1980 年第 1 期（创刊号）。

列出所引的古今书目、文章篇名和作者姓名的中文原文、拼音音译和英文译文的对照表。重要的术语也用拼音音译和意译两种形式，这样做有助于读者对原作的正确理解。

里基特博士（李又安）在译本序言中说明，她在翻译《人间词话》的过程中得到许多中美学者的帮助。如我国著名学者钱钟书教授和夫人杨绛、周汝昌和吴兴华教授、美国的德克·博德教授、里基特博士的丈夫 W.阿林·里基特（李克）教授等，都曾给予她帮助和鼓励。因此可以说，《人间词话》的英译本不仅是里基特博士（李又安）坚持不懈地努力的结果，也是中外学者共同灌溉的友谊之花。

肆、汤显祖和莎士比亚比较研究

汤显祖和莎士比亚[1]

上篇

　　汤显祖（1550—1616）和莎士比亚（1564—1616）是同年逝世的两位戏剧巨匠。自1946年赵景深师发表第一篇题为《汤显祖和莎士比亚》[2]的文章以来，到六十年代的徐朔方[3]和八十年代的今天，同名文章有近十篇之多，还不包括将汤显祖的《牡丹亭》和莎士比亚《罗密欧与朱丽叶》等作品进行比较研究的论文。有趣的是，最早将汤、莎两翁并列在一起加以赞美的，是一位热爱和崇拜中国古典文学的外国人——日本汉学家、学术权威青木正儿。他在日本昭和四年（1929年）撰写《中国近世戏曲史》这部名著中有关汤显祖的章节时，满腔热情地赞颂道：汤、莎二位"东西曲坛伟人，同出其时，亦一奇也"[4]。

　　汤显祖和莎士比亚有不少共同点。这首先表现在他们都是一个戏剧时代的代表人物。莎士比亚是欧洲文艺复兴时期伟大的作家之一，是英国伊丽莎白戏剧时代的旗手。汤显祖是中国明代伟大的作家之一，是明清传奇的最主要的代表作家。他们的戏剧作品不仅都代表着一个时代的巨大成就，而且都给后世文学以深远影响。

1　《比较文学三百题》，上海文艺出版社1990；《汤显祖与明代文学》（上海高校高峰高原学科建设资助项目），上海人民出版社2017。

2　赵景深《汤显祖与莎士比亚》，上海《文艺春秋》一九四六年第一期。

3　徐朔方《汤显祖与莎士比亚》，写作于1964年，发表于《社会科学战线》1978年第2期。

4　〔日〕青木正儿《中国近世戏曲史》上册，王古鲁译，第230页，商务印书馆，民国二十五年（1936）。

汤、莎戏剧作品都有强烈的时代感。虽然他们的题材往往表现的是爱情，故事发生的时间往往在古代，但是都具有时代精神和深刻的现实意义。

莎士比亚的历史剧表现出资产阶级为了自身的发展、要求排除封建制度设置的重要障碍；消灭封建割据，反映了新兴资产阶级的顺应历史发展的愿望。他的爱情悲剧如《罗密欧与朱丽叶》等反映了人文主义者的爱情理想和封建压迫、封建恶习之间的冲突。爱情剧（包括喜剧）都讴歌青年追求纯正、自由爱情，宣扬个性解放和个人争取幸福的权利。在批判落后反动的封建势力外，对资产阶级原始积累的血腥剥削、资产阶级人物的阴险、残酷、贪欲和已开始尖锐起来的民族矛盾、种族歧视都给予揭露和谴责。他赞颂有理想、有自信、富于智慧和同情心的资产阶级先进人物，同情贫苦的劳动人民。

莎士比亚戏剧的巨大成就使他在世时即得到崇高评价，同时代的戏剧家本·琼生为他的第一个戏剧集题辞时即称他是"时代的灵魂"，赞美说："他不属于一个时代而属于所有的世纪。"

汤显祖青年时代胸怀忧国忧民的治世大志，后经反动势力打击、摧残，被迫退出政治舞台。他就用笔来批评当世的政治和社会，活动在戏剧舞台，将其未尽的高远度世之志和胸中郁勃之气，发而为戏曲。他的代表作《牡丹亭》歌颂追求自由和爱情的进步青年，赞扬他们要求思想解放和个性解放的先进思想和战斗精神，唱出了时代的心声。他的《邯郸记》和《南柯记》揭露和批判晚明的黑暗政治现实：统治阶级腐朽无能，边患严重、天灾频临，生活上极端腐朽，还要互相倾轧，人民挣扎于饥寒交迫之中，正直人士则备受摧残、打击。

莎、汤两人都处于封建末世和资本主义的萌芽或兴起时期，他们都能正确、深刻地反映自己的时代。

汤、莎两人的剧作都是改编前人而作的艺术再创造。汤显祖"四梦"有三个据唐代传奇小说，《牡丹亭》据宋人话本《杜丽娘慕色还魂》改编。莎士比亚的几乎全部剧作全据现成的历史材料和文学作品改编。但两人都富有创新精神，重新熔铸思想内容、人物性格、语言和氛围，闪耀出新的时代光芒。

汤、莎两人都有丰富的舞台艺术实践，是精通戏剧舞台艺术规律的剧作家。莎士比亚当过演员，指导过排演，参加过剧团的创作演出。汤显祖曾组织、导演过自己的戏曲创作。他不仅自己能唱曲，常常咏歌自适，还亲自教小演员演唱。戏剧既属文学范畴，又归艺术领域，汤、莎之作做到了案头场上，两擅其美。

汤，莎两人都是著名诗人兼剧作家。汤氏的现存诗歌多达二千多首，他的不少诗作真实地反映了当时的社会。他是明代著名诗人，"于古文词而外，能精乐府歌行五、七言诗"，受到明代大诗人徐渭等人的高度评价。莎士比亚写过一百五十四首十四行诗和一些杂诗，还有两首长诗：《维纳斯与安都尼》《鲁克丝受辱记》。莎士比亚的不少诗歌称颂友谊和爱情，歌颂青春和美，反映了肯定生活、要求个性解放的理想。

汤、莎两人都擅长于创作诗剧。汤显祖的传奇由曲和白（说白）连缀而成。曲属诗歌的一种体裁，由诗，词发展而来。中国的传奇本身即是诗剧，有人或称为剧诗。莎士比亚的大多数剧本都是诗剧。他们不仅在形式上用的是诗，而且在剧本的总体上具有浓郁的诗意。

汤、莎两人的戏剧语言都追求华美的风格。汤显祖的语言融会六朝辞赋和唐五代词的绮丽神采，加以精心锤炼而成，前人评为"婉丽妖冶，语动刺骨"，具有独特的瑰丽风格。但他又以元曲的本色为基础，所以华美而丰实。莎士比亚的语言华丽而成熟，典雅中不乏通俗，生动而富于形象性。两人都善于用得心应手的语言表现丰富广阔的生活和深邃复杂的人物性格和心理。

莎士比亚打破古典主义的三一律，一般公认他是不守规律的典范。他和追随他不守规律的作家如歌德，如雨果，都被列为结构宽阔的一派（open theatre）。汤显祖也是不守规律的典范，他无视传奇的格律（指音律），为此他所写的戏曲遭到曲律家的批评和修改。汤显祖对此很为愤慨，竟说："正不妨拗折天下人嗓子。"明代戏剧理论家王骥德批评说："临川（即汤显祖）尚趣，直是横行，组织之工，几与天孙争巧；而诘屈聱牙，多令歌者咋舌。"他们的纵横才气，都非一般规律所能束缚住的。

另据艾希纳《文学笔记》知西方许多人认为"莎士比亚的悲剧是古典悲剧和小说的混合产物"[5]，而杨绛总结我国的传统戏剧的结构，称为"小说式的戏剧"[6]，汤显祖的作品是此类戏剧的典型。可见汤、莎戏剧的另一共同点是采用小说式的比一般戏剧较为松懈的结构，如此则可反映宽阔的社会背景。既继承西方传统，又深受我国传统戏剧影响的现代戏剧大师布莱希特就根据中、西戏剧的这个共同点或者说连结点，发展出一条新的创作规律："现在对一个

---

5 杨绛《李渔论戏剧结构》，杨绛《春泥集》，第 123 页，上海文艺出版社，1979；《杨绛作品集》卷三，第 140 页，中国社会科学出版社，1993。

6 杨绛《李渔论戏剧结构》，杨绛《春泥集》，第 123 页，上海文艺出版社，1979；《杨绛作品集》卷三，第 140 页，中国社会科学出版社，1993。

人应该从他整个社会关系来掌握他。戏剧家唯有用史诗式的形式，方才能够反映世界全貌。"布莱希特所要创立的戏剧的史诗式结构，并非凭空产生，而是站在汤显祖、莎士比亚等前辈艺术大师的肩膀上进行的创新。

当然，汤显祖和莎士比亚也有许多不同处和差异性。汤、莎两人都是多产作家，但汤显祖的诗歌多而戏剧少，莎士比亚则戏剧多而诗歌少。无庸讳言，汤、莎两人在戏剧创作成就上是不相等的，莎士比亚的成就要更大些。这首先从戏剧的数量上看，莎有三十七个剧本，而汤仅有五个。汤的"临川四梦"，当然与莎氏剧本一样，都是文学史上完美的典范作品或颇有艺术成就的精品，但数量多寡悬殊，自然决定总体成就的高低。

不同文化背景，对他们的创作有很深的影响。莎士比亚的文化渊源主要仅是古希腊和罗马文学艺术和历史、哲学。汤显祖所需要的学习文化遗产的任务要比莎氏艰巨得多，从而在创作上的文化准备上耗费远过于莎氏的精力。从先秦到明代汤氏的师辈，两千多年浩瀚的文化遗产的积淀摆在汤显祖的面前，而他通过刻苦学习，"诸史百家而外，通天官地理、医药卜筮、河渠墨兵、神经怪牒诸书"（邹迪光《临川汤先生传》），精于哲学，成为一个渊博而深厚的学者。他甚至对佛、道也有深刻研究，并一度迷恋其间。这些对他的创作起了很大影响。汉语艰深的文字，传奇比诗、词更严格的声律和韵律，必须字斟句酌，使汤显祖在创作戏曲时不得不小心跋涉，步履维艰。创作传奇在技术要求上比莎氏的诗剧更繁难苛刻得多，更不必言早年在学习汉字使用时比西文要困难得多。

不同的生活道路，给两人的创作有更大的影响。莎氏出身市民阶层，大约在二十岁左右离乡到伦敦，自谋生计。他起先在剧院作杂役，接触社会各阶层众生，既熟悉剧院生活，又丰富了社会认识，积累了丰富的生活感受和体验。因此他的戏剧既写王公贵族，也将各类平民刻划得跃然纸上。

汤显祖出生于世代书香门庭，后来一直在上层社会中生活，与劳动人民生活的隔膜比较深。他有志于治国安民，当过一阵官吏，尤其是曾在浙江西南一个偏僻的山区遂昌当过五年县官，初步地、小范围地推行自己进步的治世蓝图。这样的生活经历一方面决定他所表现的人物限于上层知识分子及其周围的人物，还有达官贵人。即使有下层人物出现，也是丫环、店主等与上层人物接触较多的人物圈子。但这位有宏大政治目标的作家在作品中编织和融化了自己未能实现的崇高理想。

汤显祖是我国传统的写意美学的追随者，他推崇神韵一派的"表现"式的诗学理论，他说："文章之妙不在步趋形似之间，自然灵气，恍惚而来，不思而至。怪怪奇奇，莫可名状。"他的戏剧美学也强调神似，而不赞成仅仅形似。莎士比亚受西方亚理斯多德始的"再现"式的诗学理论之影响，崇奉写实美学，所以他将戏剧看作是生活的再现，他说："全世界是一个舞台，所有男男女女不过是一些演员，他们都有上场的时候，也都有下场的时候。"两人作品的民族风格不同，一个重要的原因是遵循的美学原则有别。

在创作方法上，汤、莎都是现实主义和浪漫主义相结合的作家，但汤显祖主要运用的是浪漫主义，而莎士比亚则倾向于现实主义。汤显祖追求"奇"，他曾说："天下文章所以有生气者，全在奇士，士奇则心灵，心灵则能飞动。"他的剧本都写幻境，梦境，故而被称为"临川四梦"。写梦为我国文学家所擅之胜场，是浪漫主义文学的祖师庄子写了著名的"梦蝶"寓言而首开其端。汤显祖是写梦的大师，如在《牡丹亭》中，他用"惊梦"、"寻梦"写杜丽娘炽烈而真挚的爱情，离奇地写出她殉情而死，死后又和情人结合，更离奇地表现她为了捍卫真挚爱情和幸福生活，抗议和批判吃人的封建社会对青春和真情的扼杀，还要还魂复活！这个出人意想的浪漫主义结局给人们留下了难以磨灭的印象，是作家的得意之笔，所以有时把《牡丹亭》干脆改名为《还魂记》。莎士比亚有时也让鬼魂出现，如哈姆莱特的父亲的幽灵在城堡暗示自己被谋杀的冤屈，他主要写的是人世间的真情实况，是一幅幅广阔、真实、生动的历史社会生活的画面，经常运用的是现实主义的创作方法。

下篇

本文上篇作于 1986 年，是华东师范大学权威教授王智量师主编《比较文学三百题》时的约稿。此书于 1990 年由上海文艺出版社出版。他本拟聘我为此书副主编，后因故未成；我推荐同学戴翊（1944-2013），此前因我介绍智量师、戴翊和我一起给首届上海电视大学中文专业指导毕业论文而相识，却并不熟悉；当时我们研究生刚毕业不久，也无高级职称，但因我之推荐而聘他为副主编。

在拙文之前，同题的文章共有 10 余篇。其中名家之作有两篇，其一为发表最早的赵景深师《汤显祖与莎士比亚》（1946），提出汤显祖和莎士比亚的五个相同点：一是生卒年几乎相同（前者 1550-1616 年，后者 1564-1616 年），二是同在戏曲界占有最高的地位，三是创作内容都善于取材他人著作，四是不守戏剧创作的清规戒律，五是剧作最能哀怨动人。

徐朔方的《汤显祖与莎士比亚》（1964，发表于 1978），指出汤显祖与莎士比亚时代相同，但具体的戏剧创作传统不同，前者依谱按律填写诗句曲词，后者则以话剧的开放形式施展生花妙笔，认为汤显祖的创作空间与难度更大。1986 年到 1987 年，徐朔方两次钻研了汤显祖与莎士比亚，联系剧作家与中西历史文化发展的关系，指出汤显祖生活的明朝封建社会，比起莎士比亚的伊丽莎白时代而言，要封闭落后得多，故而汤显祖塑造出《牡丹亭》里杜丽娘敢于追求自身幸福的人物，更是难能可贵。

除了此题之外，涉及汤显祖和莎士比亚的比较文章颇多。有关诗歌如田汉 1959 年参观江西临川"汤家玉茗堂碑"时作诗："杜丽如何朱丽叶，情深真已到梅根。何当丽句锁池馆，不让莎翁在故村。"认为提出汤显祖与莎士比亚旗鼓相当，杜丽娘与朱丽叶不相上下。

时间过去 30 年，据"百度学术"介绍，汤显祖与莎士比亚比较的相关论文至今已有 479 篇，牵涉的论题发展到爱情观、妇女观比较等等，范围宽广；还有已出版的专著和博士论文等多部。

当时规定篇幅为四千字，因此不能畅所欲言；又兼介绍性的通识文章，内容多是综合已经形成共识的观点，仅有新见一二而已。因此此文颇需补充，时过三十年，我本人对这个论题，在新的时代环境下，也有了新的认识。今作下篇，就五个重大问题，略述浅见，以作补正云。

将汤显祖与莎士比亚比较，首先要看到两人有一个最基本的不同：汤显祖是受过儒道佛完整和深入教育，具有全面完整、博大精深学问的大知识分子。莎士比亚出生平民，没有受过高深教育，他是在剧院中当演员、导演、剧院老板，渐渐从社会最底层的角色提高世俗的地位，因其出色的天才而成长为诗人和戏剧家。可是他缺乏高深的学问。因有此差别，汤显祖与莎士比亚在四个重大问题上有四个不同，一个相同；而不同之中也有略同，相同之中也有相异。

一、历史、社会和文化背景不同

中国历史极其悠久，国土广大；文化传统极为悠久，历代成就极其丰富、卓越，皆为英国远所不及。汤显祖北至北京，南至南海，地理阅历深广。莎士比亚的英国，本是小国，莎士比亚游历的地方不多；他虽然写到地中海、意大利，以扩大其戏剧的空间范围，他本人却并未光临过这些地方，只能含糊带过。

中国是属于创造各类奇迹的地方。即以时代和社会来说，中国晚明尚处于封建时代，而英国已进入资本主义社会。照理资本主义社会要比封建主义社会先进，生产力先进，可是不要说明朝，就是宋朝乃至唐朝的经济也要比莎士比亚时代的英国发达，生活条件优越得多，艺术享受高级而多样。因此双方戏剧中的人物，其生活条件和文化素养，汤作要比莎作高得多。

莎士比亚被公认为英国文艺复兴时期最伟大的天才文学家。在当时英国文坛，处于无与伦比的地位，在欧洲也仅有塞万提斯与他地位相近。而汤显祖所处的晚明，中国文坛群雄崛起，作家诗人艺术家灿若繁星，名家名作林立。与汤显祖的天才成就相当而处于中国文化史上崇高地位的，就有哲学家王阳明、思想家李贽、书画家董其昌，小说巨著《西游记》和《金瓶梅》的作者等。汤显祖完全不可能一花高耸，傲视群芳。

莎士比亚之前，英国没有戏剧杰作，他是横空出世，一空依傍，自铸伟词。在欧洲，他前有古希腊悲喜剧和罗马戏剧，由于莎士比亚文化低，看不到古希腊的悲喜剧，所以借鉴少。他的成就可以与古希腊悲喜剧媲美，而同登不可逾越的高峰。

而在中国戏曲史上，元明杂剧、南戏和汤显祖之前的明代传奇已经前后交相辉映。汤显祖努力学习和继承这些光辉遗产，成就虽然卓越，但即使他的《牡丹亭》把中国当时的戏曲推向了顶峰，却不过"几令《西厢》减价"，但毕竟没有达到《西厢记》的高度。关汉卿和马致远等大家，《赵氏孤儿》和《琵琶记》等大作，皆可与汤显祖和《牡丹亭》平起平坐。

莎士比亚是专业戏剧家，一生创作了37个戏剧。汤显祖由于学习经史文诗，用去多年岁月，整个青春都耗在学习和考试，走上社会后他是个业余戏曲作家，所以数量稀少。而且他的许多精力放到诗歌创作，戏曲创作简直是业余中的业余，直到晚年才有充分的时间写作。在中国，也只有像关汉卿、李玉这样的专业作家，才能创作数量众多的剧作。当然，即使在西方，专业剧作家大多也是作品数量不多，莎士比亚是罕有的天才作家，才能做到量多质高。

二、人生道路的不同

汤显祖有远大政治抱负, 有爱国忧民的热场, 有行政领导和管理的出色才华。他坚守人生道德的原则, 拒绝首相张居正等人的主动拉拢, 考试一再受阻, 考中也只能沉沦下僚。

正当文艺复兴的浪潮席卷欧洲时, 东方也出现了中国戏曲的繁荣。明代的汤显祖生活在危机四伏、动荡不安的明代中、晚期。这个时代倡导尊经崇儒, 尊奉程朱理学, 顺从天意又不违背人伦的封建礼教统领着人们的思想和行为。汤显祖的一生没有名利双收的莎士比亚那么好运, 他有追求仕途的理想和忧国忧民的情怀, 但是一生不得志。

莎士比亚则在职业剧作家的创作道路上一帆风顺、名利双收。

三、爱情婚姻观的差异

莎士比亚的戏剧涉及了历史、政治、社会、人生等广阔的领域, 具有博大的人文主义思想。其中, 以爱情为题材的 17 部喜剧主要创作于 1590 年至 1600 年期间, "这时正是伊丽莎白女王在位的时候, 经济繁荣, 王权巩固, 人民生活暂时稳定, 社会矛盾还没有大量暴露出来, 所以这一时期的作品的思想内容的特征是乐观主义, 追求欢快生活, 追求真理, 反对禁欲主义, 反封建主义。"[7]他的作品真实地反映了现实生活, 描绘了人的情感和心灵, 具有强烈的时代气息。

而汤显祖则于万历二十六年（1598）三月, 弃官移居临川玉茗堂, 先后完成他的杰作《牡丹亭》和《南柯记》《邯郸记》, 这三部戏曲和先前改编的《紫钗记》一起被称为《临川四梦》。一方面他在作品中无情地批判了晚明封建社会及其封建礼教;另一方面, 他崇尚个性解放, 突破了禁欲主义的束缚。"汤显祖的无穷的艺术魅力和永恒的审美意蕴, 已经成为中华民族的一笔重要的精神文化财富。"[8]

汤显祖和莎士比亚的爱情戏剧的一个共同点, 是喜欢用荤话, 讲性事。

当时的时代条件, 不容许自由婚姻。脱离家长而成婚, 立即发生娜拉出走以后的生活问题, 没有经济支撑, 日常生活的必需也无法得到。司马相如和卓文君开小酒馆, 是历史中的难以复制的个例;《儒林外史》沈琼芝为逃避恶劣

7　安鲜红《汤显祖与莎士比亚爱情观之比较》,《名作欣赏》2010 年第 5 期。

8　安鲜红《汤显祖与莎士比亚爱情观之比较》。

的"婚姻"而独立谋生开店，是浪漫主义的描写，现实中不可能实现。

汤显祖与莎士比亚的爱情观有很大的不同。莎士比亚用浪漫主义笔调写男女私奔，私奔后靠什么活命，不考虑。汤显祖现实地看到这个问题，赞成父母之命。

霍小玉与李益不是有婚姻保障的爱情，霍小玉清楚地认识到不能持久，只要保持八年关系。

四、宗教观的不同

汤显祖信奉儒家、道家和佛家，赞成和实践三教合一的理念。

莎士比亚信奉基督教。中西方的宗教不同，众所周知。

他们的戏剧作品，体现了中西方不同的宗教观。

五、热衷运用神秘文化的资源

汤显祖和莎士比亚的一个很大的相同处是，他们都热衷运用神秘文化的资源。

汤显祖和莎士比亚都喜欢使用神秘主义的创作方法，但是他们有密切结合自己文化的特点，故而呈现不同的特色。

汤显祖的戏剧，统称"临川四梦"，喜欢神秘文化，鬼魂巫婆，预言，都有奇异的梦境。

莎士比亚也非常喜欢神秘文化，除了多个传奇剧，表演精灵、神仙、恶魔之外，其他作品也颇喜描写鬼魂、巫婆，预言。例如马克白路遇巫婆，受其"指导"而杀君篡权。

他们的神秘主义创作方法，可以分解为四个方面。

1. 历史剧和爱情剧中的天意天命历史观

莎士比亚喜欢创作历史剧，英国学者 E.M.W.蒂利亚德："对伊丽莎白时代的人了来说，推动历史发展的力量有天意、命运和人的性格。"[9]汤显祖撰写过历史著作，没有创作过历史剧，但其《临川四梦》多有历史事实描述的成分。

汤显祖和莎士比亚的戏剧都反映了不仅国家大事，大人物的大事业有天

---

9 《伊丽莎白时代的世界图像》，王佐良、何其莘《英国文艺复兴时期文学史》，第166页，外语教学与研究出版社，1996。

命的关照，而且婚姻也有天命的制约。

钱钟书《管锥篇》第一册《一五　外戚世家》指出和评论《史记》记叙了历史人物的婚姻有命，论及其他史书和《西游记》等的众多有关内容，也论及西方名著如"荷马史诗数言上帝按人命运，为之择偶；莎士比亚剧中屡道婚姻有命（Marriage or wiving comes or goes by destiny）；密尔敦曾出妻，诗中更痛言之（as some misfortune brings him）。各国俗谚或谓婚姻天定，或谓配偶如扯签拈阄（Ehen werden in Himmel geschlossen；Marriage is a lottery），多不胜举，殆非偶然矣。"[10]

2. 鬼魂、精灵和巫的作用和描写手段

汤显祖和莎士比亚都喜欢描写鬼魂、精灵和巫，并在塑造人物和推动情节发展方面，皆有不可或缺的作用，并显示了各自的艺术特色。例如老国王的鬼魂告诉儿子哈姆雷特自己被谋杀的真相和真凶，令其儿子报仇。

3. 梦幻描写

汤显祖最擅长梦幻描写，无戏不梦，故戏曲总称为"玉茗堂四梦"或"临川四梦"。莎士比亚也喜写梦。他们的描绘梦境的精彩描写各有特点，体现了各自文化传统和艺术积累，从而取得了各自的特出艺术成就。

4. 预言预知

汤显祖和莎士比亚戏剧都写预言预知的神奇。例如《牡丹亭》杜丽娘临终自画肖像，留存和预期给意中人发现。《裘力斯·凯撒》凯撒预先得到死的警告，他不做理会，果然被刺身亡。

---

10 钱锺书《管锥篇》（第一册），第393页，中华书局，1986。

汤显祖与莎士比亚伟大艺术成就的
总体比较和评论[1]

汤显祖与莎士比亚都是世界文化史上的经典文学艺术大家。由于文艺创作的基本规律有普遍性适用的共同性，因此汤显祖与莎士比亚的伟大艺术成

---

1 本论文为中英高级别人文交流机制第四次会议——由中国文化部与英国文化、传媒和体育部合作的"跨越时空的对话——中英纪念汤显祖、莎士比亚逝世400周年研讨会"论文。按此会于2016年12月6日在上海东郊宾馆举办。中国国务院副总理刘延东，英国文化、传媒和体育大臣布拉德利和中国文化部部长雒树刚、教育部部长陈宝生、国务院副秘书长江小涓、教育部副部长郝平、文化部副部长丁伟、外交部部长助理刘海星，出席开幕式。中英汤显祖、莎士比亚研究专家、艺术家等参加研讨会。开幕活动由文化部丁伟副部长主持会议，中国文化部部长雒树刚致欢迎辞，中方专家代表、中国戏曲学院原院长、中国戏曲学会暨汤显祖研究分会负责人周育德发言："莎翁汤翁作品的民族特色与世界影响"；英方专家代表格雷汉姆·谢菲尔德发言："莎士比亚与国际文化交流"；英国文化、媒体和体育大臣布拉德雷致辞。国务院副总理刘延东讲话。嘉宾主旨发言由中英各四位专家发言。研讨会的中方代表共有来自上海和全国的专家7人、昆曲艺术家3人（蔡正仁、岳美缇、张洵澎）、汤显祖研究机构负责人2人（江西抚州汤显祖研究中心主任吴凤雏、浙江遂昌汤显祖纪念馆馆长）、演出汤莎戏剧的院团（上海昆剧团、苏州昆剧院、上海京剧院）院团长3人、传媒和电影艺术家3人，共18人发言。七位专家依次发言的主要内容有：上海社会科学院文学研究所原所长、国家对外交流研究基地主任、上海国际文化学会会长陈圣来研究员"莎剧与汤剧国际传播刍议"，上海艺术研究所研究员、上海戏剧学院（上海高校高峰高原学科建设计划）教授、中国作家协会会员周锡山"汤显祖与莎士比亚伟大艺术成就的总体比较和评论"，江西抚州汤显祖研究中心主任吴凤雏"从汤公莎翁异同看其文化价值"，《汤显祖戏剧全集》英译本副主编、苏州大学苏玲副教授"关于《汤显祖戏剧全集》的翻译"等。会上发言的还有中国艺术研究院舞蹈研究所副所长、研究生院舞蹈系主任欧建平和上海东方卫视首席记者骆新等。本文先后发表于《艺术百家》2017年第1期；上海高校高峰高原学科建设资助项目《汤显祖与明代文学》，上海人民出版社，2017；《东方之韵：跨越时空的对话》（纪念汤显祖莎士比亚逝世400周年活动文集），东方出版中心，2018。

就从总体上看，颇有共同性。反过来，我们也可从他们的伟大艺术成就提炼、论证和总结文艺创作的共同规律。今仅以中国文艺理论对文艺作品评判的四个最高要求和一个重大特色，即用中国的理论话语，尝试观照和评论汤显祖与莎士比亚的伟大艺术成就，总结创作经验，给当代文学艺术家以重大启发。

一、笔补造化

笔补造化是中国文学艺术作品的最高要求之一。此语原出李贺《高轩过》："笔补造化天无功。"强调杰出作品重视心智、胆力和对物象的主观裁夺，特别富有创新意识。

"高轩过"指文坛领袖、大诗人韩愈和皇甫湜坐着高大华美的马车来看望年轻的诗人李贺，李贺非常感动和荣幸，他当场做诗《高轩过》记叙这个会面的场景。诗中赞美两人的文笔能补救大自然的不足。"天工，人其代之。"即大自然的作为有不足的，人代它补足。文艺杰作能够起到这个"补笔造化"的重大作用。

造化，原指的是自然、自然界。此语还兼指自然界的创造者。"笔补造化"，原指笔墨可以弥补自然界、人生（尤指社会人生；按广义的自然界，包括了人类社会）的不足，形容笔墨的作用大，笔力高超。我认为还应该包括描写对象的奇异心理和思维过程。

艺进乎道的伟大作品，能够笔补造化。钱钟书纵观中西的文学和美学史，总结说：

> 长吉《高轩过》篇有"笔补造化天无功"一语，此不特长吉精神心眼之所在，而于道术之大原、艺事之极本，亦一言道着矣。夫天理流行，天工造化，无所谓道术学艺也。学与术者，人事之法天，人定之胜天，人心之通天者也。《书·皋陶谟》曰："天工，人其代之。"《法言·问道》篇曰："或问雕刻众形，非天欤。曰：以其不雕刻也。"百凡道艺之发生，皆天与人之凑合耳。顾天一而已，纯乎自然，艺由人为，乃生分别。综而论之，得两大宗。一则师法造化，以模写自然为主。其说在西方，创于柏拉图，发扬于亚里士多德，重申于西塞罗，而大行于十六、十七、十八世纪。其焰至今不衰。莎士比亚所谓持镜照自然者是。昌黎《赠东野》诗"文字觑天巧"一语，可以括之。"觑"字下得最好；盖此派之说，以为造化

虽备众美，而不能全善全美，作者必加一番简择取舍之功。即"觑巧"之意也。二则主润饰自然，功夺造化。此说在西方，萌芽于克利索斯当，申明于普罗提诺，近世则培根、牟拉托利、儒贝尔、龚古尔兄弟、波德莱尔、惠司勒皆有悟厥旨。唯美派作家尤信奉之。但丁所谓："造化若大匠制器，手战不能如意所出，须人代之斫范"。长吉"笔补造化天无功"一句，可以提要钩玄。此派论者不特以为艺术中造境之美，非天然境界所及；至谓自然界无现成之美，只有资料，经艺术驱遣陶镕，方得佳观。此所谓"天无功"而有待于"补"也。窃以为二说若反而实相成，貌异而心则同。夫模写自然，而曰"选择"，则有陶甄矫改之意。自出心裁，而曰"修补"，顺其性而扩充之曰"补"，删削之而不伤其性曰"修"，亦何尝能尽离自然哉。师造化之法，亦正如师古人，不外"拟议变化"耳，故亚里士多德自言：师自然需得其当然，写事要能穷理。盖艺之至者，从心所欲，而不逾矩：师天写实，而犁然有当于心；师心造境，而秩然勿倍于理。莎士比亚尝曰："人艺足补天工，然而人艺即天工也。"圆通妙澈，圣哉言乎。人出于天，故人之补天，即天之假手自补，天之自补，则必人巧能泯。造化之秘，与心匠之运，沉瀣融会，无分彼此。及未达者为之，执着门户家数，悬鹄以射，非应机有合。写实者固牛溲马勃，拉杂可笑，如卢多逊、胡钉铰之伦；造境者亦牛鬼蛇神，奇诞无趣，玉川、昌谷，亦未免也。[2]

优秀的文艺作品，尤其的天才的经典作品，能笔补造化，能够超越自然和社会人生。这也可说是"源于生活，高于生活"的一种。也即能够写出典型性格的典型人物、各种不可思议的人物和奇妙心理；生活中不可能发生的故事，各种闻所未闻的人生场景，等等。例如《牡丹亭》中杜丽娘的人鬼之恋和死后复活；《南柯梦》和《邯郸记》刻画淳于梦、卢生野心勃勃，热衷飞黄腾达，汤显祖出色的人物塑造，能够代人立心，"以鬼斧神工般的笔触，为野心人物造像，穷其心态，穷其丑态，获得极大的成功"。[3]

上述引文中，钱钟书也强调莎士比亚也有"人艺足补天工"，即"笔补造

---

2 钱钟书《谈艺录》，第60-62页，中华书局，1986。
3 夏写时《汤显祖的两难人生》，叶长海主编《〈牡丹亭〉：案头与场上》，第350页，上海三联书店，2008。

化"的精切认识："莎士比亚尝曰盖艺之至者，从心所欲，而不逾矩：师天写实，而犁然有当于心；师心造境，而秩然勿倍于理。""莎士比亚尝曰："人艺足补天工，然而人艺即天工也。""（This is an art/Which does mend nature,change it rather,but/That art itself is Nature）。圆通妙澈，圣哉言乎。人出于天，故人之补天，即天假手自补，天之自补，则必人巧能泯。造化之秘，与心匠之运，沉瀣融会，无分彼此。"

莎士比亚虚构众多英国国王夺权的种种事迹、罗马大将安东尼与埃及艳后克莉奥佩特拉的刻骨铭心的爱情历程、哈姆雷特变幻莫测的复仇心理和行动等等，都是充分舒展艺术想象力，摄取一切、溶化一切、重新组合或凭空构思一切，给以细节丰满、结构严谨、立意高远的精彩描写。

二、艺进乎道

艺进乎道也是文学作品的最高要求之一。

《庄子·养生主》"庖丁解牛"一节首先通过庖丁之口，曰："臣之所好者道也，进乎技矣。"将技艺与道相联系。中国古代文论据此建立了杰出文艺作品应该技进乎道、艺进乎道的最高标准。

清代魏源《默觚》进一步阐发："技可进乎道，艺可通乎神"；"造化自我立焉"。前两句可以互通，即技艺可以进乎道，可以通乎神。通神是中国古代灵感论的探本解释[4]。

艺进乎道，要求艺术上升到哲理和哲学的高度；而且不是单纯指能表达哲理、哲学的哲理诗或哲理作品，而是指能表达宇宙、人生真理的优秀文艺作品。汤显祖和莎士比亚的作品因此而包容了极其丰富和深刻的哲理思考、伦理探索和心理分析。

莎士比亚的悲剧被史雷格尔誉为"哲理悲剧"，别林斯基认为莎士比亚能从个别中看到普遍，从形象中体现思想，这些都是"艺进乎道"的一种表达。但西方美学仅止于此，中国美学的"艺进乎道"，不仅指能表达哲理、哲学的哲理诗或哲理作品，或能概括具体而表达抽象或思想，而且能探索或表达宇宙、人生真理与天地规律的优秀文艺作品。

---

4 参见拙文《南北宗·神韵说·灵感论》（拙著《上海美术史》之一章），《古代文学理论研究丛刊》2014 年第 2 期，华东师范大学出版社，2014；又收入拙著《汤显祖与明代文学研究》（上海高校高峰高原学科建设计划项目），上海人民出版社，2017。

汤显祖和莎士比亚的作品达到艺进乎道的高度，因此而包容了极其丰富和深刻的哲理思考、伦理探索、心理分析，并进入以下更高的层次。

艺进乎道的伟大作品，都是作者将自己的灵魂灌入的产物。《牡丹亭》中的杜宝寄托了汤显祖的执政理想和执政人才的品性高度，而《南柯记》和《邯郸记》中主人公执迷于名利财色的最终下场和醒悟，浸透著作者对宇宙人生的终极旨归的深刻认识。同样，科尔律治论莎士比亚撰作时，"无我而综盖之我"（Shakespeare in composing had no I, but the I representative-Biographaia Literria ,ed J.Shawcross. 213 note）[5]。

艺进乎道的杰作，才能参透宇宙人生。而参透宇宙人生的杰作，才能达到艺进乎道的最高层次。也即不仅达到典型性的高度，还能够表达、表显抽象的理、道或宇宙人生的真谛。宇宙人生即"天上人间"，在《牡丹亭》中，剧中人物多次提到"天上人间"。如复活后的杜丽娘在新婚之夜就流泪对柳梦梅说："怕天上人间，心事难谐。"即使心事得遂，"如花美眷，似水流年"也迅即消逝，体现了"好物不坚牢"的普遍性、规律性的本质现象。因此，汤显祖通过对爱情的歌颂，对"如花美眷，似水流年"的青春美好年华的珍惜、追求和留恋，真正体现了对人性的终极关怀。

而莎士比亚呢，陆谷孙说，随着哈姆莱特的那段最著名的"独白的进行，你会发现还有哲学玄思与探究"[6]。因此德莱顿说：莎士比亚"心灵最为宽广，包含一切而无遗"。[7]

莎士比亚如"善良人的生命往往在他们帽上的花朵还没有枯萎以前就化为朝露"（《麦克白》VI.iii），提炼了社会人生的一个规律。《特洛伊罗斯与克瑞西达》以美丽妖媚的克瑞西达多情而无挚爱的爱情态度，反映了爱情容易背叛、出卖的一面；《安东尼与克莉奥佩特拉》中克莉奥佩特拉爱情的变化、反复与回归，与《罗密欧与朱丽叶》中朱丽叶不惜牺牲生命而维护真情的坚贞爱情，组合成爱情的全部真相，从爱情角度描绘了人的感情的坚贞与软弱、坚韧与脆弱的不同品性和表现极致，探索了人的感情、爱情的真谛。

可是天下并无十全十美的著作。艺进乎道的作品，有非常强的文学性和思想性，但这样的戏剧作品，有时会违反舞台规律，成为案头之作。汤显祖

5　钱钟书《谈艺录》，第597页，中华书局，1986。

6　陆谷孙《莎士比亚研究十讲》，第55页，复旦大学出版社，2005。

7　陆谷孙《莎士比亚研究十讲》，第99页。

和莎士比亚戏剧都有行文冗长拖沓的篇章，约翰逊说莎士比亚戏剧中的"雄辩和正式的演说多半是沉闷枯燥的"。[8]本·琼生甚至说，"但愿他曾删去一千行"。[9]

有些场景还难以在舞台上表现。哈兹里特《莎士比亚戏剧中的人物》指出："莎士比亚戏剧中演出效果最好的几出——如《冬天的故事》《理查德三世》——都不是文学性最高的，而公认的杰作，如《麦克白》《奥瑟罗》，往往演出效果反而不能尽如人意；对于《哈姆雷特》，哈兹里特则表示不希望看到它上演。"此书译者顾钧评论说："应该说，这是一个带有规律性的现象，最好的诗句是最难翻译的，最好的戏文亦复最难搬演。哈兹里特遗憾地发现，'优美的描写超过了所有法国诗歌的总和'的《仲夏夜之梦》在演出的过程中'从一个愉快的虚构故事转变成了一个乏味的童话剧'，由此他不得不发出这样的感慨：'戏剧舞台与文学想象不是同一回事。'"[10]像歌德《浮士德》这样探索人的灵魂和精神的戏剧巨著，也只能是案头之作，要搬上舞台，必须大删大改。

三、悲天悯人

此语出处为明末清初黄宗羲《朱人远墓志铭》："人远悲天悯人之怀；岂为一己之不遇乎！"

当今一般的解释为，悲天：哀叹时世；悯人：怜惜众人；天：时世。此语指哀叹时世的艰难，怜惜人们的痛苦。《现代汉语词典》（第五版）解释为"对社会的腐败和人民的疾苦感到悲愤和不平"。

这样的理解是非常片面的。实则上，古人将这里的"天"，解释为天命。天命指天道的意志；延伸含义就是"天道主宰众生命运"，兼含自然的规律、法则。古代名家的有关名句极多。例如——《楚辞·天问》："天命反侧，何罚何佑。"《史记·五帝本纪》："於是帝尧老，命舜摄行天子之政，以观天命。"陶渊明《归去来兮辞》："乐夫天命复奚疑。"韩愈《诤（争）臣论》："彼二圣一贤者，岂不知自安佚之为乐哉？诚畏天命而悲人穷也。"欧阳修《新五代史·伶官传》："虽曰天命，岂非人事哉？"罗大经《鹤林玉露》卷

8　〔英〕约翰逊《莎士比亚戏剧集序言》，《莎士比亚评论汇编》（上册），第49页，中国社会科学出版社，1981。
9　陆谷孙《莎士比亚研究十讲》第64页，复旦大学出版社，2005。
10　顾钧《仲夏夜之梦》，《博览群书》2009年4月号。

六："且人之生也，贫富贵贱，夭寿贤愚，禀性赋分，各自有定，谓之天命，不可改也。"

而"悲天悯人"的意思不仅是关注和同情人生的艰难困苦，而且同情自然规律决定的人生中的生老病死，还更善于表现、揭露和批评人性的弱点，并给以教育和挽救；尤其是揭发和批判恶人表现的兽性和罪恶，同情被虐害的善良人们，鼓舞起他们在逆境、困境中的生活勇气和奋斗精神。

文学艺术要善于表现人的内心，更要教育和拯救人的灵魂。人世间充满了爱与悲、嫉妒与野心、绝望与生死，汤显祖和莎士比亚都极富同情心和怜悯心，他们都以生花妙笔和斐然文采，全方位地探索、展现了人性，以巧妙惊人的众多艺术手法，描写和表达了难以言说的无比深邃和广阔的心理和情感。他们写出了人有多伟大高尚，人有多么深厚的感情，也写出了人有多残酷卑鄙，还有更多的平庸和粗俗。

汤显祖《南柯记》和《邯郸记》描写沉溺于名利的知识分子，精神猥琐，生活无聊，境界低俗。仙人吕洞宾和蚁国君王，让他们在美梦中实现自己高官厚禄、飞黄腾达的生活理想，让他们尝到美好婚姻的甜蜜，再以残酷的打击惊醒他们的灵魂，帮助他们看穿红尘，精神升华。

莎剧描写的众多执着的爱情故事，充溢着真、善、美的理想。莎士比亚爱情观满怀的乐观性，包含了他对人的缺点的宽容，他坚信人能够接受正义和道德的感化。例如善良的苔丝狄蒙娜死于无辜，在临死之前还坚信杀害她的丈夫的本性是善良的，并以此设法拯救其丈夫的灵魂。

《冬天的故事》等多部莎剧表达了希望邪恶人物改悔，通过他们遭受命运打击之后，受害的善良的人们对他们宽恕和解，帮助其经过道德上的提升或新生，从而改邪归正。与残酷的现实生活相比，这是一种精神安慰，是乌托邦式的假想，但反映了生活中的艰难厄运时时困扰着人类，人们渴望逢凶化吉，转危为安。

汤显祖和莎士比亚的戏剧都能公正地对待历史和生活，既充分描写生活的阴暗面，挖掘人的欲望和隐私，又对受难者和有希望改正的恶人，表现理解中的同情，以宽容和温润的笔调点醒和批判人们的弱点。在对于不可饶恕的罪恶做彻底揭示和批判的同时，精心为受害者设计思想的出路，即使在《李尔王》最后，还表达了受难和忍辱能使人的灵魂升华的理想。

莎士比亚和不少西方戏剧包括英国文艺复兴时期的其他作家的作品，与中国戏曲家一样，也喜欢"悲喜剧中常见的大团圆的结局"[11]，并多有"善有善报恶有恶报"的观念[12]。汤、莎士比亚传奇剧中，善恶轮回、因果报应的描写，洋溢着浓郁的乐观、浪漫的气氛，从而对苦难人世中的观众、读者，起了精神安慰、鼓舞的作用。

四、大器晚成

大器：比喻大才。指能担当重任的人物要经过长期、曲折、艰难的锻炼，所以成就较晚。

《老子》（第四十一章）："大器晚成；大音稀声；大象无形。"

汤显祖一生勤奋写作，但是直到 50 岁之后完成《牡丹亭》之前，他尚未达到中国文化史上一流的艺术成就。

汤显祖的《紫箫记》约作于 1576-1578 年（明万历五年至七年），此乃未完之作，约于 1586 年（万历十五年）改编为《紫钗记》。这是汤显祖青年时期的作品。他的另三部取得杰出艺术成就，都是他六十五年生涯中 50 岁以后完成的晚年之作。

汤显祖于 1592 年（万历二十一年）任浙江遂昌知县，五年后，于 1598 年（万历二十六年）辞职回临川故乡。年四十九岁。现一般认为，《牡丹亭》是在遂昌酝酿、构思、开始创作，而最后完成于临川，即完成于 1598 年或 1599 年。《南柯记》完成于 1600 年（万历二十八年，51 岁），《邯郸记》作于 1601 年或略后，莎士比亚《哈姆莱特》于此年问世。此后汤显祖致力于将自己的剧作投入演出的实践，并作进一步的理论探索。

巧的是，与他同年逝世的莎士比亚和塞万提斯，在晚年从事创作，并迅即进入创作高峰，也都是大器晚成的作家。

莎士比亚（1564—1616）自 1590 年开始写戏，到 1612 年完成了 37 部剧作。他一共活了 52 岁，从 26 岁写到 48 岁，其前期剧作，诚如王佐良和何其莘主编的名著《英国文艺复兴时期文学史》所批评的，莎士比亚极负盛名的

---

11 〔英〕哈里森《莎士比亚戏剧反应的时事》，《莎士比亚评论汇编》（下册），第 286 页，中国社会科学出版社，1981。

12 王云教授关于"艺术正义论"的众多论文和专著，如《试论补偿说》（《戏剧艺术》2005 年第 6 期）、《论艺术正义——以社会正义、宗教正义和艺术正义为语境的研究》（《复旦学报》2008 年第 5 期）、《柏拉图的宗教正义观和艺术正义观》（《文艺理论研究》2013 年第 1 期）等，对此有详论。

"历史剧大多是莎士比亚的少作，结构较为分散，程序化的台词多，白体诗也显得拘谨"。[13]指出了多部莎剧（主要为前期著作）的结构和语言的缺点。并总结说："他当然不是没有缺点的。十七世纪的评批家德累斯顿就说过：'他剧作中常有平淡乏味之处；他的喜剧的隽语有时退化为对谑打诨，而严肃的隽语又常臃结而荒诞浮夸。'换言之，他常词多于意，不免夸张。"[14]自《哈姆莱特》（1600-1601，第 22 部剧作）起，其后半期的著作转向高度成熟，代表其最高成就的四大悲剧和《安东尼与克莉奥佩特拉》皆是此期著作。他在完成全部剧作 4 年后去世。

汤显祖和莎士比亚都充分和深入运用各自的思想和文化资源，以此成就自己的创作。汤显祖通过长年极为艰苦的学习，全面、深入掌握了中国古代文史哲艺的丰厚遗产。莎士比亚尽管"没有学问，没受过正规教育"，"只懂一点儿拉丁文，希腊文完全不懂"，[15]他在西方文化经典学习方面有重大欠缺，全靠长年、艰巨的实践中的勤苦好学，积累丰富的文化基础。这就决定了他们必须大器晚成，才能创作出与前代高峰可以媲美的作品。

更令人惊奇的巧合是，1613 年，莎士比亚《亨利八世》在伦敦环球剧院上演，剧院烧毁。大致同时，汤显祖的沙井新居失火，书画尽毁。

而塞万提斯（1547-1616）也是大器晚成，塞万提斯于 1602 年起写《堂吉诃德》，1605 年出版第一部，1615 年出版第二部，在生命的最后 13 年写作，全书出版的第二年即逝世。

这不是偶然的巧合，而是"大器晚成"这个天才和大才的成才的一个规律所决定的。

他们三人全靠长年、艰巨的实践中的勤苦好学，积累丰富的文化基础。这就决定了他们必须大器晚成，才能创作出与前代高峰可以媲美的作品。这启示当代作家，要刻苦努力，经过长年的学习和写作，经得起失败和寂寞，争取在人生晚期达到创作的高峰。

五、神秘现实主义和神秘浪漫主义

汤显祖和莎士比亚有一个重要的艺术特色就是喜欢运用神秘现实主义和

---

13 王佐良、何其莘《英国文艺复兴时期文学史》，第 210 页，外语教学与研究出版社，1996。

14 王佐良、何其莘《英国文艺复兴时期文学史》，第 238-239 页。

15 陆谷孙《莎士比亚研究十讲》第 63 页。

神秘浪漫主义的创作手法。

神秘现实主义和神秘浪漫主义是笔者提出的新的理论，以此梳理和评论神秘主义文学艺术流派和创作方法，纠正"魔幻现实主义"这个理论概念的错误，[16]并据此还指出和纠正了莫言获奖的诺贝尔文学奖授奖词的理论错误。[17]

汤显祖和莎士比亚都继承和突破宗教藩篱，在作品中热情探索宇宙和人的终极旨归，从而注重运用神秘文化的资源，擅长采用神秘现实主义和神秘浪漫主义的创作方法。

莎士比亚也非常喜欢神秘文化，除了多个传奇剧，表演精灵、神仙、恶魔之外，其他作品也颇喜描写鬼魂、巫婆，预言。

今将他们的神秘主义创作方法，分解为四个方面，做简要分析比较。

汤莎的神秘现实主义和神秘浪漫主义创作方法，共有四个方面，探索人世的未知秘密。

（一）神秘命运

汤显祖认为人有不可抗拒的命运，他的戏曲中的主人公的人生轨迹都受到命运支配。

汤显祖认为人有不可抗拒的命运，他《紫钗记题词》（万历二十三年1595）说："人生荣困生死何常，为欢苦不足，当奈何。"其友沈际飞为他的文集题词时，转述他的话说："自云，名亦命也。韵语行，无容兼取；不行，则故命也。此又若士极愤懑不平，托之不知之命以自解"。[18]他感慨贾谊和众多才子"命何如也？余行半天下，所知游往往而是。"都不好。这些才子的命运："天

---

16 参见拙著《神秘与浪漫》（百花洲文艺出版社，1999）、拙文《神秘现实主义和神秘浪漫主义导论》（中国比较文学第10届年会暨国际研讨会论文，法国巴黎：《对流》2014第9期）和《戏曲中的神秘现实主义和神秘浪漫主义描写略论——中国戏曲的首创性贡献研究之一》，（2008，香港中文大学主办《"重读经典：中国传统小说与戏曲国际学术研讨会"论文集》，香港：牛津大学出版社，2009）等多篇论文。

17 参见拙文《莫言获诺贝尔奖授奖词商榷——神秘现实主义和神秘浪漫主义，还是魔幻现实主义？》，《从泰戈尔到莫言——百年东方与西方》（同济大学、中国对外友协、上海作家协会等主办，北京大学等协办"从泰戈尔到莫言-百年东方文化精神国际研讨会"论文集），上海三联书店，2015；《诺贝尔文学奖与比较文学和中国文化》，中国中外文艺理论学会和四川大学文学院主办《中外文化与文论》（国家一级学会会刊）第29辑，四川大学出版社，2015。

18 沈际飞《玉茗堂文集题词》，毛效同《汤显祖研究资料汇编》（上册），第597页，上海古籍出版社，1985.

短之，然又与其所长，何也？"，"何独士之不遇乎！"[19]上天不给才子好运，但又赋予他们才华，为什么这样呢？为什么独独才子们得不到好运呢？又曾引用《庄子·人间世》说"无所逃于天地间，命也。"[20]他的戏曲中的主人公的人生轨迹都受到命运支配。

莎士比亚也相信人有命运，并探索人的命运这个重大问题。莎剧中的众多人物如《训悍记》凯瑟丽娜等，都有有宿命论，相信命运。

莎士比亚的命运观分为三个方面：

首先，人的生命的长度是由时间衡量的，人的命运与时间有关。因此，钱钟书指出："莎士比亚诗言时光（Time）百为，运命轮转也属所司（And turn the giddy round of fortune's/weel）。"[21]

其次，历史是人创造的，人的命运有不确定性，因此西方学术界公认莎士比亚的历史剧，表现了天意天命的历史观："莎士比亚和其他历史剧的作者均把历史的发展和变迁看成是天意"[22]英国学者 E.M.W.蒂利亚德："对伊丽莎白时代的人了来说，推动历史发展的力量有天意、命运和人的性格。"[23]英国学者托马斯·纳什："它们（指莎士比亚历史剧）着意表现了叛逆者的恶运、暴发户的失败、篡权者的悲惨下场，以及国内纠纷带来的苦难。"[24]

不仅叛逆者有恶运，不少君主都难逃恶运。钱锺书总结说："莎士比亚剧中英王坐地上而叹古来君主鲜善终：或被废篡，或死刀兵，或窃国而故君之鬼索命，或为后妃所毒，或睡梦中遭刺，莫不横死（For God's sake let us sit upon the ground /And tell sad stories of the death of kings!etc.）。"[25]

另如《亨利六世》描写法军失败后，贞德企图呼唤鬼魂即幽灵再次上阵作战，挽回败局。幽灵等不理她，都离去了。贞德惊呼："不好了，他们把我抛弃了！看起来运数已到，法兰西必须卸下颤巍巍的盔缨，向英格兰屈膝了。我往日的咒语都已不灵。"她认为"运数"已到，即败运已经光临，非人力所能挽回，因此她的咒语不灵了。她相信命运决定胜负。

19 汤显祖《感事不遇赋（并序）》，《汤显祖集全编》（一），第 290-292 页，上海古籍出版社，2016。
20 汤显祖《答郭明龙第三信》，《汤显祖集全编》（四），第 1733 页。
21 钱钟书《管锥篇》第三册，第 927 页，中华书局，1986。
22 王佐良、何其莘《英国文艺复兴时期文学史》，第 191 页。
23 王佐良、何其莘《英国文艺复兴时期文学史》，第 166 页。
24 王佐良、何其莘《英国文艺复兴时期文学史》，第 163 页。
25 钱钟书《管锥篇》第一册，第 393 页。

天命的历史观和人的命运不确定性的结合,国家大事,大人物的大事业有天命的关照。

第三,汤显祖和莎士比亚都描写人的婚姻也有天命的制约。中国古代盛行"有缘千里来相会"的婚姻"缘分"观。《牡丹亭》中的柳梦梅自远方的岭南来到南安,与杜丽娘的鬼魂相会、相爱,就是这个缘分观的反映。《如杭》出,杜丽娘复活后,和柳梦梅刚到杭州,就要柳梦梅只索快行,上京赶考,临行时柳梦梅说:"夫荣妻贵,八字安排",意思是说富贵是命定的。汤显祖其他三剧的男女主角的婚姻也都由机缘决定。

至于莎士比亚,钱锺书说:"在人的命运不确定性的命题中,莎士比亚剧中屡道婚姻有命(Marriage or wiving comes or goes by destiny)(《威尼斯商人》The Merchant of Venice 第二幕第四场、《终成眷属》All's Well That Ends Well 第一幕第三场)。[26]莎士比亚多个爱情剧的主角都受命运的拨弄,形成爱情历程的跌宕起伏。

(二)神秘预知

《牡丹亭》中,杜丽娘以做梦的形式,向梦中的柳梦梅预告前途。杜丽娘游园后患病,她的塾师陈最良占卜,预测她在中秋节将有结果。《悼殇》出,杜丽娘在中秋之夜对春香说:"听的陈师父替我推命,要过中秋。"杜丽娘果然在中秋夜死亡。

莎剧描写预知的情节更多。

《理查三世》爱德华国王自知不久人世,召集皇亲国戚、贵州大臣,欲使之握手言好,亨利六世王后玛格莱特突然从流放地潜回,幽灵般出现,预言和诅咒幽灵鬼魂将会出现,后来玛格莱特的诅咒和预言全部实现。

《裘力斯·凯撒》中,预言者即卜者警告凯撒留心 3 月 15 日,暗示危险的不可避免。3 月 15 日那天,凯撒去元老院加冕时果然被阴谋杀害。事前,其妻听到罗马种种不祥之兆的传言,又连作恶梦,卜者又得凶兆,劝阻他不要出门。凯撒不听劝阻,那天果然被杀。

《特洛伊罗斯与克瑞西达》中,女先知卡珊德拉预言,只要战争打下去,众英雄和人民都得毁灭。预言了特洛亚战争的结局。

《麦克白》女巫的三个预言,最后应验,麦克白果然当上了国王。

---

26 钱钟书《管锥篇》第一册,第 296 页。

《麦克白》还将反常的自然现象作为显示的"凶兆"：邓肯被害之夜狂风怒吼，还发生了一连串奇怪恐怖的事情：风把烟囱吹倒了，空中有哭哭啼啼、死亡的怪叫、可怕的声调在预言苦难的来临，阴森的夜鸟吵了整整一夜，连地球都发了寒热病。好像大自然也在为邓肯鸣冤。后来有一位老人又说到最近发生的反常的事情：一只鹞鹰却被一只捉老鼠的猫头鹰啄死了，邓肯的马群竟冲出围栏互相嘶咬。这暗示了国王被臣子杀害——麦克白杀害邓肯，以及国王手下人互相残杀——麦克白杀害班柯。

（三）神秘梦幻

汤显祖最擅长梦幻描写，无戏不梦，故戏曲总称为"玉茗堂四梦"或"临川四梦"。莎士比亚也喜写梦，有《仲夏夜之梦》等名著，多种剧作描写梦幻景象，如上面言及的凯撒连做恶梦等。

《仲夏夜之梦》描写仲夏夜，6月23日，这天夜间神仙在森林里欢宴，凡人进入就会着魔。矛盾的解决办法，主要靠一种超自然的力量，而不是靠青年人自身的努力，则是莎士比亚晚期传奇剧的特点。雅典附近的森林中，由于精灵们的活动，形成了一个带有神秘色彩的神话世界；两对青年人在仲夏夜的森林里由于精灵的干涉，经历了一场爱情的波折，形成了一个似梦非梦的梦幻世界。

汤显祖《邯郸梦》发展和丰富了"黄粱一梦"题材，但其基本构架还是在酒店中醋睡、做梦、梦醒的三部曲。巧的是，莎剧也有这样的描写。

莎士比亚《训悍记》在序幕中，用"戏中戏"的形式表现补锅匠斯赖在酒店酒醉撒泼，与老板娘嬉骂一阵后昏睡过去。贵族打猎回来，见到这个景象，便捉弄他，命仆人将他抬回庄园，给他沐浴更衣，让他睡在自己的卧室。赖斯醒后，众仆殷勤侍候，并告诉他，赖斯本是贵族，因患怪病而昏睡7年，梦中误以为自己是补锅匠，如今大病已愈。接着由小童扮成的贵妇柔情万分地依偎着与他一起看戏，这个戏就是《训悍记》。另据《悍妇被训记》的序幕，前面的情节与莎剧相同，后又写赖斯看戏时一直都在饮酒，戏终场时他又酩酊大醉。仆人给他换回衣服，抬回酒店，被店主吼醒，吹嘘自己做了一场好梦，回去不再害怕悍妻的耳光，因为梦中学到了驯服悍妻的本领。

汤、莎以上两剧，在酒店醋睡、做梦和梦醒的基本构架应该相同，只是研究家认为《训悍记》可能有缺漏，因此丢失了应有的酒店梦醒的情节。[27]

---

27 〔苏〕阿尔克斯特《莎士比亚的创作》，徐克勤译，第162-163页，山东教育出版社，1985.

（四）神仙鬼魂。

近代之前，人们都相信鬼神。汤显祖不仅相信鬼神，而且赞赏"周公亦自占'多才多艺，能事鬼神'"[28]

汤显祖和莎士比亚都重视和喜欢描写巫、鬼魂、神仙和精灵的作用，在塑造人物和推动情节发展方面，展开高妙的艺术想象力，运用神秘浪漫主义的手法作为重要的描写手段。

汤显祖重视神仙的作用。《牡丹亭》游园一出，杜丽娘和柳梦梅梦中相遇相爱，花神见证和保护他们的幽会。在杜丽娘的鬼魂在阴司受审时，花神们又出面作证。《邯郸记》有八仙中的吕洞宾到人间超度卢生。

莎士比亚也重视神仙的作用，其喜剧和传奇剧，经常有神仙和他们身边的精灵出没。例如《仲夏夜之梦》中的第米屈律斯是一个用情不专的负心汉，海伦娜为了自己的爱情背叛了朋友，剧中的两对情人误会和矛盾重重，最后在森林仙王的帮助下，才各自重归于好，终成眷属。和中国一样，英国当时也没有自由婚姻的社会和时代条件，莎剧中追求自由爱情的故事，除了依靠王公的决断，大多需要神仙和精灵的帮助。

他们都喜欢描写鬼魂。

《牡丹亭》描写杜丽娘在阴司受审，判官和小鬼、受审的其他鬼魂，演出了足足一场好戏。然后杜丽娘的鬼魂外出魂游，与梦中情人柳梦梅重逢并开展人鬼之恋，后来又复活还魂。

莎士比亚的多个戏剧出现鬼魂，其悲剧也靠鬼魂的力量帮助复仇，伸张正义。

例如：《理查三世》记叙白玫瑰集团篡夺王位的爱德华四世死后，同族贵族理查德用卑鄙、血腥手段排除了六个王位继承人，才登上统治宝座，但不过2年，就为敌党所杀。爱德华临死前看到被他杀害的11个鬼魂前来索命，害怕之极。

《亨利六世》贞德依靠鬼兵作战。描写法军失败后，贞德企图呼唤幽灵上阵作战，挽回败局。她动员鬼魂们说："众位熟识的精灵们，你们都是从地下王国精选出来的，请再帮一次忙，使法国获胜。（幽灵来回走动，默不作声）哎呀，别老不开口呀！我以前用我的血供养你们，我这一次要砍下一条胳膊送给你们，来换取你们对我更大的帮助，请你们俯允，救我一救吧。（幽灵等将

---

28 汤显祖《答郭明龙》，《汤显祖集全编》（四），第1731页。

头低垂）无法挽救吗？如果你们答应我的请求，我愿将我的身子送给你们作为酬谢。（幽灵们摇头）难道用我的身子、用我的鲜血作为祭品，都不能博得你们素常给我的援助吗？那么就把我的灵魂，我的躯体，我的一切，统统拿去，可千万别叫法国挫败在英军的手中。（幽灵等离去）不好了，他们把我抛弃了！看起来运数已到，法兰西必须卸下颤巍巍的盔缨，向英格兰屈膝了。我往日的咒语都已不灵。"她动员鬼魂们作战，遭到鬼魂拒绝，造成战争的失败。

《哈姆莱特》描写老国王的鬼魂多次出现，并向哈姆莱特详细告诉自己遭遇的阴谋和遇害的经过。没有老国王鬼魂的揭示，哈姆雷特无法了解父王死亡的真相和新国王的阴谋，也就根本谈不少心中产生复仇的念头。

《麦克白》中，麦克白夫妇庆祝登基的盛宴上，被麦克白阴谋杀害的班柯，其满身血污的灵魂竟出现在麦克白宴请大臣们的座席上！鲜血淋漓的班柯鬼魂有着"血污的头发"、"无神的目光"、"狰狞的影子"，而这恐怖的一幕，席上只有麦克白本人才看得到。麦克白吓得魂不附体，言语错乱，不仅丧失了国君的庄重与威严，尤其在心灵上被敌手的阴魂所打垮，从此走上了失败和灭亡之路。

汤显祖和莎士比亚鬼魂出现的描写，既为剧情的推动和发展起着重要作用，同时也使全剧笼罩在一片阴森恐怖的气氛中，以加强剧情的效果，吸引观众。

他们都写"作法"的场面。

《牡丹亭》描写道姑作法、招魂和驱邪，《南柯记》中契玄禅师广做水路道场，用佛法超度亡灵。《南柯记》孝感寺中元盂兰大会，契玄禅师讲经，传播佛法；后又广做水路道场，超度亡灵。这都是利用佛的法力。

莎士比亚《亨利六世》中篇，护国公葛罗斯特的夫人艾丽诺召巫师念咒作法。《错误的喜剧》也描写小安提福勒斯被人说是疯了，于是阿德里安娜找了术士给他驱邪。

汤显祖和莎士比亚都喜欢使用神秘主义的创作方法，但是他们有密切结合自己文化的特点，故而呈现不同的特色。

莎士比亚晚年的多部传奇剧如《暴风雨》的神仙和精灵，帮助主人公化险为夷，绝境逢生，仙境和险境的设置，让舞台五彩缤纷，既瑰丽斑斓又神奇变幻。

例如《暴风雨》中米兰公爵普洛斯彼罗被放逐到荒岛十二年，他研究魔法，出神入化，呼风唤雨。他用魔法降服女巫的儿子做奴仆，救出女巫囚禁的精灵爱丽儿。他命令爱丽儿安排他的女儿米兰达与那不勒斯王子巧遇，让他们萌生爱情。指使精灵用酒席的突然出现和消失的幻变，让窃取他爵位的弟弟安东尼奥和其他恶人幡然悔悟。他还变成会说话的鸟身女妖，谴责他们当初把公爵赶出公国，将他和幼小的女儿淹死在海里的残忍行径。于是那不勒斯国王阿隆佐和安东尼奥后悔和忏悔当初的恶行。小精灵爱丽儿时而腾云驾雾，时而做水中仙女，传播爱情和正义，成为和平美好的象征。此剧的仙境中，有彩虹女神埃利伊里斯、司农事刻瑞斯及大地女神细雷斯，天后朱诺还唤来冷洁的水仙女、辛苦的刈禾人一起跳起舞蹈，庆祝米兰达与王子缔结良缘。这种不似人间的狂欢场面赋予了无穷的浪漫色彩。

面对生活中的艰难困厄，人们虽然渴望逢凶化吉，转危为安，可是自身的能力有限，还有时代和社会的局限，莎士比亚不仅是传奇剧，而且诸多悲剧也只能寄托于神仙和精灵的法力、鬼魂的帮助，靠他们的神奇力量和非凡举动，实现改造和惩罚坏人灵魂的艰巨任务，维护遇难呈祥的美好境地。

汤显祖和莎士比亚都写到人与动物的转化。

汤显祖《南柯记》描写了蚂蚁之国，剧中的人物在梦中都成为蚂蚁国的成员。淳生家前槐树洞穴里的蝼蚁国的国嫂灵芝夫人、国王侄女琼英和仙姑上真，奉国王之命，趁孝感寺讲经，四方士子云集之机，为金枝公主瑶芳选婿。她们都是蝼蚁，变幻成人，来到人间，将淳生引诱到蝼蚁国当驸马。卢生梦中的夫人崔氏是驴子所变，他的那些儿子都是店里鸡犬所变。这既是中国古代众多小说戏曲常用的幻想手法，也受到佛教人与动物可互相转世的观念的影响。

莎士比亚《威尼斯商人》也曾引述古希腊动物转世为人的观点：基督徒安东尼奥按夏洛克订下的条件，必须割下一磅肉抵债。当夏洛克在法庭上，用鞋底磨刀时，安东尼奥的朋友骂道："你简直使我的信仰发生动摇，相信起（古希腊哲学家）毕达哥拉斯所说畜生的灵魂可以转生人体的议论来了；你的前生一定是一头豺狼。"这是古希腊人的观点，西方中世纪认为灵魂必须与适合它的身体结合，人的灵魂不会与动物的躯体结合，因此他才这样说。

汤显祖接受佛教三世观，相信人有来世。莎士比亚接受基督教的影响，也写到人有来世：麦克白在谋划杀害邓肯时的著名开场白："要是干了以后就完了，那么还是快一点干；⋯⋯在时间这大海的浅滩上，那么来生我也就顾不到了。"

由于"人从哪里来",是一个无法解答的人生旨归的神秘问题,而其中两性的活动则是一个可知的必经渠道。与此相关,他们两人还有一个共同的特点,热衷于写性的语言,讲性事。例如《牡丹亭》中《道觋》一出,滑稽人物石道姑自叹残疾女子的苦楚,大讲性事。约翰孙在《〈莎士比亚戏剧集〉序言》指出莎士比亚剧中人物"所开的玩笑往往是粗俗的,所说的笑话也往往是淫荡的"。[29]他们在剧中不仅喜欢经常使用荤话,有时还不惜长篇大论地讲荤话。《罗密欧与朱丽叶》的乳媪也是滑稽人物,常说引人发笑和女孩子不能入耳的话,也有长篇大论的淫秽语言。陆谷孙指出:莎士比亚喜欢"使用秽俗的语言","有时,莎士比亚描写的滑稽场面几近斯文扫地,不成体统的地步"。克莉奥佩特拉作为女王,也会对安东尼说"我恨不能有你那杆三寸枪","莎士比亚是会写出这种有伤大雅,甚至有时低俗猥亵的词句来的"。[30]

《汉姆雷特》里的掘墓人在为奥菲利亚掘坟时,边掘边唱道:"年轻时候最爱偷情,觉得那事很有趣味;规规矩矩学做好人,在我看来太无意义。""谁料如今岁月潜移,老景催人急于星火。两腿挺直,一命归西,世上原来不曾有我。""锄头一柄,铁铲一把,敛衾一方掩面遮身;挖松泥土深深掘下,掘了个坑招待客人。"人和他的尸体只是过往的"客人",人在一命归西之时,发现"世上原来不曾有我"。他的说话粗俗不堪,却道出了人生的终极真谛。体现了莎士比亚对人的生命及其意义的探索。

当今描写鬼魂、梦幻等神奇故事的神秘现实主义和神秘浪漫主义(即西方学界统称之魔幻现实主义)作品风行不衰,自 1993 年获诺贝尔奖的美国托妮·莫里森《宠儿》至今,1988 年获茅盾文学奖的霍达《穆斯林葬礼》至今,多部获奖作品是此类著作。茅盾奖获得者继承的是以汤显祖为代表之一的神秘现实主义和神秘浪漫主义的写作传统;拉美魔幻现实主义及其后继者,实际上继承的是以莎士比亚为代表的西方传统,并有新的发展。当今《哈利波特》之类的魔法故事经久迷人,其手法实则与汤莎作品一脉相承,魔法学校是莎剧中神仙主宰的岛屿的发展。可见人们对奇幻人物和故事抱有千年不变的兴趣,神秘现实主义和神秘浪漫主义主义应是古今欢迎的创作手法,汤莎的创作经验值得学习和继承。

---

29 〔英〕约翰逊《莎士比亚戏剧集序言》,《莎士比亚评论汇编》(上册),第 48 页。
30 陆谷孙《莎士比亚研究十讲》第 52-53 页。

汤显祖与莎士比亚，
我们今天应该如何做比较？
——从网上传播的离奇错误观点谈起[1]

  汤显祖和莎士比亚的比较，是日本汉学家、权威学者青木正儿首先论及的。在其《中国近世戏曲史》（1929）这部名著评论汤显祖的专节中，首段即满腔热情地赞颂：汤、莎二位"东西曲坛伟人，同出其时，亦一奇也"[2]。接着，赵景深《汤显祖与莎士比亚》（1946）[3]和徐朔方的同名论文（1964 年撰写）[4]，是学贯中西的中国权威学者最早的汤莎比较文章。此后近 40 年来，汤莎比较成为中国学术界持久不歇的一个热门话题，几代学者发表了许多研究成果。多数学者与赵景深、徐朔方一样，从汤显祖戏曲和莎士比亚戏剧平等比较的角度撰写文章，体现了一种对传统文化的自信和热情学习西方文化精粹的态度。但也有部分人认为汤显祖不及莎士比亚，出现这种不同意见是正常的。但是 2014 年陈国华发表了"汤显祖远不及莎士比亚"、"中国古典戏曲也远没有达到莎士比亚的高度"的醒目错误观点，则严重误导了读者。

  陈国华是英国剑桥大学哲学博士，985 高校——北京外国语大学教授、博士生导师，主要研究英语语言学、英汉翻译和词典学。他是在莎士比亚诞辰 450

---

1 本文受"上海高校高峰高原学科建设计划"资助。《上海艺术评论》2016 年第 3 期。

2 〔日〕青木正儿《中国近世戏曲史》（王古鲁译），上册第 230 页，作家出版社，1958。

3 赵景深《汤显祖与莎士比亚》，上海《文艺春秋》一九四六年第一期。

4 徐朔方《汤显祖与莎士比亚》，《社会科学战线》1978 年第 2 期。

年周年之际做客腾讯书院，围绕"给你一个最好的莎士比亚"主题展开对话时，发表全套的外行和错误观点。腾讯文化报道（2014 年 4 月 21 日）这次对话，就以"汤显祖无法比拟莎士比亚"为题，以求醒目，并在其"摘要"和"编者按"中特作强调："汤显祖不是中国的莎士比亚，他是中国的汤显祖。我国古典戏剧水平远没有达到莎士比亚戏剧的高度。""陈国华不赞同'越是民族的越是世界的'的说法，认为'中国古典戏剧地域性强，缺乏普世性。'"中国网《我反对"越是民族的越是世界的"》（2014 年 5 月 4 日），再次报道陈国华完全相同的错误观点，并在篇首导引语中也作同样的错误强调。

陈国华并不研究英国文学和戏剧，在这方面未见有成果发表。从这次对话中发表的言论看，他对英国戏剧、莎士比亚和西方戏剧史、戏剧美学史的了解非常有限，全部对话充溢了外行和错误的观点；而他为了强调"给你一个最好的莎士比亚"，则随意拔高莎士比亚。他对中国戏曲的了解更为有限，因此他关于汤显祖和莎士比亚比较的主要观点，有的已有人讲过，并非他的新论。但是他用高度概括性的语言表达了 4 个错误观点并作强调性的发挥，在一部分学者中有代表性，而且这个报道因与莎翁诞辰 450 年周年的庆祝活动有关，故在网上颇有负面影响，却至今未见必要的批评。今年是联合国科教文指定的汤显祖、莎士比亚、塞万提斯文化年，作为他们逝世 400 百周年的纪念，汤显祖和莎士比亚的比较又成为大家关心的话题，我认为有必要对陈国华的错误观点作分析和评论，并讨论"我们今日应该如何比较汤显祖和莎士比亚"这个论题。

一、汤显祖与莎士比亚比较的文化背景

陈国华以中西戏剧的整体背景来比较汤显祖和莎士比亚。他说：

> 我们怎么看待莎士比亚？莎士比亚在英国有崇高的地位，英国有一个莎士比亚，这是他们引以为豪的。换句话说莎士比亚在戏剧史上的地位，其艺术造诣超过了古希腊的戏剧（按，此是病句）。英国很多作家都是在莎士比亚影响之下发展起来的，即使有人某些方面有所超越莎翁，但从总体艺术成就来说，我认为还没有人到达莎士比亚的程度，甚至包括著名剧作家萧伯纳。
>
> 有人说汤显祖是中国的莎士比亚，因为两个人所生活的时代非常接近，汤显祖的著作也很多，他是不是中国的莎士比亚？不是，

　　汤显祖的作品能够翻译到外国，能被外国人知道的，能有几部？他
不是中国的莎士比亚，他是中国的汤显祖。

　　　我国古典戏剧远远没有达到莎士比亚戏剧的高度，而莎士比亚
不仅仅是一个人，而是同时代出了一大批其他相当辉煌的剧作家，
只不过其他剧作家的成就没有莎士比亚那么大，但他们也有一些非
常好的剧本，甚至有的作家的作品直追莎士比亚，和其最伟大的作
品不相上下。在这方面，我国还比较欠缺。

　　陈国华随意拔高莎士比亚，说他的"造诣超过了古希腊戏剧"，以此作为
"给你一个最好的莎士比亚"的根据。这是违背西方文学史、戏剧史和美学史
公论的。古希腊悲喜剧和莎士比亚戏剧，都是代表又超越其时代、不可重复和
逾越的艺术高峰，都是人类文化史上的巅峰之作，这是世界学术界的共识。

　　陈国华未经具体论证和评论，就发表这种随意性极强的外行观点，是极不
严谨的。而且，他一面说"还没有人到达莎士比亚的程度"，一面又说其"同
时代出了一大批其他相当辉煌的剧作家"，"甚至有的作家的作品直追莎士
比亚，和其最伟大的作品不相上下"。"一大批"、"辉煌"、"伟大"，如
此夸张地随意拔高文艺复兴时期英国剧作家的成就，不仅严重违背史实，还与
其前面评论莎士比亚的观点自相矛盾。

　　这些错误观点可能是误读艾布拉姆斯《文学术语词典》（中译本改称《欧
美文学术语词典》）的结果："马娄、莎士比亚、韦伯斯特、博蒙（一译鲍蒙
特）、弗莱彻以及马辛格（一译马辛杰）创作了许多最好的悲剧；他们彻底地
违背亚里士多德的悲剧准则。"[5]实际上将这前后两句话联系起来看，再联系
下文紧接着评论——"《奥瑟罗》是为数极少的，完全与亚里士多德的关于悲
剧式英雄和剧情的基准相一致的悲剧，然而，《马克白》里的英雄不是犯了悲
剧式过失的好人，而是有野心的人……"，"像伊丽莎白时代一般的悲剧一
样"，莎士比亚大部分悲剧"背离了亚里士多德的悲剧典范"。[6]——可见"最
好的"指的是打破亚里士多德的悲剧准则、符合伊丽莎白时代创新的悲剧准
则的悲剧中的"最好的"作品，而并非说其艺术成就达到最高，超过古希腊悲
剧了；也不是说马娄等人和莎士比亚一样，都创作了最高成就的悲剧了。再参

5　艾布拉姆斯《欧美文学术语词典》（朱金鹏、朱荔译），第 379 页，北京大学出版
　　社，1990。
6　艾布拉姆斯《欧美文学术语词典》，第 379-380 页。

见该书后面说到的："从十八世纪起，最成功的悲剧都是以散文形式写成的，表现的是中产阶级，有时甚至是劳动阶级的男、女主角。"指的是十八世纪及之后的"最成功"的悲剧，并非说 18 世纪及之后创作的其艺术成就已经超过莎士比亚的"最成功"的悲剧。可见，陈国华作为英语研究者竟然没有读懂以上引文中的时间状语，即时间限制语。

在严重违背事实地拔高莎士比亚和文艺复兴时期英国戏剧的同时，陈国华否定汤显祖的伟大艺术成就，其理由是"汤显祖的著作也很多"，但是"汤显祖的作品能够翻译到外国，能被外国人知道的，能有几部？"并进而认定："我国古典戏剧水平远没有达到莎士比亚戏剧的高度"。不仅错误地贬低了汤显祖，还错误地彻底否定了整个中国古典戏曲。

陈国华否定汤显祖的这个理由是错误的，艺术成就高低与翻译到外国有多少，没有关系。而且，由于众所周知的原因，一百多年来欧美盛行西方文化中心论，中国文化在国际上处于弱势，兼之 20 世纪初以来中国反传统思潮否定传统文化，于是很少有作品翻译到外国，外国人很少知道中国的作品，是正常的。连在轴心时代已经取得世界领先成就的大思想家孔子，在孔子学院建立之前，外国人知道的也很少，甚至在东亚各国通行的汉字也渐遭抛弃。

为此，1988 年 1 月在巴黎召开的主题为"面向二十一世纪"的第一届诺贝尔奖获得者国际大会的新闻发布会上，瑞典学者汉内斯·阿尔文博士（1970 年物理学奖获得者）发出了向孔子学习的号召："人类要在 21 世纪生存下去，必须回到 2500 年前的孔子那里去汲取智慧。（If humanity is to survive in the 21st century, they have to back to 2500 years to absorb the wisdom of Confucius.）"（1988 年 1 月 24 日《坎培拉时报 Canberra Times》报道）1986 年日本有关语言学家组织召开"汉字文化的历史与未来——在信息化社会中创造汉字新文化"国际研讨会，接着韩国于 1991 年 11 月和 1994 年 9 月在汉城（今已改称首尔）先后举行了两次"汉字优于拼音文字"的国际学术研讨会，并且成立了"国际汉字振兴协议会"。

这些号召和努力，充分证明在这样的文化交流背景下，陈国华的观点，不能成为汤显祖和中国戏曲不及莎士比亚的理由。

二、汤显祖与莎士比亚比较的错误认识

陈国华接着比较具体地梳理和分析了汤显祖和中国古典戏剧水平"远没

有"达到莎士比亚戏剧的高度的另外三个理由。

其第一个理由是：他反对"越是民族的越是世界的"的说法，认为"中国古典戏剧地域性强，缺乏普世性"。并分析说："我国古典戏剧很民族，具有鲜明的中国特点，但不一定'很世界'。为什么？因为我们缺乏一些普世的东西，缺乏能够引起全世界共鸣的东西，它比较 local，比较地域性，这是一个问题。或许能够引起一些人某方面的审美感，比如白先勇昆曲版本的《牡丹亭》在国外很受欢迎，但也仅是从表演、唱腔、戏剧美学的角度来看比较优秀，真正从语言、思想角度来看，无法与莎士比亚相比拟。"

这一段言论有 4 个错误。

第一个错误：鲜明的民族特色，是对优秀文艺作品的必然要求。文艺作品是各国、各民族作者创作的，具有鲜明的民族特色是优秀作品的标志之一。而且读者观众需要和喜欢通过不同民族和国家特色的优秀作品了解、学习和欣赏风采各异的各族各国人们的生活、故事和心理，乃至异国风情和风光。而"世界"和"民族"既是对立的，又是融合而不可分。任何民族都是世界的一份子，于是任何民族的文艺作品必定具有一定的世界性。因此，"越是民族的越是世界的"此言，有其合理的一面。因为消解了民族特点，各国的文艺作品就会千人一面、千篇一律，造成雷同局面。但此言是欧化句子，采用的是英语一种常用的"越……越……"句式。这种说法，将民族化这个特点推向绝端，这种强调式句型显示了西方思维容易走绝端的缺点。从事英语语言学专业的陈国华正因"不识庐山真面，只因身在庐山中"，而将这种欧化语言表达得不很正确的"结论"作为自己立论或驳斥的依据，是错误的，更且还推衍出下面的错误。

第二个错误："我国古典戏剧很民族，具有鲜明的中国特点"，"但"其缺点是"不一定'很世界'"。

陈国华的这个批评，根据上面的分析，是错误的。而且"很"民族、"很"世界，这种说法不是规范的汉语，是生造词，或者说是食洋不化的不通顺的语句。

第三个错误："因为我们缺乏一些普世的东西，缺乏能够引起全世界共鸣的东西，它比较 local，比较地域性"。

"普世的东西"是什么"东西"？当然是所谓"普世价值"。"普世价值"是英语"universal value"（个别网络语言译为 oecumenical value）的中译，是西方尤其是当今美国宣传和推行的一种貌似拥有真理、实质虚伪的价值观。

其所宣传的"普世价值"的内涵,所谓"民主、自由、平等、博爱、和平、正义、人权、法治、科学",多是欺骗的口号,无论在历史上还是在当代,在国内还是在国外,霸权国家都没有实行过。从历史上看,英美等国的霸权政府及其穷凶极恶之徒屠杀美、澳的印第安人、毛利人等土著,强占其土地、并吞(如美国于1897-1898年并吞夏威夷共和国)别的国家,"建立"或扩展自己的国家或殖民地,欺凌和残酷剥削亚非各国人民,丧尽天良地推行奴隶贸易和毒品(鸦片)贸易等等。中国是深受其害的国家。其在当代的恶劣表现,包括虚构罪名入侵伊拉克、制造中东难民潮等,也有目共睹。在国内,以美国政府为例,我国政府近年连续发表的年度《美国的人权记录》,充分揭露了其真相。因此我们不能用"普世价值"作为评论文艺作品的标准。

而中西古今文艺家、美学家获得共识的文艺作品的评价标准是真善美原则,真善美包含了比"普世价值"更广阔丰富的内容,因此真善美才是文艺创作应该追求的永恒价值。追求真善美的文艺作品,才必然是"能够引起全世界共鸣的东西"。本文下面还要具体分析中国古代戏曲能够引起全世界共鸣的思想和艺术成就。

第四个错误:"(中国戏曲)或许能够引起一些人某方面的审美感,比如白先勇昆曲版本的《牡丹亭》在国外很受欢迎,但也仅是从表演、唱腔、戏剧美学的角度来看比较优秀,真正从语言、思想角度来看,无法与莎士比亚相比拟。"

对中国戏曲和《牡丹亭》作这样的学术评估是完全外行和错误的,尤其是"真正从语言、思想角度来看,无法与莎士比亚相比拟",更是远离事实。关于"思想角度",本文下面将重点分析,至于语言问题还是他说的第二个理由,我先作评论:

其第二个理由是,"中国古代戏剧包括现代戏剧,语言上有很大改进的空间。这里的'语言'是广义的语言,不仅指是用词,还包括文本、结构等。由于莎士比亚语言的好,他对英语的影响至今都能体现出,……莎士比亚的语言到今天还'活'在人们的语言中。可我们的古典戏剧包括当代的戏剧,有多少能够成为我们的谚语、成语流传至今?"

这段言论有也4个错误。

第一个错误:中国现代戏剧,有戏曲和学自西方的话剧、歌剧等多个剧种,陈国华笼统称之,并作整体性的评论,纯属外行。

第二个错误：中国现代话剧和歌剧等，在总体上尚未达到世界一流水平，陈国华的批评尚有道理。而现代戏曲，自 20 世纪初至 1980 年代，梅兰芳、周信芳和俞振飞等众多戏曲（昆剧、京剧和众多地方戏，包括汤显祖家乡的赣剧）大师和灿若繁星般的大量名家所编演的众多戏曲经典和名作，形成一个新的艺术高峰，取得世界领先水平，并与西方戏剧双峰并立、交相辉映[7]。梅兰芳在日本、美国、苏联的访问演出，得到专家、大师（如斯坦尼斯拉夫斯基、梅耶荷德、爱森斯坦和布莱希特）和观众的极高评价。越剧《梁山伯与祝英台》电影，曾得到西方电影大师卓别林的由衷赞美。这些都已成为蜚声文坛的文化交流佳话。近二三十年来戏曲的编演水平，和西方戏剧、歌剧一样，虽不及前辈大师，但都尚处于颇高水平。陈国华竟然一概视而不见。

第三个错误："真正从语言角度来看，无法与莎士比亚相比拟"。"莎士比亚的语言到今天还'活'在人们的语言中。可我们的古典戏剧包括当代的戏剧，有多少能够成为我们的谚语、成语流传至今？"

仅以语言是否流传于口语作为衡量戏剧艺术成就高下的衡量标准，本属外行之见。而且，西方戏剧（有些作品如莎士比亚戏剧即使属于诗剧），都是白话文或白话诗，当然容易在口语中流传。西方近现当代诗歌，都是白话诗，唐诗宋词的语言要比西方现当代诗歌高雅难懂[8]。中国戏曲唱的是"曲"（曲辞），而曲的创作，是从诗词发展而来，因此在句式、平仄和韵脚方面，其创作难于诗词。尤其如汤显祖和明清的戏曲经典多属昆曲，曲辞是高雅语言，在文采和遣词造句方面，远高于口语，怎么可能在口语中普及？更何况，中国戏曲也有"做红娘"、"银样镴枪头"等名言佳句，流传于口语中。

第四个错误，中国戏剧在"语言上有很大改进的空间。这里的'语言'是广义的语言，不仅指是用词，还包括文本、结构等"，都不及莎士比亚。对这个错误观点，本文下面在论述戏曲的优长时再作重点分析评论。

其第三个理由是，"莎士比亚的'悲剧'不是我们想象的'悲剧'，泰坦

---

7 我已有多篇论文对此作了论证和评论，例如《二十世纪中国戏曲发展的基本得失论纲》（江苏省文化艺术研究院《艺术百家》1999 年第 4 期、黑龙江省艺术研究所《艺术研究》1999 年第 4 期；《1999，哈尔滨，"千禧之交——海峡两岸 20 世纪中国戏曲发展回顾和瞻望研讨会"论文集》，〔台湾省〕传统艺术研究中心，2002）和《上海为中心的江南多剧种地方戏的繁荣和发展》，《上海文化》2016 年 4 月号等。

8 王云《《西方前现代泛诗传统——以中国古代诗歌相关传统为参照系的比较研究》（复旦大学出版社，2005）对此有详尽论证和分析。

尼克号沉没，是悲剧吗？不是悲剧，是惨剧。高铁被撞是惨剧不是悲剧。我们的悲剧和西方国家的悲剧意义不同。我们的悲剧跟西方国家的悲剧不是一个意义上的，我们所理解受了冤屈的叫'悲剧'，比如《窦娥冤》。悲剧谁悲？窦娥冤悲得不得了。我们的悲剧是受了冤屈叫悲剧。《赵氏孤儿》才符合西方国家的悲剧标准，就是人物在最后都死光了。读者得到的感受是 pity（可怜）和 fear（恐惧，恐怖），幸好我没有做这样的事，幸好我的性格不是这样的，幸好我比剧中人物要聪明。我们的戏剧中少有'悲'，这是我的感受。我们有悲，但更多是惨剧，但主要表现为惨剧。而惨剧很少，我们喜欢大团圆，喜欢欢喜收场，讲求善有善报恶有恶报。这个戏剧伦理应该强调、应该吸取，有它的好处，我们不能只局限于中国传统的悲剧观来理解西方的悲剧，这样才能对莎士比亚有更深的体会。"

这段话错误严重，是完全未搞懂西方悲剧、戏剧美学和中国悲剧的定义和概念的随意性言论。具体来说也有四个错误。

第一个错误："西方国家的悲剧标准，就是人物在最后都死光了。读者得到的感受是 pity（可怜）和 fear（恐惧，恐怖），幸好我没有做这样的事，幸好我的性格不是这样的，幸好我比剧中人物要聪明。"

可怜、怜悯和恐惧、恐怖，是亚里士多德《诗学》对悲剧情节发展及其效果的要求。亚里士多德的原作，绝无因为人物最后死光了才让读者感受到可怜、恐惧的意思。

至于"西方国家的悲剧标准，人物最后都死光了"这句话，就有 3 个错误：

1. "标准"这个词用错，不能说"悲剧标准"，而应该说"悲剧定义"。

2. 这句话错得离谱。在一个悲剧中，竟然"人物最后都死光了"，这是不可能的。请问哪一个悲剧中的人物都死光了？陈国华此言的意思大约是指剧中的"悲剧人物"也即悲剧的主人公都死光了吧？但是，也有一些悲剧的主人公剧终还活着。

3. 悲剧根本没有陈国华所说的所谓"标准"、定义。我在《意志悲剧说和意志喜剧说》[9]一文中介绍："研究家公认，对悲剧不可能下特定的定义[10]，悲剧只能以最笼统的术语来解释[11]。概而言之，悲剧乃戏剧的主要类型之一，

9　周锡山《意志悲剧说和意志喜剧说》，《新世纪美学热点探索》，商务印书馆 2013。
10　林骧华主编《西方文学批评术语辞典》，第 10 页，上海社会科学院出版社，1989。
11　〔英〕罗杰·福勒《现代西方文学批评术语辞典》，第 8 页，春风文艺出版社，1988。

是以表现主人公与现实之间不可调和的冲突及其悲惨结局为基本特点[12]。或释为：戏剧主要体裁之一。渊源于古希腊，由酒神节祭祷仪式中的酒神颂歌演变而来。在悲剧中，主人公不可避免地遭受挫折，受尽磨难，甚至失败丧命，但其合理的意愿、动机、理想、激情，预示着胜利、成功的到来。[13]"

第二个错误，由于莎士比亚的悲剧被称为"性格悲剧"，陈国华就错以为悲剧都是性格悲剧。

悲剧有多种的分类方式，美学经典著作的悲剧分类涉及性格悲剧的，如亚里士多德《诗学》分为复杂情节悲剧，性格悲剧（或命运悲剧），情景悲剧和苦难悲剧等四种类型。黑格尔《美学》分为命运悲剧（古希腊悲剧）、性格悲剧（文艺复兴时期悲剧，尤其是莎士比亚的悲剧）和伦理冲突悲剧（近代悲剧）等三种类型。叔本华《作为意志和表象的世界》分为主人公性格缺陷导致的悲剧，盲目命运导致的悲剧，和社会地位或在相处中相互对立导致的悲剧等三种类型。另有以西方悲剧发展的三个最重要的阶段分类：古希腊的命运悲剧，莎士比亚时代的性格悲剧，和易卜生时代的社会悲剧。

陈国华于此一概不知，仅以性格悲剧作为唯一的悲剧形式来衡量汤显祖和中国古代悲剧，无疑是外行的。

第三个错误，中国古代戏曲"只有惨剧，没有悲剧"。

在汉语中，悲、惨是同义词，惨剧就是悲剧。英语中，只有悲剧，没有"惨剧"一词。因此表现泰坦尼克号沉没的戏剧或电影，用中文来说，既可称惨剧，也可称悲剧，用英文来说，只能称悲剧，没有惨剧这样的称呼。作为英语语言学家，犯这种错误是很不应该的。更且《诗学》悲剧分类的第四种"苦难悲剧"，说的就是"惨剧"，陈国华将惨剧逐出悲剧的范围，又错了。

陈国华一面说中国没有悲剧，但他一面又承认"《赵氏孤儿》才符合西方国家的悲剧标准"，自相矛盾。他承认这个悲剧也即因此剧受到洋人的承认和赞誉的缘故。

第四个错误，"我们有悲，但更多是惨剧，但主要表现为惨剧。而惨剧很少，我们喜欢大团圆，喜欢欢喜收场，讲求善有善报恶有恶报。"

中国古代戏曲中悲剧并不少，陈国华说"很少"是没有根据的，应该读读《中国悲剧史纲》、《中国戏曲悲剧史》、《中国古典十大悲剧》等著作，补补课。

---

12 《汉语大词典》"悲剧"词条释义。
13 《中国大百科全书·戏剧》卷，第39页。

至于很多戏曲作品，喜欢大团圆收场，悲喜剧都讲求"善有善报恶有恶报"，并不是缺点。不少西方戏剧包括莎士比亚和英国文艺复兴时期的其他作家的作品，也同样喜欢"（西方）悲喜剧中常见的大团圆的结局"[14]，并多有"善有善报恶有恶报"的观念[15]。古今中外的艺术实践证明，大团圆的结局只要写得精彩，很受观众欢迎。陈国华的否定，是他不熟悉西方戏剧并受反传统思想影响的产物。

三、中国古典戏曲与莎士比亚戏剧应该如何比较

汤显祖和中国古典戏曲与莎士比亚戏剧的比较，应该采取公允客观的态度。必须强调的是，我国老一辈外国文学专家，如周作人、李健吾、罗念生、宗白华、吴宓、钱钟书、杨绛、季羡林等，还有莎士比亚戏剧翻译家朱生豪和梁实秋等都是学贯中西的学者，深懂中国传统文化的价值，绝无扬西抑中的倾向。

陈国华随意拔高莎士比亚，尤其从语言文本和结构诸角度，将莎士比亚抬举到似乎十全十美的地步，并以此为对照，彻底否定汤显祖戏曲和中国戏剧，是错误的。

殊不知陈国华所任职的北京外国语大学的前辈权威学者王佐良和校长、著名学者何其莘主编的名著《英国文艺复兴时期文学史》批评莎士比亚极负盛名的"历史剧大多是莎士比亚的少作，结构较为分散，程式化的台词多，白体诗也显得拘谨"。[16]指出了多部莎剧的结构和语言的缺点。并总结说："他当然不是没有缺点的。十七世纪的评批家德累斯顿就说过：'他剧作中常有平淡乏味之处；他的喜剧的隽语有时退化为对谑打诨，而严肃的隽语又常臃结而荒诞浮夸。'换言之，他常词多于意，不免夸张。"[17]指出其语言常有缺陷。

我们应该以学习前人经验的虚心态度，充分肯定中西古人的伟大成就，这是我们研究评论的主要目的；而客观、适当地指出前人不足，避免重犯错误，也是重要的，但不能用偏见的眼光，随意拔高西方，贬低中国。

综观世界戏剧史，东西方共有四个戏剧时期或者说高峰：古希腊悲喜剧、

14 王佐良、何其莘著《英国文艺复兴时期文学史》，第286页，外语教学与研究出版社，1996。

15 王云关于"艺术正义论"的众多论文和专著，对此有详论。

16 王佐良、何其莘著《英国文艺复兴时期文学史》，第210页。

17 王佐良、何其莘著《英国文艺复兴时期文学史》，第238-239页。

中国元杂剧、英国文艺复兴时期戏剧和中国明清传奇（主要是昆剧）。另有印度梵剧，惜其留存作品不多，不能见其全貌。

古希腊戏剧今仅存悲剧家埃斯库罗斯、索福克勒斯、欧里庇得斯和喜剧家阿里斯托芬共 4 位名家；创作时间自公元前 501-500 年左右至前 456 年、前 428 至前 385 年，近百年，现存剧本 43 部。

元代戏曲分南戏和杂剧两种。南戏无名作者很多，著名的作家有高则诚等；今存剧目 238 个，今存南戏 15 种，名作有《琵琶记》、"荆刘拜杀"和《牧羊记》等。杂剧更为兴盛，自金末至明初，即公元 1230 年左右至 1370 年左右，繁荣期近一个半世纪。有作家一百多人，名家有王实甫、关汉卿、白扑、马致远、高文秀等 35 位，还有不少佚名作者；今知杂剧剧目超过五百种，今存杂剧近 2 百种，名作有百部以上。

英国文艺复兴时期，自 1587 年马洛的早期力作《帖木儿》起，戏剧的盛世近 60 年（1587-1642），其中黄金时期有 40 年（1585-1625）[18]。除莎士比亚外，著名作家前有四位"大学才子"马洛、基德、约翰·黎里、罗伯特·格林，后有琼森、鲍蒙特、弗莱彻、韦伯斯特、托马斯·德克、乔治·查普曼、约翰·马斯顿、托马斯·米德尔顿、西里尔·图尔纳、约翰·韦伯斯特和托马斯·海伍德、马辛杰等十余位，共近 20 位名家。今存剧本数百个。除莎士比亚的 37 个剧本外，优秀之作约三十余个，此期名作共约 70 个左右。

明清戏曲有传奇、杂剧和地方戏三种。明代戏曲今存剧本一千多种，篇幅约 5 千万字。而清代单是古典戏曲即有四千多种，还有大量地方戏，篇幅是明代戏曲的数倍。

明清戏曲成就最高的是传奇（昆曲），其繁荣期自首部昆曲剧本梁辰鱼《浣纱记》1565 年问世至孔尚任《桃花扇》1699 年定稿，长达一百三十多年。明代传奇名作，收入《六十种曲》的有汤显祖、沈璟、许自昌等 43 位名家和佚名作者的名作 52 部。明末清初传奇有吴炳、孟称舜、阮大铖、李玉和苏州派诸家、李渔、南洪北孔等 20 位左右的名家。明代杂剧有朱有燉、杨景贤、康海、徐文长等杂剧名家名作 20 部左右。清代中期的传奇和杂剧名家有张坚、唐英、杨潮观、蒋士铨、沈起凤等，名作 30-40 部。还有清中期至清末的地方戏名作多部，如《清风亭》《四进士》《玉堂春》等。

---

18 艾布拉姆斯《欧美文学术语词典》（朱金鹏、朱荔译），第 379 页，北京大学出版社，1990。

综上所述，中国元南戏、杂剧和明清传奇、杂剧的繁荣期皆长于古希腊和英国文艺复兴时期，名家名作的数量也领先很多。

当代西方学者除了汉学家，一般只知古希腊和英国文艺复兴时期戏剧是两个高峰，不知中国戏曲两个高峰和名作名作。但对中西戏剧的评价不能由西方中心主义者说了算。

西方和日本颇有不少学者高度评价中国戏曲作品。以戏曲经典《西厢记》为例，19-20世纪之交，俄国柯尔施主编、瓦西里耶夫著《中国文学史纲要》说："单就剧情的发展来和我们最优秀的歌剧比较，即使在全欧洲恐怕也找不到多少像这样完美的剧本。"20世纪中后期，日本河竹登志夫《戏剧概论》将《西厢记》和古希腊索福克勒斯《俄狄浦斯王》、印度迦梨陀娑《沙恭达罗》作为中国、西方、印度三大戏剧体系的代表作而并列为世界古典三大顶级名剧。

又如《赵氏孤儿》由耶稣会神父马若瑟于1731年译为法语后，英国理查德·布鲁克斯（Richard Brooks）在1736年、格林（Green）和格瑟利（Guthrie）在1738到1741年间据法译本译出两个英文本。《赵氏孤儿》从此在整个欧洲广泛传播，在1741年和1759年之间，该剧涌现了诸多改编版，有法语版，英语版，意大利语版等，在伦敦、巴黎的演出多引起轰动。其中伏尔泰在1753年据此创作了《中国孤儿，又名中国孤儿：五幕孔子道德剧（L'Orphelin de la Chine: la morale de Confucius en cinq actes)》成为世界戏剧史上的经典之一。这个戏剧热潮甚至引领了十八世纪欧洲中国风（chinoiserie）的潮流。而西方戏剧至今还没有一部戏能在东方产生如此巨大而深远的影响。

以上所举仅是个例，我们如果从总体上对中西戏剧做一个比较，元南戏、杂剧和明清戏曲的伟大思想和艺术成就完全可以分别与古希腊和英国文艺复兴时期戏剧媲美。也即世界戏剧的这四个高潮，总体成就相仿。中国戏曲和西方戏剧在内容和艺术两方面都给世界文学史作出了重大的贡献。

从相同处看，中西戏剧都全面、深入地表现了其所处的时代、社会的丰富精彩的生活和繁星灿烂般的人物。中西戏剧都深刻而全面地反映了各国人民的共同追求：社会公正和人间正义、道德完善和精神探索、爱情自由和婚姻幸福。中西戏剧的优秀之作都追求并达到了真善美完美结合。

从不同处看，西方文学包括戏剧展现了奴隶社会和资本社会主义社会尤其后者的无比丰富的生活。印度古典梵剧产生、发展于奴隶社会，所以描写的也是奴隶社会中的生活。中国古代文学和戏剧与西方、印度不同，主要反映了封建社会从兴起，发展、繁荣到衰落的全过程的社会生活。中，西、印文学相结合，自奴隶社会至当代的各个社会的人类生活，才都得到全面完整的反映。所以中国，西方，印度三大文学和戏剧体系都有不可替代、不可或缺的重大意义。

西方戏剧的成就，在中国早已为人深知；而中国戏曲，不仅西人，不少国人也并不知晓。本文略作概况介绍。

元杂剧的众多剧目（包括大量的公案剧）或反映了封建时代游牧民族统治的政治黑暗和社会黑暗，尤其是司法黑暗，揭露权豪势要、贪官污吏和地痞流氓残害百姓，歌颂清官秉公断案，如李潜夫《灰阑记》（布莱希特改编为《高加索灰阑记》）和无名氏《盆儿鬼》等。或揭露统治集团腐朽无能，投降卖国，歌颂人民和爱国将领的反抗民族入侵和压迫，塑造杨家将、岳家军等英雄人物形象。还有很多歌颂真挚爱情的作品，如白朴《墙头马上》和李好古《张生煮海》等；还有批判娼妓制度危害妇女和娼妓追求幸福婚姻的优秀作品如关汉卿的《救风尘》等。还有神仙道化戏等，皆为西方古代文学和戏剧中所少见。

明清传奇的内容更为丰富，除了继承元杂剧的传统外，还有大量的历史剧、时事戏。如王世贞《鸣凤记》取材于当时政治斗争的现实，鞭挞专横跋扈的权贵，歌颂忠贞官员反抗恐怖政治的正义斗争。又如明末路迪《鸳鸯绦》传奇，通过剧中人物的经历和见闻预言国家必亡的趋势和原因，显出中国优秀作家历来所具的成熟的政治眼光和远见卓识。与之同时的莎士比亚历史剧也达到了深刻表现和预见历史发展的重大成就。除了大量的爱情剧之外，如《跃鲤记》揭露家庭矛盾和婆媳关系；《水浒记》描写宋江小妾阎婆惜生死不渝、死后还将情人"活捉"到阴间去团聚的婚外恋，反映了生活情景的复杂和变幻。

中国戏曲的独特美学风格是它的写意性，戏曲的写实和写意结合，以写意为主的美学风格，使戏曲剧本文学中的曲辞继承和发展我国抒情诗人常得"江山之助"和诗歌中善于情景交融的历史传统，形成戏曲中的场景描写不用舞美形式，而是用文字形式给予无比有力的表现。曲辞情景交融的语言写出美丽多彩的风景。曲辞和西方戏剧的对白一样，也起着叙述和推进情节的作用，因此形成情、景、事交融。优秀剧作的曲辞文采斐然，意境深远，取得了极高的语言艺术成就。

戏曲在内容和艺术上对世界文学的独特贡献既大且多，要详细论列，可写一本或多本专著，今以本人略有研究的方面[19]，在此略举数例，以见一斑。

从思想意义角度看，晚明的李玉的《万民安》、《清忠谱》生动再现当时手工业工人运动和市民运动的宏大场面，是世界上最早反映大规模群众斗争场面的文艺作品。

从人物塑造角度看，汤显祖《牡丹亭》和《柳荫记》等作品还塑造了杜丽娘和梁山伯、祝英台等反封建的进步人物形象。莎士比亚的戏剧赞扬资本主义社会初期先进青年对爱情的追求和对封建残余观念，诸如门第、种族、等级观念的反抗，高度评价他们至死不渝的斗争精神。中国明清时代戏曲作家笔下的青年男女不仅有相同的表现，包括以死殉情，表现了强烈的反封建精神；戏曲还描写他们死后复活或变为蝴蝶成双同飞。这些戏曲人物不仅为自由爱情誓死斗争，而且还要战胜死亡，让爱情长存。这便是不同于《罗密欧与朱丽叶》等西方爱情戏剧的中国特色，展现了更为强烈的理想追求和坚韧精神。

又如仙魔鬼魂形象，戏曲取得了中国特色的令人赞叹的巨大成果。戏曲在世界上首创人与动物精怪之恋，如《柳毅传书》《张生煮海》《雷峰塔》和《鱼篮记》（越剧改称《追鱼》）刻画人与龙蛇、鲤鱼富有诗意的爱恋。《水浒记》中的《活捉》、明传奇《红梅记》和《牡丹亭》则描写人鬼相恋和还魂成婚的离奇故事。上已例举之《娇红记》、《柳荫记》描绘了情人死后，化为鸳鸯或蝴蝶，将人间未遂的忠贞爱情，在死后继续，表现了极为丰富的艺术想象力。而元杂剧《窦娥冤》中的窦娥与明传奇《焚香记》中的敫桂英等，演绎了不屈的鬼魂以正义战胜邪恶的复仇故事。

在情节结构艺术的设计方面，戏曲首创了双线结构。明清传奇在结构艺术上的双线形式史诗式巨著，是我国戏曲家对世界文学史，艺术史所作出的重大贡献。

双线结构极大地开拓了情节繁复发展的空间，故而双线结构的产生，在世

---

19 《中国戏曲的首创性贡献述略》《戏曲中的神秘现实主义和神秘浪漫主义描写略论》（08，香港中文大学主办《重读经典：中国传统小说与戏曲国际学术研讨会论文集》，香港：牛津大学出版社 2009）；《论戏曲在中国和世界文学史、美学史上的地位》（《传统艺术与当代艺术》，上海社会科学院出版社 1990、《上海艺术家》1988年第 4 期，中国人民大学报刊资料中心《中国古代、近代文学研究》1988 年第 11期）；《中国戏曲的世界意义》（上海《社会科学报》1999 年 8 月 26 日）；《试论明清传奇（昆剧）的重要意义》（《阜阳师范学院学报》1989 年第 3、4 期合刊）；《中国戏曲的多元性及其前景之探讨》（《戏曲艺术》1996 年第 4 期；中国人民大学《戏曲研究》1997 年第 1 期；《东方戏剧国际研讨会论文集》，巴蜀书社 1998）。

界文艺史上具有划时代的重大意义。综观世界戏剧史，古希腊戏剧都是单一的情节，因此"亚里士多德所无法预见到的情节上的一个很成功的发展：双重情节（double plot）来获得结构上的完整统一。这种情节类型在伊丽莎白时期的戏剧中很常见"[20]。这里所谓"双重情节"，命名不正确，应该取名为情节设计上的双线结构。与英国相对比，中国戏曲首创的双线结构情节设计方法，比伊丽莎白时代早2百多年。公元14世纪的元末四大南戏中的《荆钗记》《白兔记》《拜月亭记》三剧和《琵琶记》，用双线情节结构的方法描绘处于分离状态下的男女主角的命运，首创了双线情节结构形式。明清传奇作家大量运用双线结构，它已成为传奇常用的一种结构形式。有了双线结构的基础，就自然地发展出多线结构。但是戏剧的容量和结构的特点，决定了情节需要相对集中，而切忌分散，所以多线结构在后来的小说和电影中运用较多。

明清传奇自《浣沙记》发其端，到《长生殿》、《桃花扇》发展到高峰的"以离合之情，抒兴亡之感"的史诗式、全景式巨著，便以男女爱情和时代兴亡作为结构双线，达到极高的艺术成就。戏曲作品将主人公的命运和民族兴亡相结合，或通过男女主角的爱情历程，写出民族、国家的历史沧桑，艺术地深刻探讨和总结民族、国家的历史经验和教训，这不仅在中国文学史上是突出的，无疑也是世界文学和戏剧史上独特的辉煌之作。

在中西文学艺术作品最多的爱情题材方面，戏曲突破一见钟情模式，在世界文化史上首创了"知音互赏"式和背叛者的痛苦和后悔结局的两种新模式。

中国戏曲自《西厢记》起，在世界文化史上首创了一个新的爱情模式，即知音互赏式的爱情。《西厢记》一开始虽亦描写张生与莺莺一见钟情，但继而对张崔爱情的描写，超越一见钟情阶段，结合爱情受到严峻考验的心理历程，作者让张、莺舒展才华，用诗歌、琴曲等艺术手法传达和交流真挚深厚的爱的情意，在高智商的心灵碰撞中，不断冒出新的爱情火花，增进了解，达到知音互赏，从而极大地推动了爱情的发展；由于双方在人生观、爱情观和审美观取得比较一致的认识，故而又能超越生理性的性爱，达到灵与肉的结合，展示知识、智慧、艺术的力量，从而达到最高层次的爱。

受《西厢记》的影响，高濂《玉簪记》、洪昇《长生殿》和长篇小说《红楼梦》等名著都成为描绘知音互赏式爱情的优秀著作或经典之作，并作出了新

---

20 艾布拉姆斯《欧美文学术语词典》，第253页。

的创造。如《长生殿》中的唐明皇和杨贵妃通过《霓裳羽衣曲》的共同创作和欣赏的过程，将普通帝王后妃的爱情转化为两位杰出艺术家知音互赏式的爱情；并正由于建立了这种灵与肉结合的真诚真挚的最高层次的爱，才使唐明皇在失去杨贵妃之后，深感后悔，极度痛苦。于是《长生殿》还成功地探索和细腻地描绘了失败的爱情的后续过程，即细腻深刻地描绘了失败爱情中的背叛者的后悔和痛苦，首创了爱情背叛者后悔和痛苦的新模式，在中外文艺史上作出了这个首创性的杰出贡献[21]。

戏曲的另一个重大首创性贡献是，在世界悲剧史上，中国元杂剧首创了意志悲剧。

王国维于其一代名著《宋元戏曲考》中指出："其（指元杂剧）最有悲剧之性质者，则如关汉卿之《窦娥冤》，纪君祥之《赵氏孤儿》，剧中虽有恶人交构其间，而其蹈汤赴火者，仍出于其主人翁之意志，即列之于世界大悲剧中，亦无愧色也。"

王国维此论结合康德自由意志和叔本华生存意志理论，分析元杂剧首创了意志悲剧的重大成果。

西方悲剧的主人公都是被动的角色，他们是身不由己地陷入悲剧的局面。而中国意志悲剧中的主人公，本未陷入悲剧性困境，而是他们出于自己维护正义、道义的意志，主动向恶势力挑战、出击，放弃自己的生存权利，为了救助弱者而陷入悲剧命运。以王国维例举的《窦娥冤》和《赵氏孤儿》来说，窦娥主动代替婆婆去死，而且坚贞不屈，临刑还立下三桩无头愿，表现其誓与冤案制造者抗争到底的钢铁意志和坚强决心，死后还要寻机伸冤报仇；程婴、韩厥、公孙杵臼为救孤而牺牲自己，又怀着"君子报仇，十年不晚"的坚忍信念所表现的忠勇智信和有冤必伸，有仇必报的心理和意志，在一定程度上反映出中华民族疾恶如仇，敢于反抗、敢于胜利的民族心理和斗争传统，由此种种，皆是这些"主人翁"主动"蹈汤赴火"的性格基础和精神延伸。这些戏剧高度赞扬这些悲剧"主人翁"为了正义和道义，放弃自己生的权利之意志，向悲惨命运和邪恶势力的主动挑战精神和主动承担不幸以帮助别人解脱苦难的崇高品质，创立了独特的悲剧类型。

---

21 周锡山《〈长生殿〉和两〈唐书〉中的李杨爱情新评》，叶长海主编《〈长生殿〉演出与研究》（2007，上海，"让古典走进现代——〈长生殿〉与昆曲国际学术研讨会"论文集），上海文艺出版社，2009。

于是，西方学者所持的世界悲剧史的三阶段说，应该扩展为四阶段，即古希腊命运悲剧、元杂剧的意志悲剧、莎士比亚性格悲剧和易卜生社会悲剧。意志悲剧还自元代延伸至明清传奇阶段，名作有《鸣凤记》《清忠谱》《千锺禄》等等，剧目颇为丰富，繁荣期长达两百年之久，为世界之最[22]。

戏曲的首创性成果很多，值得我们认真、深入地研究，总结前人的伟大成就，为当代作家的创作提供丰富多彩的历史经验。

四、汤显祖与莎士比亚应该如何比较

汤显祖与莎士比亚的比较，学贯中西的前辈学者已有启示性的重要成果。

赵景深《汤显祖与莎士比亚》（1946）归纳了汤显祖和莎士比亚在艺术上的相同点：创作内容都善于取材他人着作，不守戏剧创作的清规戒律，剧作最能哀怨动人。

徐朔方《汤显祖与莎士比亚》《汤显祖·莎士比亚·戏曲的前途》、《莎士比亚和中国戏曲》诸文分析汤显祖生活的明朝封建社会，比莎士比亚的伊丽莎白时代封闭落后，故而汤显祖《牡丹亭》塑造的杜丽娘敢于追求自身幸福的人物，更是难能可贵。指出两人戏剧作品都是借古喻今、不自己编造故事的原因是汤显祖时代的作家不便无顾忌地揭露现实，莎士比亚时代言论也不自由，他们只能借用古代传说；两者同希腊戏剧对照中所显出的某些相近的趋向，正如两者之间的差异，必将给我们以启发，引导我们去作新的探索，等等。

在前辈的研究成果基础上，笔者1985年撰写的《汤显祖与莎士比亚》，也梳理了他们多个共同处和相异点。[23]

从总体上说，他们的作品达到了同样的历史、思想和艺术高度，我们从中可以探索和总结文艺创作的基本规律。例如：

汤显祖和莎士比亚都是爱国忧民、悲天悯人的诗人作家。他们都能直视现实，在作品中表达自己对时局和世态的忧心和理想。

---

22 周锡山《论王国维的"意志"悲剧说》，中国艺术研究院戏曲研究所《戏曲研究》第56辑（首届中国戏曲奖获奖文章专辑），《2001-2002上海作家作品双年选》（上海文艺出版社，2003）；《上海文化年鉴》2004卷记载和评价此文，并高度肯定此文首创的世界悲剧四阶段说。周锡山《意志悲剧说和意志喜剧说》，中国古代文学理论学会会刊《古代文学理论研究》第27辑（本辑"编辑部报告"高度肯定此文论证的世界悲剧四阶段说），华东师范大学出版社，2010；上海美学学会编《新世纪美学热点探索》，商务印书馆，2013。

23 周锡山《汤显祖和莎士比亚》，智量主编《比较文学三百题》，上海文艺出版社1990。

汤显祖和莎士比亚两人都面临的是同样的政治状况，都关心国家的政治命运，具有爱国忧民的胸襟和眼光。

汤显祖的一生，生活在危机四伏、动荡不安的明代中、晚期。当时内忧外患已经日益严重，而当局腐败，他一生不得志，不能舒展抱负，最后只能借助戏曲创作表达自己的政治理想，批判残酷现实，探索人生指归。汤剧中的男主角，《牡丹亭》中的杜宝、《紫钗记》中的李益、《南柯记》中的卢生、《邯郸记》中的淳于都是能吏，战时善战，平时精于治理政权。

莎士比亚面临同样的社会状况。他的剧本创作于 1590 年到 1612 年，正处于"伊丽莎白时代"已经进入末期即衰落期（1590-1603 年 3 月）和詹姆斯一世前期（1603 年 3 月—1625 年 3 月在位）的严峻时期。

研究家指出：在伊丽莎白一世统治晚期，政治腐败，危机四伏。莎士比亚于 1595 年创作的《理查二世》影射伊丽莎白晚年政权；他于 1601-1602 年创作的悲剧《哈姆莱特》中，老王驾崩、敌军压境、鬼魂显灵；新王狡诈、朝臣昏庸，人民暴乱，种种动荡不安的社会环境，正是英国当代社会的缩影，更预见性地表现了女王即将驾崩和昏庸新王上台的景象。当时的英国，专制体制的进步性丧失殆尽，国内矛盾日益突出。贵族集团的分崩离析日益严重，代表贵族利益的王室和资产阶级争夺政权的斗争日趋激烈。长期战争使国家财政陷入新的危机。新兴资产阶级日益强大的同时，劳动人民遭受日益陷入严重的剥削，城乡人民反抗不断。爱尔兰局势恶化。而继位的詹姆斯一世，是昏庸、自大、迫害清教徒的愚蠢君主，加剧了英国政局的败坏。莎士比亚的戏剧，表现了他的敏锐的思考和深刻的洞察，将感受到的这些错综复杂的社会矛盾、残酷现实、私欲横流和恶人的内心，用众多的历史剧、传奇剧和悲剧，作出生动有力的反映，表达了他爱国忧民的深切感情。其精心描写的亨利五世，是英国的理想君主。

汤显祖的诗文和戏曲，与莎士比亚戏剧，都表达了国家高于一切，法律高于一切的原则。他们都用辛辣的笔调批判专横、残忍、阴险的权臣和野心家，同情认真履职，卓有政绩，但不适应残酷政治斗争而失败的忠贞人士，如《紫钗记》中的李益、《南柯记》中的淳于梦，和《裘力斯·该撒》中政治品质正直高尚，却不得不用阴谋手段去刺杀推行独裁专制的政敌凯撒的勃鲁托斯。

在社会生活方面，汤显祖和莎士比亚面临着相同的婚姻状况。

当时中西都盛行早婚。朱丽叶与罗密欧恋爱直至死亡，不到 14 岁。杜丽娘梦中发生爱情才虚年龄 16 岁。

当时中英都盛行封建婚姻制度，遵循男尊女卑、门当户对的婚姻模式。男女青年无权自由恋爱，必须遵守父母之命、媒妁之言的婚配原则。其他西方国家也如此，如莫里哀《斯卡班的诡计》也描写法国青年必须遵循父母之命才能成就婚姻。

汤显祖和莎士比亚的爱情观都具反传统性，歌颂纯真、忠诚的爱情，批判虚伪的矫情和禁欲主义，都描写了青年男女为了追求自由婚姻而做的艰辛努力。

莎士比亚的戏剧同时也真实表现了西方妇女地位低，婚姻不自由，包办婚姻盛行的状况。例如《训悍记》描写巴普提斯塔从来不把女儿当人看，他自作主张，随意像商品似的出售女儿的爱情和婚姻。而彼特鲁乔则是夫权的象征。此剧表现了凄惨可悲的妇女地位：她们无权无势，经济上没有任何权利，只能在家靠父母，出嫁靠丈夫，否则就无法生存，只能随人摆布。《温莎的娘儿们》反映了家长多满脑子铜锈，缔结婚姻时，财产的计较还高于门第的考虑，具有买卖婚姻的性质。《错误的喜剧》通过阿德里安娜对她的丈夫的牢骚，尽情抒发了妇女沦落为男人的玩物，年龄稍长，男人就会另择新欢——嫖妓、寻找情人，她为这种男女不平等的状况而愤怒。

和汤显祖一样，莎士比亚的戏剧中塑造和赞美众多理想女性，例如苔丝狄蒙娜、朱丽叶、鲍西霞、凯瑟琳、贝特丽丝、微奥拉等，她们的品质都胜过男人，莎剧尤其赞美这些女子的天真烂漫，执著专一、智慧和温柔，尤其是对爱情的大胆追求。

他们都深知现实生活不容许青年男女自由婚姻，《临川四梦》中的男主角都依靠求仕实现婚姻，莎剧的结局往往只能依靠神仙的帮助。

两人也都有局限性。汤显祖戏曲不可避免地带有男尊女卑的倾向，莎士比亚也不例外。

莎士比亚的戏剧歌颂对丈夫们言听计从的贤内助。如苔丝狄蒙娜婚前大胆、炽烈，但婚后对丈夫毫无道理的猜疑及不可忍受的粗暴非但不做反抗，相反却逆来顺受，至死没有怨言，反而还为他辩护，完全变成了奥瑟罗温顺的奴仆。莎士比亚有时还明显地宣扬一种门当户对的爱情婚姻观念和夫唱妇随思想。《错误的喜剧》中，露西安娜告诫自己的姐姐说："桀骜不驯的结果一定十分悲惨。……女人必须服从男人是天经地义，你应该温恭谦顺侍候他的旨意。"可见他有时评判家庭主妇的优劣并不是从解放妇女的个性出发,以新型人文主义的个性奔放、个人自由、男女平等的思想为准则,而相反是从维护社会秩序出发,是基于基督教严格的社会等级秩序观念和男尊女卑思想[24]。

在艺术表现方面,汤显祖和莎士比亚都继承和突破宗教藩篱,在作品中热情探索宇宙和人的终极旨归,从而注重运用神秘文化的资源,擅长采用神秘现实主义和神秘浪漫主义的创作方法。

汤显祖的全部戏曲,统称"临川四梦",都有奇异的梦境。剧中喜欢运用神秘文化的资源,出现鬼魂、巫婆,并用预言等手段推动情节的发展。

莎士比亚也非常喜欢神秘文化,除了多个传奇剧,表演精灵、神仙、恶魔之外,其他作品也颇喜描写鬼魂、巫婆,预言。

他们都喜欢议论和阐发命运观。汤显祖认为人有不可抗拒的命运,他《紫钗记题词》(万历二十三年1595)说:"人生荣困生死何常,为欢苦不足,当奈何。"他的戏曲中的主人公的人生轨迹都受到命运支配。

莎士比亚也相信人有命运,莎剧中的众多人物如《训悍记》凯瑟丽娜等,都有有宿命论,相信命运。

莎士比亚的历史剧,表现了天意天命的历史观。"莎士比亚和其他历史剧的作者均把历史的发展和变迁看成是天意"[25]英国学者蒂利亚德:"对伊丽莎白时代的人了来说,推动历史发展的力量有天意、命运和人的性格。"[26]英国学者托马斯·纳什:"它们(指莎士比亚历史剧)着意表现了叛逆者的恶运、暴发户的失败、篡权者的悲惨下场,以及国内纠纷带来的苦难。"[27]不仅叛逆者有恶运,不少君主都难逃恶运。钱锺书总结说:"莎士比亚剧中英王坐地上而叹古来君主鲜善终:或被废篡,或死刀兵,或窃国而故君之鬼索命,或为后妃所毒,或睡梦中遭刺,莫不横死(For God's sake let us sit upon the ground / And tell sad stories of the death of kings!etc.)。"[28]

他们都认为人的婚姻也有天命的制约。中国古代盛行"有缘千里来相会"的婚姻"缘分"观。《牡丹亭》中的柳梦梅自远方的岭南来到南安,与杜

24 李韶华《汤显祖与莎士比亚妇女观之比较》,第274-276页,甘肃教育出版社,2007。

25 王佐良、何其莘《英国文艺复兴时期文学史》,第191-2页,外语教学与研究出版社,1996。

26 《伊丽莎白时代的世界图像》,外语教学与研究出版社,第166页。

27 《伊丽莎白时代的世界图像》,第163页。

28 钱锺书《管锥篇》(第一册),第296页,中华书局,1986。

丽娘的鬼魂相会、相爱，就是这个缘分观的反映。《如杭》出，柳梦梅上京赶考，临行时说："夫荣妻贵，八字安排"，意思是婚姻和富贵都是命定的。汤显祖其他三剧的男女主角的婚姻也都由机缘决定。

至于莎士比亚，钱锺书说："在人的命运不确定性的命题中，莎士比亚剧中屡道婚姻有命（Marriage or wiving comes or goes by destiny）（《威尼斯商人》The Merchant of Venice 第二幕第四场、《终成眷属》All's Well That Ends Well 第一幕第三场）"[29]。莎士比亚多个爱情剧的主角都受命运的拨弄，形成爱情历程的跌宕起伏。

他们都喜欢描写巫、鬼魂、神仙和精灵的作用，在塑造人物和推动情节发展方面，运用神秘主义的手法作为重要的描写手段。

汤显祖重视神仙的作用。《牡丹亭》中杜丽娘游园时和柳梦梅梦中相遇相爱，花神见证和保护他们的幽会。在杜丽娘的鬼魂在阴司受审时，花神们又出面作证。《邯郸记》有八仙中的吕洞宾到人间超度卢生。

莎士比亚也重视神仙的作用，其喜剧和传奇剧，经常有神仙和他们身边的精灵出没。例如《仲夏夜之梦》中的两对情人误会和矛盾重重，最后在森林仙王的帮助下，才各自重归于好，终成眷属。

《牡丹亭》描写杜丽娘在阴司受审，判官和小鬼、受审的其他鬼魂，演出了足足一场好戏。然后杜丽娘的鬼魂外出魂遊，与梦中情人柳梦梅重逢并开展人鬼之恋，后来又复活还魂。

莎士比亚的多个戏剧出现鬼魂。例如：

《理查三世》记叙白玫瑰集团篡夺王位的爱德华临死前看到被他杀害的11个鬼魂前来索命，害怕之极。

《亨利六世》描写法军失败后，贞德企图呼唤幽灵上阵作战，挽回败局。她动员鬼魂们说："众位熟识的精灵们，你们都是从地下王国精选出来的，请再帮一次忙，使法国获胜。（幽灵来回走动，默不作声）……（幽灵等离去）不好了，他们把我抛弃了！看起来运数已到，法兰西必须卸下颤巍巍的盔缨，向英格兰屈膝了。我往日的咒语都已不灵。"她认为"运数"已到，即败运已经光临，非人力所能挽回，因此她的咒语不灵了。她相信命运决定胜负。

《麦克白》中，麦克白夫妇庆祝登基的盛宴上，被麦克白阴谋杀害的班柯，其满身血污的灵魂竟出现在麦克白宴请大臣们的座席上。麦克白吓得魂不附

---

29 钱锺书《管锥篇》（第一册），第 393 页。

体，在心灵上被敌手的阴魂所打垮，从此走上了失败和灭亡之路。

汤显祖和莎士比亚鬼魂出现的描写，既为剧情的推动和发展起着重要作用，同时也使全剧笼罩在一片阴森恐怖的气氛中，以加强剧情的效果，吸引观众。

莎士比亚晚年的多部传奇剧的神仙和精灵，帮助主人公化险为失，绝境逢生，仙境和险境的设置，让舞台五彩缤纷，既瑰丽斑斓又神奇变幻。

综上所述，莎士比亚剧本中所尊崇的民主、平等，与现代的民主、平等思想不是一个层次；其相信命运、鬼魂和巫术的态度，与现代科学格格不入，而与汤显祖则相同，因此陈国华抬高莎士比亚和贬低汤显祖，说莎士比亚有普世性，而汤显祖缺乏普世性，是错误的。

必须强调的是，文艺作品中做这样的描写，不能用违背科学的封建迷信这样的罪名给以否定。即使当代中西方的文学、戏剧和影视创作，也多有奇幻作品，拉美神秘现实主义（学术界错误地称为"魔幻现实主义主义"[30]）作品和描写魔法学校的《哈利波特》风靡天下，可见中西古今观众都喜欢妖魔鬼怪故事。汤显祖和莎士比亚的创作成果也给了当今作家以重大启发。

汤显祖和莎士比亚的另一个共同之处值得注意：他们都是在晚年完成全部戏剧创作的。他们都是大器晚成的作家。

汤显祖成就最高的《牡丹亭》《南柯记》《邯郸记》皆作于晚年。

莎士比亚自 1590 年开始写戏，到 1612 年完成了 37 部剧作。他在完成全部剧作的 4 年后去世。而与汤、莎同年逝世的塞万提斯（1547-1616）也是大器晚成，塞万提斯于 1602 年起写《堂吉诃德》，1605 年出版第一部，1615 年出版第二部，全书出版的第二年即逝世。

他们三人都是晚年从事创作，并迅即进入创作高峰。这不是偶然的巧合，而是通过漫长的岁月刻苦学习和磨练，到晚年才能"大器晚成"这个天才和

---

30 说详拙文《神秘现实主义和神秘浪漫主义导论》（中国比较文学学会和复旦大学、上海师范大学等联合主办"上海，中国比较文学年会暨国际学术研讨会论文"），法国《对流》2014 年总第 9 期；《莫言获诺贝尔奖获奖词商榷——神秘现实主义和神秘浪漫主义，还是魔幻现实主义？》，《从泰戈尔到莫言-百年东方与西方》（同济大学、中国对外友协等主办、北京大学、上海作家协会等协办"从泰戈尔到莫言：百年东方文化的世界意义国际研讨会"论文集），上海三联书店 2015：《诺贝尔文学奖与比较文学——兼谈莫言诺贝尔文学奖授奖词的三个理论错误》（上海外国语大学"《中国比较文学》创刊 30 周年"全国研讨会论文），中国中外文论学会和四川大学中文系主办《中外文化与文论》2015 年第 2 期）。

大才的成才规律所决定的。

汤显祖和莎士比亚戏剧虽然都是天才之作，但有共同的缺点：他们都有行文冗长拖沓的篇章。汤显祖在戏曲中卖弄才学，有时戏作长篇累牍的题外文字。约翰逊说莎士比亚戏剧中的"雄辩和正式的演说多半是沉闷枯燥的"。"在叙述时，莎士比亚喜欢用过多的浮夸华丽的字眼和令人厌倦的迂回曲折的长句，能够用几句话把一个事件平易地说了出来，他却费了许多话来说它，但仍没有把他说好。"[31]本·琼生甚至说，"但愿他曾删去一千行"，"有时实在有必要叫他打住。"[32]。可见陈国华无条件赞美莎士比亚戏剧的语言成就，纯属外行之见。

综上所述汤显祖和莎士比亚是成就相仿的伟大戏剧家。但是人无十全十美，他们都有不足之处。以上所举的两人相似的一些优缺点，则反映了创作上的共同规律。

至于汤显祖和牡丹亭在西方的影响，近年也颇有进展。在 Damel S·Burst 编著的《100 部剧本：世界最著名剧本排行榜》（资料档案出版公司，2008）中，《牡丹亭》名列第 32 位，是唯一入选的中国剧本。

美国汉学家白之在 1980 年完成并出版的《牡丹亭》全译本，在国际上产生重要影响。此后中国学者、翻译家汪榕培《牡丹亭》全译本被英国曼彻斯特大学图书馆等多家国外图书馆收藏，也已有一定的国际影响。汪榕培主持的首部《汤显祖戏剧全集》英译版，于 2014 由上海外语教育出版社出版，在 2015 年亮相纽约书展，引起关注。

汪榕培还验证了一则外国评论：《牡丹亭》"融合了荷马《奥德赛》、维吉尔《埃涅阿斯纪》、但丁《神曲》和密尔顿《失乐园》的种种成分"，是一部"以复杂而可信的女性为主人公的伟大史诗"，"是理解中国古典戏剧传统的一个重要的切入点。"

需要强调指出的是，汤显祖的戏曲著作取得与莎士比亚一样的伟大思想和艺术成就，但是莎汤比较不能仅是戏剧比较。因为汤显祖戏曲只有 4 个作品，在数量上远不及莎士比亚的 37 部作品。因而仅以戏剧作品比较，有人因此会误认为汤显祖不及莎士比亚。

---

31 〔英〕约翰逊《〈莎士比亚戏剧集〉序言》，《莎士比亚评论汇编》（上册），第 49 页，中国社会科学出版社 1981。

32 转引自陆谷孙《莎士比亚研究十讲》，第 74 页，复旦大学出版社 2005。

这对汤显祖是不公正的。莎汤两人比较不应仅作戏剧创作比较，而应该是两人的总体比较。

与莎士比亚相比，汤显祖的第一理想是整顿乾坤、治国平天下，有远大政治抱负，因此，他首先是一位有爱国忧民热场的政治家和具有出色行政领导和管理才华的官吏。他准确把握当时朝政的形势，及时向皇帝上疏，批评时政。他因此而被贬到广东徐闻当一个小官，他在那里办学校，教育和培养当地的青年人才，是一位教育家。接着调任浙江遂昌知县，他励精图治，促农兴学，打击豪强，政绩卓著。他的生命光阴和人生实践大量使用在治理地方、管理公务和发表政治见解等等。

汤显祖的第二个重要理想是创作诗文。他的诗文创作，数量很大，并成为当时的著名诗人，得到当时和后世的颇高评价。他是明代著名的诗文家。

尤其值得注意的是，汤显祖是时文即制艺、八股文的一代高手，并培养出一批杰出的八股文人才。汤显祖晚年乡居时，指点慕名而来的本乡青年才俊，著名的有陈际泰、罗万藻、章世纯，艾南英。他们成为天启、崇祯年间的八股文大家，号称临川"后四才子"，并兴起八股文的救亡振兴运动。

李贽《焚书·童心说》（1590）说，"天下之至文"自先秦起，"变而为近体，为杂剧，为《西厢记》《水浒传》，为今之举子业。皆古今之至文，不可得而时势先后论也"。认为八股文是代表明代之一代之文学，是自古至今成就最高的文学体裁之一。

前辈权威学者和国学大师都高度赞赏八股文。清末进士、民国北大校长和教育部长蔡元培早在《我在教育界的经验》中就说过：八股文"由简而繁，乃是一种学文的方法。"启功指出八股在 20 世纪遭到否定，是"被人加上的冤案。"[33]邓云乡说："为什么明、清两代各个时期均有不少人材涌现出来？"因为"明、清两代几乎百分之九十以上知识分子、学者、行政官吏等等，都是由写八股文训练出来的。"学习八股文起了"长期训练的作用"。"起到了重要的严格训练思维能力的作用。"思维能力包括记忆力、领会力、思维的敏锐性、概括性、条理性、全面性、逻辑性、辩证性、周密性和深刻性。[34]八股文是培养高级人才的有效手段，朱东润反复强调"明代有名的大臣，如于谦、王

33 启功《说八股·引言》，第 1 页，中华书局，1994。

34 邓云乡《"八股文"三问》，《水流云在杂稿》，第 165-173 页，北岳文艺出版社，1992。

守仁、高珙、张居正，哪一个不由八股出身？即以谙练军事、有才有守的重臣而论，如项忠、杨博、谭纶、朱燮元又哪一个不是由八股出身？"又列举明末有大将之才的文人：孙承宗、卢象昇、洪承畴、孙传庭、熊廷弼、袁崇焕皆由八股出身[35]。在文学创作方面，张中行认为："专就表达能力说"，既能"音调铿锵"也能"理直气壮的妙文，是八股文独得之秘（其次才是骈文）"并引友人之言："现代文没有技巧，没有味儿，看着没劲。至于八股，那微妙之处，简直可意会不可言传。"又说"由技巧的讲究方面看，至少我认为，在我们国产的诸文体中，高踞第一位的应该是八股文，其次才是诗的七律之类。"[36]钱基博《现代中国文学史》赞扬："然就耳目所暗记，语言文章之工，合于逻辑者，无有逾于八股文者也。"

由此可见，汤显祖作为八股文大家，在文学史上有着崇高的地位。而且《儒林外史》指出善写八股才能学做好诗，汤显祖和胡适等都曾指出，八股文是学做戏曲的有效途径。

汤显祖还有哲学、历史著作以及文艺评论作品。他的佛学和道学文章有颇高的造诣，尤其是《阴符经解》，对道家经典阐释很有深度。汤显祖是宋史专家，颇多史学文章。而汤显祖的多篇文艺论文和评论文章，如《牡丹亭记题词》《答刘子威侍御论乐》和《宜黄县戏神清源师庙记》等，以及许多发表了文艺评论见解的信件，反映了他的卓越的文艺思想[37]。

汤显祖有多种戏曲评批，还有诗歌评论著作《玉茗堂评花间集》、小说的评论著作《续虞初志评选》等，也很有影响。

因此，与莎士比亚相比，汤显祖的著作学科多而涉及面广，他不仅是卓越的戏曲剧作家，还是很有建树的文化大家。

---

35 朱东润《陈子龙及其时代》，第 168 页，上海古籍出版社，1984。

36 《〈说八股〉补微》，《说八股》，第 77-81 页，中华书局，1994。

37 周锡山《论汤显祖的文学理论及其文气说》（中国古代文论第九届年会暨国际研讨会论文），中国古代文学理论学会会刊《古代文学理论研究》第 26 辑，华东师范大学出版社，2008。

汤显祖的中西比较、中外普及和研究瞻望三题——答新华社记者袁慧晶问[1]

新华社驻江西著名记者袁慧晶于 2016 年 9 月 29 日傍晚电话采访，提出三个问题，我即兴发表系列性看法，今作整理如下。

袁：我看了你在抚州汤显祖研讨会发表的论文《汤显祖与莎士比亚，我们今天应该如何做比较？》，感到有兴趣，特向你提出三个问题，请你谈谈看法。

（一）汤显祖与莎士比亚的比较现在是一个常见的话题，但有人说"东方莎士比亚是一种自我矮化"，你的看法如何？

我感到作为政治家、文学艺术的爱好者，说汤显祖是中国或东方的莎士比亚，是对英国和英国文化表示友好的善意，对莎士比亚表示敬仰，完全是可以的。但是学术界用这种提法，的确是一种"自我矮化"。这种说法出于一种攀比性的心理，出于一种攀比性的心理，即借重莎士比亚，以抬高汤显祖的地位。这种心理，是 20 世纪反传统思潮的产物。20 世纪反传统思潮全面贬低和否定中国传统文化，抹杀中国古代文学艺术经典的伟大成果，陷入崇洋迷外的错误境地。一些重视和正视中国传统经典的人士，在这种思潮形成的语境中，为了强调和凸显中国古代经典的成就和地位，就用这样的方式来评价汤显祖。汤显祖的艺术成就，达到世界一流，用"东方的莎士比亚"或"中国的莎士比亚"的说法来做汤显祖的基本评价，无疑是一种"自我矮化"的行为。由于众所周

---

1 上海高校高峰高原学科建设资助项目《汤显祖与明代文学》，上海人民出版社 2017。

知的原因，一百多年来欧美盛行西方文化中心论，中国文化在国际上处于弱势，因此在 20 世纪产生这样的说法，是无可奈何。站在 21 世纪今日的时代高度，我们应该认识到汤显祖与莎士比亚都是伟大的戏剧家，他们的经典作品的艺术成就大致相当，各呈千秋。在戏剧作品的数量上，汤显祖有 4 个，莎士比亚有 37 个，汤显祖在剧作数量上当然不及莎士比亚。可是汤显祖是诗文名家、八股文（中国最有艺术成就的文体之一）大家，又是政治家、行政官员、教育家；还有不少哲学、美学、文艺理论、评论著作和文章，是杰出的美学家和文艺评论家，文化大家。因此汤莎比较不能单作戏剧比较。汤显祖在戏剧领域之外，有远胜于莎士比亚的众多成就，因此如作全面评价，汤显祖和莎士比亚都是总体成就相当、各有千秋的文化艺术大家。

我从 1988 年发表的《论中国戏曲在世界文化史上地位和意义》一文起，在多篇论文中，向中外学术界首先提出：20 世纪中国的戏曲（还有评弹等曲艺）和国画，依旧保持世界一流，是世界艺术的高峰，与西方戏剧和绘画交相辉映，取得了伟大的艺术成就。汤显祖戏曲在 20 世纪的演出，是世界一流艺术大师（如梅兰芳、俞振飞和传字辈昆曲家）和世界一流名家（上昆、北昆的团队和江浙继字辈、世字辈，苏昆的王芳等）的辉煌成果，在世界演艺领域，取得了领先性的高度艺术成就。

（二）汤显祖及其戏曲作品的普及做得不够，因此即使在中国，汤显祖及其戏曲作品也很少有人知道。请问我们如何做普及？又如何在对外汉语的教育中作普及？

由于 20 世纪初以来中国反传统思潮否定传统文化，新文化运动的领袖号召青年打倒中医、国画和戏曲。更因"文革"中"破四旧"的摧残，戏曲观众断层，汤显祖及其戏曲很少有人知道，是其恶果之一。

要改变这个局面，我在 1989 年上海重大课题《振兴上海戏曲研究》的课题报告中，率先提出要在小、中、大学开设戏曲欣赏课，培养和提高青少年的欣赏戏曲能力和水平，并借此提高学生的文化素养，培育巨量的戏曲观众，从中产生戏曲演员和剧作家的人才。我的这个观点和操作设计，得到课题组负责人（上海市刘振元副市长和上海市文化局长孙炳）的肯定，《上海教育报》立即发表我的课题报告，上海教委接受这个建议。

教育部近年也已规定中小学开设戏曲欣赏课，但要落到实处，并产生切实效果，必须有具体细致的操作方法和评审规定，才能达到。

针对汤学与日常教育结合度不足的现状，我认为汤显祖及其戏曲的普及要分 3 个等级进行。第一个层面是大众普及，将汤显祖的人生和贡献，用通俗语言编成故事；将汤显祖戏曲改编成为通俗戏曲和话剧，向文化层次低的人群传播。第二个层面是原作选编的普及，将汤显祖戏曲的精彩段落，配上注释和鉴赏文字，编入高中课本和大学语文教材，让高中生和大学生读懂、背诵经典曲文，并能看懂和欣赏青春版《牡丹亭》这样的演出。第三个层面是文科大学生和戏曲爱好者读懂、欣赏汤显祖戏曲的全本原作和《临川四梦》全本演出。

汤显祖戏曲是高雅艺术，要大幅度普及是不现实的。我们要做到汤显祖戏曲有足够的名声，现在普及了中等教育，让大多数人知道汤显祖戏曲是高级的、了不起的，即可。虽然只有少数人读懂和能够欣赏汤剧，但以后只要大学生、研究生和白领阶层有十分之一的数量懂得和喜欢欣赏汤剧，就有千万读者和观众，数量足够庞大了。

莎士比亚的原作，外国人也大多是看不懂的，西方青年一般也只能欣赏莎剧的普及版、压缩版或改编本。因此我们的对外汉语教育中的汤显祖戏曲教学，也可参照以上 3 个等级的普及方法予以推广。

（三）汤显祖文化走出去应提升对故里建设、学术研究、戏曲传承等多方面的重视程度。你对抚州的汤显祖研究及其发展，有何建议？

汤显祖的故乡是抚州，抚州过去对汤显祖的研究的确缺乏力度。最近抚州成立了汤显祖国际研究中心，抚州是汤显祖的故乡，抚州汤显祖研究中心有这个独特的优势。由于大名鼎鼎的临川，现在改称抚州，抚州是一个不起眼的三线城市。但她是汤显祖的故乡，在汤学研究方面如能有足够的经费投入、认真具体细致的规划和操作，能够团结和组织国内外学者一起投入汤学研究，抚州的汤显祖研究迅即能够崛起，并进入领先水平。抚州借汤显祖研究和演出的东风，会迅即成为国际著名城市。

这次抚州的汤显祖国际高峰学术论坛，由抚州市人民政府、东华理工大学、汤显祖研究会联合主办，请到了众多的国内外汤学研究专家和后起之秀，是非常成功的一个重大举动。我可以代表与会者说，我们对这次会议非常满意。

汤显祖国际研究中心聘请国内外著名专家为客座研究员，做任何事，人才第一，有了这么一支团队，就能建立正规的制度和长期操作的基础。研究中心宣布其工作任务主要是：组织课题研究；开展学术研讨活动；创办汤学刊物、网站；加强对外交流合作；收集整理汤学史料；出版专著译著等。年度工作具体目标是"七个一"，即：每年办一场年会、编一份期刊、建一个网站、发一批论文、搞一次交流、集一整套史料、出一部专著。

借回答你采访的机会，我建议再加两个"一"：

每年邀请一个昆剧团，举办一个演出季，演出完整的《临川四梦》全本戏，让东华理工大学学生和抚州高中生代表观看舞台演出，在抚州率先培养汤显祖戏曲的爱好者。研究中心为该团从戏曲传承角度专门举办一次研讨会。

研究中心收集齐全汤显祖戏曲的昆剧演出影象资料，每年组织大中学生观看一个剧目的录像、由研究中心组织专家作精彩的讲解，作为博雅教育的一个必修课。这样就有了"九个一"，就圆满了。

新华社发表稿：

上海戏剧学院教授、上海艺术研究所研究员周锡山介绍，近年来，国内学术论文中把汤显祖比作"东方莎士比亚"的现象很多见。"这其实是一种自我矮化，甚至是一种文化自卑的反映。这种现象需要从现在开始有意识地进行纠正。"周锡山说，由于受20世纪国内反传统文化思潮的影响，一些学者潜意识里还留有"东方戏曲不如西方戏剧"等观念，或单纯比较二者在戏剧上的成就，以作品数量论英雄长短。

"建议因人、因地制宜普及汤显祖文化。"周锡山认为，国内普及可分为三个层次。一是像利兹大学一样将汤剧改编成浅显易懂的白话文、现代剧形式；二是选择诸如春香闹学、劝农等汤剧中的经典片段进教材，让高中生感受中国传统文言文的优美文辞；三是原汁原味地复排经典戏加以呈现，并提高这类演出的频次和受众范围。

"汤显祖故里抚州具有不可替代性，也应该从文化战略的高度得到重视"。周锡山认为，今年在抚州举办的三国纪念活动效果很好，把国内外对汤显祖感兴趣的学者聚集起来，商量未来汤显祖文化如何走向世界。

《牡丹亭》与《欧也妮·葛朗台》花园描写比较研究[1]

　　《牡丹亭》是中国和世界第一流的艺术杰作。

　　在中国，与《西厢记》相比，是几令《西厢》减价，是第二部最杰出的戏曲经典。

　　在世界，要与世界一流的作品比较。目前主要是将汤显祖与莎士比亚比较，将《牡丹亭》与《罗密欧与朱丽叶》比较。有关文章很多，2016年，中英两国文化部主办的中英高级别文化交流第四次会议也是汤莎比较。

　　汤显祖最重要的作品是《牡丹亭》，我们既然认为《牡丹亭》是世界一流著作，就应该与西方的世界一流作品比较。除了莎士比亚的剧作外，目前与其他名家的比较，几乎没有。

　　笔者认为，将《牡丹亭》和西方一流作品的比较是汤显祖和《牡丹亭》研究的一个新方向，是一个可以深广挖掘的一个新的领域。

　　笔者愿意在这方面做一些尝试。关于汤显祖和莎士比亚研究，笔者在1985年开始撰文，在2015年撰写了多篇文章，提交2016年的多个汤显祖研讨会，后都收入笔者编著《牡丹亭注释汇评》[2]中的专著《汤显祖和牡丹亭研究》，和笔者的另一部专著《汤显祖与明代文学》[3]中。

1　抚州汤显祖国际研究中心《汤显祖学刊》第六、七辑合刊，商务印书馆，2020；汤显祖研究会主编《汤显祖研究》2020年第1期。

2　《牡丹亭注释汇评》16开精装3卷198万字，国家古籍整理出版专项经费资助项目，上海人民出版社，2017年。获全国古籍整理优秀著作二等奖，华东地区古籍整理优秀著作一等奖。

3　《汤显祖与明代文学》（50万字），上海高校高峰高原学科建设资助项目，上海人民出版社，2017。

从此文开始，笔者将汤显祖和《牡丹亭》与其他世界一流的西方名家名作做比较研究。

西方文学的顶峰式名家名作有古希腊的《荷马史诗》和古希腊悲剧、莎士比亚戏剧。

西方文学最擅长的长篇小说，有三大最杰出的小说家：法国巴尔扎克、俄国陀思妥耶夫斯基和托尔斯泰。以上是西方地位最高的一流名家名作。

汤显祖是中国最杰出的作家之一，巴尔扎克（1799-1850）是西方最杰出的作家之一。巴尔扎克是西方三大小说家中间最早的一位。我们就从他开始做比较。

本文将《牡丹亭》与巴尔扎克的主要作品之一《欧也妮·葛朗台》比较。

中国古代小说戏曲和西方小说有 2 个共同点。一是爱情题材多。二是中国元明清戏曲、明清小说和西方小说，都喜欢写花园，尤其喜欢将花园作为建立和发展爱情的重要场景。

本文首先挑选巴尔扎克的最重要的作品之一的《欧也妮·葛朗台》，是因为《牡丹亭》与《欧也妮·葛朗台》有 2 个共同处：都是爱情小说，都描写花园作为定情的场所。

《牡丹亭》中最精彩的《游园惊梦》，是中国戏曲和文学的经典篇章。其所游之花园是情节发展和感情描写关键场所，在剧中举足轻重，艺术成就极高；环顾中国和世界文学史，只有法国巴尔扎克《欧也妮·葛朗台》中的花园描写，可以媲美。

《欧也妮·葛朗台》（*Eugénie Grandet*）创作于 1833 年，是巴尔扎克巨著《人间喜剧》中的代表作之一。《牡丹亭》完成于 1598 年，比《欧也妮·葛朗台》早 235 年。

《牡丹亭》和《欧也妮·葛朗台》都是爱情题材的经典之作。两部作品有一个共同点，都精心描绘了女主角家中的花园，并将花园作为女主角爱情和命运的决定性场所，并取得了很高的艺术成就。两个花园的描写有颇多共同点，也有不同的特色。

一、《牡丹亭》的花园描写

《牡丹亭》的剧名，应该是杜丽娘家花园中景色的地名。但是此戏并未描写牡丹亭，而是着力描写花园的美丽景色，花园成为承载爱情的优美场所。《牡丹亭》全剧描写杜丽娘游园，然后惊梦（第十出惊梦）、寻梦（第十二出寻梦）。柳梦梅游园、拾画（第二十四出拾画），然后杜丽娘魂归花园（第二十七出魂游），产生幽情。最后是柳梦梅到花园掘坟，丽娘回生（第三十五出回生）；陈最良到花园，探看掘坟现场（第三十七出骇变）。

其中最著名的是《游园》。《游园》也是剧中最早具体描绘花园的一出戏。在《游园》中，花园是通过杜丽娘的视角和她的唱词来描写的：杜丽娘来到花园前，她看到的是"袅晴丝吹来闲庭院，摇漾春如线"（【步步娇】）。

动员小姐前来游玩的春香自然地做起了导游，她说："画廊金粉半零星，池馆苍苔一片青。踏草怕泥新绣袜，惜花疼煞小金铃[4]。"杜丽娘一看到花园，即感概："不到园林，怎知春色如许！"又惊叹："原来姹紫嫣红开遍，似这般都付与断井颓垣。良辰美景奈何天，赏心乐事谁家院！恁般景致，我老爷和奶奶再不提起。（合）朝飞暮卷，云霞翠轩；雨丝风片，烟波画船——锦屏人忒看的这韶光贱！"（【皂罗袍】）春香插话："是花都放了，那牡丹还早。"杜丽娘接唱："遍青山啼红了杜鹃，荼蘼外烟丝醉软。春香啊，牡丹虽好，他春归怎占的先！（贴）成对儿莺燕啊。（合）闲凝眄，生生燕语明如翦，呖呖莺歌溜的圆。"（【好姐姐】）

这是全剧中描写杜宝官邸后花园最详尽的一段描写，是杜丽娘视角中的花园景色，夹着春香口中的景色描绘做补充：画廊的金粉多半脱落了，池塘和馆舍周围是一片绿色的青苔；湿漉漉的泥路上长满了青草，绣花的鞋袜踏在上面，一不小心就会沾上泥土，踩坏金色的小春菊。杜丽娘看到花园，感叹不到园林，怎么知道春色是这样的美丽和繁盛。满眼是盛开的万紫千红的花儿，却无人欣赏，都这样托付给了破败的水井和坍塌的短墙。荒废了良辰美景，错过了赏心乐事。朝飞暮卷的云彩，红色的朝霞、晚霞与绿色掩映的廊屋；细雨朦胧和微风徐拂中在烟雾笼罩的水面上漂浮的装饰华美的游船，——这一切美景，忙碌的人们辜负了这一片美好的春光！越过枝梢茂密、花繁香浓的荼蘼花，眺望远处青山上的杜鹃花，看到的是遍地红色；而杨柳如烟，如同醉酒美人摆动酥软腰肢一般，条条柳丝，飘逸空中。牡丹虽然还未开放，我们在悠闲地凝望着这一番美景的时候，成对的黄莺和燕子飞入眼帘，耳际洋溢着她们明

---

4 菊花品种名。〔宋〕孟元老《东京梦华录·重阳》："都下赏菊有数种，黄色而圆者曰金铃菊。"龚骞《九秋》诗："金铃摇断粉函歌，湘帘夜压玉蝇飞。"菊花有多个品种是在春天开花的，称为春菊，例如金盏菊、雏菊、勋章菊、花环菊等。

快整齐、滑利婉转的歌唱声。

这段描写完整呈现杜丽娘看到的满园春色和听到的美妙鸟鸣。

接着（生持柳枝上）"莺逢日暖歌声滑，人遇风情笑口开。一径落花随水入，今朝阮肇到天台。"柳梦梅出现在花园中，他看到的是一条通向池塘的小径、飘入水中的落花；听到的是春日阳光下黄莺滑利的鸣声。"（生）转过这芍药栏前，紧靠着湖山石边。（旦长叹介）将奴搂抱去牡丹亭畔，芍药阑边，共成云雨之欢。"他转过芍药花栏，在湖山石边、牡丹亭畔，与丽娘一番两情缱绻。

第十二出寻梦，杜丽娘寻梦重到花园，看到的是"残红满地"，一路行走，"睡荼蘼抓住裙衩线"，来到"这一湾流水"。不一会儿，春香寻来，看到她"小立在垂垂花树边"，"画廊前，深深蓦见衔泥燕"（【不是路】）。昨日欢会的那一答"湖山石边"、这一答"牡丹亭畔""嵌雕阑芍药芽儿浅，一丝丝垂杨线，一丢丢榆荚钱。线儿春甚金钱吊转"！（【忒忒令】）"在无人之处，忽然大梅树一株，梅子磊磊可爱。"她看到这梅树："偏则他暗香清远，伞儿般盖的周全。他趁这，他趁这春三月红绽雨肥天，叶儿青。偏迸着苦仁儿里撒圆。爱杀这昼阴便，再得到罗浮梦边。罢了，这梅树依依可人，我杜丽娘若死后，得葬于此，幸矣。"（【月上海棠】）这段描绘，补写他们幽会地方垂杨和梅树的景色。

第二十四出拾画，描写柳梦梅在病愈后，静久思动，石道姑建议他游园，又说："虽然亭榭荒芜，颇有闲花点缀。则留散闷，不许伤心。"指点说："从西廊转画墙而去，百步之外，便是篱门。三里之遥，都为池馆。"

柳梦梅来到花园的西廊下，看到"好个葱翠的篱门，倒了半架"。感叹："呀，偌大一个园子也。"

进园后，"则见风月暗消磨，画墙西正南侧左。（跌介）苍苔滑擦，倚逗着断垣低垛，因何蝴蝶门儿落合？原来以前游客颇盛，题名在竹林之上。客来过，年月偏多，刻画尽琅玕千个。咳，早则是寒花绕砌，荒草成窠"（【好事近】）。他惊诧："怪哉，一个梅花观，女冠之流，怎起的这座大园子？好疑惑也。便是这湾流水呵！""恁好处教颓堕！断烟中见水阁摧残，画船抛躲，冷秋千尚挂下裙拖。又不是曾经兵火，似这般狼籍呵，敢断肠人远、伤心事多？待不关情么，恰湖山石畔留着你打磨陀。好一座山子哩。（【锦缠道】）"

他在这里发现了一个小匣儿（【尾声】）。回去后，对石道姑汇报感观："姑姑，一生为客恨情多，过冷澹园林日午瘥（cuò，日斜）。老姑姑，你道不许伤心，你为俺再寻一个定不伤心何处可。"他深感这个荒园弥漫着伤心的气氛。

第二十七出魂游，杜丽娘的鬼魂到花园旧地重游。鬼魂不能见阳光，所以是夜里出来活动——"夜荧荧、墓门人静"；夜深人静，犬叫声，惊吓了丽娘。她一路"冷冥冥，梨花春影。呀，转过牡丹亭、芍药阑，都荒废尽"。"伤感煞断垣荒径"，来到书斋后园，发现已经变成了梅花庵观【水红花】。爹娘去了三年也，好伤感人也。在这月明风细，花影初更，弄风铃台殿冬丁。好一阵香也【小桃红】。"趁的这风清月清"，重游这花亭水亭【黑蟆令】

第三十五出回生，柳梦梅等人去园中掘墓，"近墓西风老绿芜"。后园中"只见半亭瓦砾，满地荆榛。绣带重寻，袅袅藤花夜合；罗裙欲认，青青蔓草春长"【出队子】。则记的太湖石边，是俺拾画之处。

第三十七出骇变，陈最良到后园看小姐坟去。那里的景色是"园深径侧老苍苔，那几所月榭风亭久不开"【懒画眉】。

《牡丹亭》五十五出，共有六出写到这个花园。《游园》写全景，后面五出则补写细景和夜景。长廊、亭轩、小径、池塘、画船、花栏、树木、花草，空中飘荡的游丝，飞翔着的莺燕和鸟鸣，飘逸的云彩、美丽的霞光和诗意的雨丝；远处的青山、红花、绿树，美丽而悠远。杜宝府邸的花园，破败而美丽。

二、《欧也妮·葛朗台》的花园描写

巴尔扎克《欧也妮·葛朗台》也描写花园，以及花园和爱情的关系。

1820 年，23 岁的欧也妮·葛朗台爱上堂弟查理·格朗台，22 岁的漂亮青年。

他家里破产，前来借钱。老葛朗台拒绝，并逼他去印度冒险。欧也妮在查理住的客房，把自己全部积蓄六千法郎送给堂弟作盘缠。查理回赠给他一个母亲留给他的镶金首饰盒。他们私订了终身。然后，他便启程到印度去了。

七年过去了，1827 年，葛朗台已经八十二岁了，老病而死，欧也妮已三十岁了。她变得富有了，她的财产总计大约达到一千七百万法郎。但她仍是孤单一人，没有尝到过一点人生的乐趣。她一直盼望着查理归来。她把他留给她的首饰盒，当作随身的宝物。可是，他去后连个音讯也没有。

查理在印度发了财。他从事人口贩卖、放高利贷、偷税走私，无恶不作。他和各种肤色的女子鬼混，早把堂姊忘得一干二净了。1827 年，他带着百万家财，搭船返回法国。在船上，他认识了一个贵族特·奥勃里翁侯爵。侯爵有一位奇丑而嫁不出去的女儿。查理为了高攀，竟和侯爵小姐订了终身。他写信给欧也妮，并寄还六千法郎的赠款和二千法郎的利息。

欧也妮看了绝交信，被查理无情的行为吓呆了，精神上受到极大的刺激。她在无奈之中嫁给公证人的儿子特·篷风，只做形式上的夫妻。后来他当了法院院长，但不久就死了。欧也妮三十三岁守寡，她用一百五十万法郎偿清了叔父（查理之父）的债务，让堂弟过着幸福、名誉的生活。她自己则幽居独处，过着虔诚慈爱的生活，并"挟着一连串的善行义举向天国前进"，度过余生。

欧也妮形象的描述，展现了巴尔扎克作品中少有的浓郁而感人的抒情气氛。欧也妮和堂弟的恋爱、思念和决裂，都与她家的花园有关——欧也妮·葛朗台家有一座"厚墙围住的花园"，小说描写（李恒基译本将欧也妮译作欧叶妮，查理译作夏尔）：

她只好老老实实地合抱着手臂，坐在窗前，凝视院子、小花园和花园上面的高高的平台。固然，那里景色凄凉，场地狭窄，但不乏神秘的美，那是偏僻的处所或荒芜的野外所特有的。厨房附近有口井，围有井栏，滑轮由一根弯弯的铁条支撑着，一脉藤蔓缠绕在铁条上；时已深秋，枝叶已变红、枯萎、发黄。藤蔓从那里蜿蜒地攀附到墙上，沿着房屋，一直伸展到柴棚，棚下木柴堆放得十分整齐，赛如藏书家书架上的书籍。院子里铺的石板由于少有人走动，再加上年深月久堆积的青苔和野草，显得发黑。厚实的外墙披着一层绿衣，上面有波纹状的褐色线条。院子尽头，八级台阶东歪西倒地通到花园的门口，高大的植物遮掩了幽径，像十字军时代寡妇埋葬骑士的古墓，埋没在荒草之中。在一片石砌的台基上有一排朽烂的木栅，一半已经倾圮，但上面仍缠绕着攀缘的藤萝，纠结在一起。栅门两旁，各有一株瘦小的苹果树，伸出多节的枝桠。三条平行的小径铺有细沙，它们之间隔着几块花坛，周围种了黄杨，以防止泥土流失。花园的尽头，平台的下面，几株菩提覆盖一片绿荫。绿荫的一头有几棵杨梅，另一头是一株粗壮的核桃树，树枝一直伸展到箍桶匠藏金的密室的窗前。秋高气爽，卢瓦河畔秋季常见的艳阳，开始融化夜间罩在院子和花园的树木、墙垣以及一切如画的景物之上的秋霜。欧叶妮从那些一向平淡无奇的景物中，忽然发现了全新的魅力，千百种思想混混沌沌地涌上她的心头，并且随着窗外阳光的扩展而增多，她终于感到有一种朦胧的、无以名状的快感，包围了她的精神世界，像一团云，裹住了她的身躯。她的思绪同这奇特景象的种种细节全都合拍，而且心中的和谐与自然的和谐融汇贯通。当阳光照到一面墙上时，墙缝里茂密的凤尾草像花鸽胸前的羽毛，色泽多变，这在欧叶妮的眼中，简直是天国的光明，照亮了她的前程。她从此爱看这面墙，爱看墙上惨淡的野花，蓝色的铃铛花和枯萎的小草，因为那一切都与一件愉快的往事纠结在一起，与童年的回忆密不可分。在这回声响亮的院子里，每一片落叶发出的声音，都像是给这少女暗自发出的疑问，作出回答；她可以整天靠在窗前，不觉时光的流逝。(第三章外省的爱情)

秋高气爽，卢瓦河畔秋季常见的艳阳，开始融化夜间罩在院子和花园的树木、墙垣以及一切如画的景物之上的秋霜。

他们天天在花园约会，并肩坐在长着青苔的板凳上。查理在静寂的院子里的井台边同堂姐交谈；在小花园长着青苔的板凳上，两人并肩坐到日落时分，一本正经地说些废话，或者在老城墙和房屋之间的宁静中相对无言。每天，当老头儿的脚步在楼梯上一响，他就赶紧溜进花园。这种清晨的约会，小小的犯罪感给最纯洁的爱情增添了偷尝禁果的快乐。

告别的日子终于要来了。那天情侣俩单独走进花园之后，查理把欧也妮拉到核桃树下坐定，对她说："五天之后，欧叶妮，咱们要分手了，也许是永别，至少也是长期不见面。我不能指望这几年之中能回来。亲爱的堂姐，不要把我的一生同您的放在一个天平上，我有可能死在异乡，您也许会遇到有钱人来提亲……"

"那我就等您，查理。上帝啊！父亲在窗口，"她推开想过来拥抱她的堂弟。

她逃进门洞，查理也追过来；见他追来，她忙打开过道的门，退到楼梯下面；后来她茫无目的地走到了娜农（女仆）的小房间附近，过道最暗的地方。查理一直跟到那里，抓住她的手，把她拉进怀里，搂紧了她的腰，让她靠在他的身上。欧也妮不再反抗；她接受了、也给予了最纯洁、最甜蜜、最倾心相与的一吻。

查理即将离开，欧叶妮陷入苦恼。她常常在花园里一面散步一面流泪，如今她觉得这花园、这院子、这房屋、这小城都太狭小：她已经投身到大海之上，飘洋过海了。终于到了动身的前夜。夏尔和欧叶妮把装有两帧肖像的宝盒庄严地放进箱柜的唯一带锁的抽屉里，跟现在已经倒空的钱袋放在一起。这件宝物安放时两人免不了吻了又吻，洒下不少眼泪。当欧叶妮把钥匙藏进胸口的时候，她已没有勇气不让夏尔吻那个地方。查理说："咱们不是已经结婚了吗？""我已经有了你的许诺，现在接受我的誓言吧。""永远属于你！"这句话双方都连说两遍。（第七章）

查理走后的第二天，她从教堂望完弥撒回家（在望弥撒时，她许愿要天天来教堂），路过书店，她买了一幅世界地图；她把地图挂在镜子的旁边，为的是跟随堂弟一路去印度，为的是一早一晚可以置身于堂弟乘坐的船上，见到他，向他提出上千个问题。

早晨，她在核桃树下出神，坐在那条蛀孔累累、覆盖青苔的板凳上，在那里他俩曾说过多个甜言蜜语，说过多少傻话，他们还曾一起做过终成眷属的美梦。（第八章"家的苦难"）

当老葛朗台坐在那张查理和欧也妮曾立下山盟海誓的小木凳上，欧也妮就有意坐到窗前，开始看那面挂着美丽野花的墙，裂隙处窜出几株仙女梦、碗碗藤，还有一种或黄或白的粗壮的野草，一种在索缪和都尔地区的葡萄园里到处都有的景天蔓。（第九章）

欧也妮第一次也是仅有的一次恋爱是她郁郁不欢的根源。她只草草地观察了情人几天，便在两次偷偷的接吻之间，把心给了他；然后，他就走了，把整个世界置于他俩之间。（第十章）

七年后，那一年的八月初，欧也妮坐在那张曾与堂弟海誓山盟的小凳上，每逢晴天，她总来这里吃饭的。那天秋高气爽，阳光明媚，可怜的姑娘不禁把自己的爱情史上的大小往事以及随之而来的种种灾祸一件件在回忆中重温。太阳照着那面到处开裂几乎要倒塌的美丽的院墙。虽然高诺瓦叶（女仆的丈夫）一再跟他的女人说，这墙早晚要压着什么人的，可是想入非非的女东家就是禁止别人去翻修。

查理在决裂信中也告诉欧也妮："我在漫长的旅程中始终记得那条木板小凳……"欧也妮好像身子底下碰到了燃烧的炭，直跳起来，坐到院子里石阶上去。"那条木板小凳，咱们坐着发誓永远相爱。"

花园中的小凳，《欧也妮·葛朗台》电影做了突出的强调：两人在小凳上谈情说爱、海誓山盟；欧也妮坐在长凳上思念查理；欧也妮收到查理背叛的信件时，扑在小凳上痛哭。电影用特写镜头拍摄以上这三个场面，将整部作品连贯在一起。

三、比较评论

《牡丹亭》的花园和《欧也妮·葛朗台》的花园描写，有三个共同点和三个相异处。

其一是花园的主人都不重视花园，两家的花园都是人迹罕至的破败之园。

葛朗台家的花园与杜宝的花园一样，破败而荒凉："那里景色凄凉，场地狭窄，但不乏神秘的美，那是偏僻的处所或荒芜的野外所特有的。厨房附近有口井，围有井栏，滑轮由一根弯弯的铁条支撑着，院子里铺的石板由于少有人走动，再加上年深月久堆积的青苔和野草，显得发黑。院子尽头，八级台阶东歪西倒地通到花园的门口，高大的植物遮掩了幽径，像十字军时代寡妇埋葬骑士的古墓，埋没在荒草之中。在一片石砌的台基上有一排朽烂的木栅，一半已经倾圮，但上面仍缠绕着攀缘的藤萝，纠结在一起。""太阳照着那面到处开裂几乎要倒塌的美丽的院墙。"葛朗台花园与杜家一样，都是"断井颓垣"。这样破败的花园适合于承载失败的爱情。在《牡丹亭》的花园中，杜丽娘只有梦中的爱情而没有现实的爱情，所以她寻梦，寻不回爱情；花园只适合鬼魂的爱情，而容不得还魂后的爱情，所以她还魂后马上与柳梦梅离开这里，走上新的道路。

其二都是花园女主人爱情的见证，伤心之地。

欧也妮和查理天天在花园约会，并肩坐在长着青苔的板凳上。查理"在静寂的院子里的井台边同堂姐交谈；在小花园长着青苔的板凳上，两人并肩坐到日落时分，一本正经地说些废话"。他们在花园亲热，杜丽娘和柳梦梅在花园幽会。

查理和欧也妮在此惜别，葛朗台在这里思念情人。欧也妮在这里阅读查理的绝交信，伤心万分。杜丽娘去花园寻梦不着，痛苦而死；杜丽娘吩咐将自画像藏在花园，柳梦梅病愈游园，在此拾到杜丽娘的自画像，回来后对石道姑说："姑姑，一生为客恨情多，过冷澹园林日午烆（cuò，日斜）。老姑姑，你道不许伤心，你为俺再寻一个定不伤心何处可。"这个荒凉花园的凄凉景色不禁使柳梦梅非常伤心。

巴尔扎克在《欧也妮·葛朗台》中议论："在任何情况下，女人的痛苦总比男人多，程度也更深。男人有力气，而且他的能量有机会发挥：活动、奔走、思考、瞻望未来，并从未来中得到安慰。夏尔就是这样。但是女人呆在家里，跟忧伤形影相伴，没有什么事情可以排遣忧伤，她一步步滑到忧伤开启的深渊的底部, 测量这深渊, 而且往往用祝愿和眼泪把这深渊填满。欧叶妮就是这样。她开始认识自己的命运。感受, 爱, 痛苦, 献身, 这永远是女人生活的内容。欧叶妮整个成了女人, 只缺少女人能得到的安慰。"（第七章）

杜丽娘只和柳梦梅在梦中有过短暂的相遇, 痛苦悲伤和孤独无助一直陪伴着她, 与欧也妮以上的感受完全一样, 她"春归恁寒悄, 都来几日意懒心乔, 竟妆成熏香独坐无聊。逍遥, 怎铲尽助愁芳草, 甚法儿点活心苗！真情强笑为谁娇？泪花儿打逬着梦魂飘"（第十四出写真【刷子序犯】旦低唱）。也是"呆在家里, 跟忧伤形影相伴, 没有什么事情可以排遣忧伤, 她一步步滑到忧伤开启的深渊的底部, 测量这深渊, 而且往往用祝愿和眼泪把这深渊填满"。

其三是作家的妙笔生花, 都将破败的花园写得很美丽, 而且都用女主角的视角来写花园。

这两个花园描写也有不同处。

其一花园主人的品质不同, 造成同样是破败, 破败的原因不同。《牡丹亭》的花园, 因杜宝为官清廉, 缺乏钱财修建和维护花园。葛朗台的花园因为老葛朗台吝啬, 不舍得花钱, 所以任其荒废。

其二女主角与花园的距离不同, 造成女主角与花园的关系不同。

杜宝府邸的花园很大, 离开居处有一段距离。杜宝夫妇认为花园荒凉, 久无人迹, 疑有妖魅, 禁止杜丽娘入花园游玩。于是杜丽娘生前死后到花园只有3次: 第一次是游园惊梦, 第二次是寻梦, 第三次是死后葬入花园。

葛朗台的花园很小, 与住房相连, 欧也妮在窗台上可以俯视花园, 出了门举步即可进入花园。欧也妮与花园朝夕相处。

其三, 杜丽娘与花园生前死后只相处3年, 其中活的时候只有两次时间短暂的入游和寻梦, 死后则长眠于此三年。欧也妮与花园生死相依, 终身为伴。

在描写手段方面, 《牡丹亭》是以曲文为主, 是诗体。《欧也妮·葛朗台》用散文体。《牡丹亭》的花园用诗歌来摹写, 曲文优美, 富有诗意, 作者善于将花园景色的描写与人的感情抒发相互渗透, 取得情景交融的高度艺术成就。

总之, 《牡丹亭》和《欧也妮·葛朗台》的花园描写同中有异, 各呈千秋, 都是世界一流作家的大手笔, 值得读者细细欣赏。

《临川四梦》和西方名著的婚恋观比较与评论[1]

爱和恨，生和死，是文学艺术永恒的主题。生，也与爱有关。爱是文学艺术最重要的灵魂。

中国戏曲"十部传奇九相思"，金圣叹说："自古至今，有韵之文，吾见大抵十七皆儿女此事。"[2]西方文学也是如此，恩格斯说："性爱特别是在最近八百年间获得了这样意义和地位，竟成了这个时期中一切诗歌必须环绕的轴心了。"[3]

《临川四梦》都与爱有关，美满的婚姻是真挚的爱情的结果。将《临川四梦》与西方文学艺术名著的婚恋观做一个整体比较，以显示中西文化"四海相同"的一面和"人各有殊"的相异的一面，是很有意义的。而且有比较才会有鉴别，通过与西方名著的比较，可以更深刻的了解中国传统文化在婚姻爱情、妇女地位等方面被反传统思潮武断贬低和歪曲的真相，真切体会《临川四梦》的描写内容。今就此题略作论述，发表浅见，以纪念汤显祖诞辰470周年，并提交江西抚州汤显祖国际研究中心主办的"2020 汤显祖学术研讨会"，敬请汤学中心和与会方家指正。

---

1 原刊抚州汤显祖国际研究中心《汤显祖学刊》第八、九辑合刊，商务印书馆，2021。

2 金圣叹：《贯华堂第六才子书西厢记·四之一总批》，周锡山编校《金圣叹全集·贯华堂第六才子书西厢记》第 214 页，万卷出版公司 2009。

3 恩格斯《路德维希·费尔巴哈和德国古典哲学的终结》，《马克思恩格斯选集》第四卷第 229 页，人民出版社 1973。

一、恋爱婚姻适龄的相同观点

男女青年婚姻恋爱的合适年龄，古今不同。古代持早婚观点，中西相同。汤显祖和莎士比亚也不例外。

中国古代婚姻的合适年龄，《牡丹亭》中杜宝说："古者男子三十而娶，女子二十而嫁。"

这是引用《礼记·内则》的观点。《礼记·内则》认为：男子"三十而有室"，到了三十岁，娶妻成家。女子"十有五年而笄，二十而嫁；有故，二十三年而嫁"。女子十五岁，称为"及笄"，行笄礼表示成年。到了二十岁，可以出嫁；如有特殊原因，可推迟到二十三岁才嫁。

从当今的眼光看，这个婚嫁年龄是非常合适的，男女青年在生理上充分发育了，心理上相当成熟了。从这一点看，中国古代的文化经典是很超前的。

可是因为古人的寿命短，所以盛行早婚。男女青年十五岁成婚，甚至更早。

因此，当杜丽娘游园惊梦后患病，杜母说："若早有人家，敢没这病。"杜宝反驳："古者男子三十而娶，女子二十而嫁。女儿点点年纪，知道什么呢？"杜宝的观点非常正确，却得不到其夫人和杜丽娘母女的认同。

杜母认为女儿十五岁就可以出嫁了，到了十六岁，应该"早有人家"。当然，十六岁也是婚嫁的合适年龄，所以第三十二出《冥誓》杜丽娘向柳梦梅介绍自己身世时说："杜丽娘小字有庚帖，年华二八正是婚时节。"而过了十六岁，就会浪费了青春。所以杜丽娘在游园时说："吾今年已二八，未逢折桂之夫"，埋怨父亲为了门当户对，"拣名门一例一例里神仙眷。甚良缘，把青春抛的远"（《牡丹亭·惊梦》【山坡羊】）。她着急于至今没有出嫁，怕误了婚期，虚度了青春。

由于中国古代盛行早婚，反传统者将中国定性和批判为"早婚"国家。

这是完全错误的。

西方国家古近代同样盛行早婚，西方青年的婚姻年龄，甚至比中国更早。

德国《格林童话》的故事中，十一至十三岁的女子已经谈婚论嫁了。莎士比亚《罗密欧与朱丽叶》中的朱丽叶，也只有十三岁，她已与罗密欧相恋，秘密成婚。

此剧第一幕第三场，乳媪对朱丽叶的母亲凯普莱特夫人说："凭着我十二岁时候的童真发誓"。可见这位奶妈是十三岁嫁人的。凯普莱特夫人对她说："你知道我的女儿年纪也不算小啦。"但"她（朱丽叶）现在还不满十四岁"。

还要过两个星期多一点的收获节晚上，她才满十四岁。结果朱丽叶死时，还未到十四岁。十四岁的女孩年纪已不算小，可见西方古代也盛行早婚。

这是时代的选择。古代人的寿命短，为了保证有足够的生命延续，中西一律，必须实行早婚。因此汤显祖戏曲和莎士比亚、莫里哀戏剧的恋爱和适婚年龄的描写相同。

二、父母之命为婚姻基础的相同认识

汤显祖通过他心爱的笔下女主角杜丽娘的口，强调父母之命媒妁之言的婚姻观。第三十六出《婚走》（旦）秀才可记的古书云："必待父母之命，媒妁之言。"（生）日前虽不是钻穴相窥，早则钻坟而入了。小姐今日又会起书来。（旦）秀才，比前不同。前夕鬼也，今日人也。鬼可虚情，人须实礼。听奴道来：【胜如花】青台闭，白日开。（拜介）秀才呵，受的俺三生礼拜，待成亲少个官媒。（泣介）结盏的要高堂人在。

这个"父母之命，媒妁之言"的制度，中西相同。莎士比亚《罗密欧与朱丽叶》即因此而逼死追求自由恋爱的男女主角，法国莫里哀《斯卡班的诡计》也描写青年婚姻必须遵循父母之命。剧中人非常强调这一婚配原则，"阿尔刚特：作儿子的，不经父亲许可，就娶媳妇？"（李健吾译本，第一幕第四场）"皆龙特：这到底是怎么一回事？比他儿子还糟！叫我看，再糟也不过如此；不经父亲许可就结婚，我认为已经岂有此理到极点。"（第二幕第二场）

受五四新文化反传统思潮的影响，人们误以为中国事事落后，西方事事先进，实际上西方直至近代，婚姻不自由，妇女的地位很低，等等，都与中国相同或相似，甚至还更严重。《吴宓日记》介绍陈寅恪在西方的见闻："陈君细述所见欧洲社会实在情形，乃知西洋男女，其婚姻不能自由，有过于吾国人……盖天下本无'自由婚姻'之一物，而吾国竟以此为风气，宜其流弊若此也。即如，宪法也，民政也，悉当如是观。捕风捉影，互相欺蒙利用而已。"[4]

陈寅恪以自己丰富的游学经历和独立之精神，戳破了"自由婚姻"和"为爱而死"的乌托邦式理想[5]。

关于包办婚姻，主要以父亲的许可为主，中西皆同。

这个情况，在英国莎士比亚和法国莫里哀戏剧中，都有表现，而且都是父

---

4 《吴宓日记》第二册，第 20-21 页，三联书店，1998。
5 陈姝妤《论陈寅恪的婚姻观》，《昆明学院学报》2013 第 5 期。

亲做主，母亲还没有资格参与做主。而中国古近代的包办婚姻的"父母之命"，母亲也有一定的发言权，说明中国古代的女性地位要比西方高。

莎士比亚戏剧中违背父母之命的爱情，都只能私奔，例如《威尼斯商人》中的夏洛克拒绝女儿吉雪加和罗伦佐恋爱。吉雪加反抗父命，和罗伦佐私奔。

《仲夏夜之梦》中的贵族伊吉斯的女儿赫米娅，对抗当时严厉的婚姻法律，拒绝父亲委托选择的对象，为了爱情毅然和恋人拉山德逃往森林。

《温莎的风流娘儿们》中的安·培琪拒绝父母包办婚姻，也密谋和情人私奔，在苑林中假扮仙后，与情人双双远飞。

至于父母之命和媒妁之言，在古代有其合理性，此因"在古代，青年男女没有互相接触和交往的社会条件，没有社会实践的机会和条件，故而也就没有自由恋爱的条件，所以媒妁之言。父母作主的包办婚姻，在古代社会是基本合理的，而中国古代小说戏曲中描写的自由爱情，是没有现实根据的，纯属艺术的虚构。"[6]

上海著名作家沈善增肯定旧时代父母之命媒妁之言，认为"成人的社会经验比年轻人丰富，一些观念，在年轻人看来是陈腐的、势利的，如门当户对，家长知道它的合理性。年轻人重在心仪的对象能够终成眷属，而家长要考虑婚后的生活是否和谐幸福。年轻人'不求天长地久，但求曾经拥有'，家长要考虑的是相敬如宾，白头偕老。中华在农耕文化基础上形成的崇德文化，是过日子文化，在婚姻问题上的'父母之命，媒妁之言'，是整体上中国的家庭比较稳定和谐的一个重要保证。不排除家长有把儿女的婚姻当生意来做的，但这与家长的素质有关，不是与这种观念有关。基于功利考虑的婚姻也不是中国婚姻的主流，同样，基于爱情的婚姻也不是西方婚姻的主流。""相对而言，父母对子女的爱是先天的，无私的"，因此其婚姻安排是为子女的幸福考虑的。

当然任何事情都有例外，也有少数家长，在选择婚配对象时贪恋权势或钱财，不惜葬送子女的幸福，将子女送入火坑。

即如在现代，父母之命和自由恋爱的成功与否，也不能一概而论。

以五四青年为例，似乎他们都追求自由婚姻，实际情况远非如此。例如萧公权（1897-1981）在赴美留学前夕（时年16岁），抚养其成长的伯父母已根据生辰八字等为其约定一门婚事，女方是当时年约12岁的薛织英。有人见

---

6 拙文《印度小说〈断线风筝〉的中法改编本述评》，法国巴黎《对流》2011年第7期。

他与留美女生交往频繁而融洽，建议他毁约而自由恋爱。当时的确有很多受五四新文化运动影响的青年人，尤其留学国外者，解除父母之命、媒妁之言的包办婚姻者大有人在，而这种选择往往被誉为冲决传统婚姻之网罗，而追求自主幸福之生活的勇敢作为。成长于传统大家族而少时饱受儒家经典熏陶的萧公权，却对此种论调与行径很不以为然："你的建议想必根据一个假定：由父母之命而成的婚姻，不及由自己选择而成的婚姻美满。这是五四运动以来流行于中国知识阶级间的信条，其实婚姻是否美满并不全由'自主'或'包办'而决定。自主的婚姻有时可能基于双方的错误选择。其结果不是家庭幸福而是夫妻反目，甚至走上离婚之路。在交际自由的社会里，青年男女容易因一时感情的冲动，不考虑对方的性格、志趣等等是否与自己相近，便冒昧地结合了。这样盲目的自主婚姻是有危险的。父母之命的婚姻，就男女当事人来说，也是盲目而有危险的。但事实上这样的婚姻也未必结果悲惨。简单说来，婚姻是否美满，主要关键在当事人是否有志愿、有诚意、有能力去使之臻于美满，而不在达成的方式是自主或包办。"当为数不少的五四一代青年人在一种全盘反传统的独亢情绪里，但在萧公权看来，与包办婚姻可能的盲目相对照，这是泛滥无归的"盲目的自由"，这种自我英雄化和正当化的言行，有时候未必有坚韧的心志，去构造美满的婚姻生活，往往成就的是悲情意识和意气之勇。萧公权注重的婚姻自主，是一种更长时段的诚意与自主，而非刹那间的自主决断。萧公权认为，就婚姻幸福而言，做决断容易，苦心经营难。他同样热爱自由，但这是一种负责任的自由，而非自利式的唯我主义的自由，正是从这样一种价值世界出发，他为生活世界中的包办婚姻和个人的抉择进行辩护："包办婚姻并不是只顾'传宗接代'，而同时企图达成'郎才女貌'，'一对璧人'的理想，儿女的幸福也在考虑之中。我认为除非一个青年确实知道父母代择的配偶有重大（乃至不重大）的缺点，他很可不必反对。退一步说，即使我反对薛家的婚事，无论是由于原则上反对包办，或是由于不满意对方的才情容貌，我可以从早提出异议，而不应该在订婚十年之后，因为看中了另一个女子，才去解除婚约。"

这本应是一种合乎人之常情、常识、常理的论述，可惜在众声喧哗的后五四时代，这种强调责任论式的自由，完全被边缘化，而那种意志论式的几乎不负责任的自由论述，却流光溢彩，独领风骚。

针对这种情况，梅贻琦认为："凡言自由婚姻，则荡子流氓，必皆得志，而君子正士，必皆无成。征之中西事实，昭昭然也。"[7]

所谓的自由婚姻，实际上有种种条件的限制，并不是可以随心所欲地追求自由的。根据潘光旦的调查总结，民国时期男性对女性的主流期待标准由重而轻依次为：性情、健康、教育造诣、治家能力、相貌与体态、性道德、家世清白、经济能力、母性、妆奁[8]。要满足这些条件，几乎是没有可能的。而这些标准显示了民国青年的自由婚姻，并不是追求纯粹的爱情，其物质、门第的讲究，比父母之命思考的范围要大得多。

无论何种时代、何种社会，只想寻找完美的对象才愿结婚，就会产生大量剩男剩女。但是这样的剩男剩女值得尊重，人们也应理解和同情他们的选择。

胡适同样留学美国，同样有一个包办婚姻，却在一种"情愿不自由，也就自由了"的心态下，负责任地面对这份传统中国留给他的遗产。萧公权引用青年胡适 1914 年 1 月 27 日在美国演讲中国婚姻制度时所说："西方婚姻之爱情是自造的（Self-made）。中国婚姻之爱情是名分所造的（Duty-made）。"萧从此引申道，中国婚姻不是没有爱情。因为订婚的男女虽未见面，但彼此之间已互相关注。到了结婚的时候，"向之基于想象，根于名分者，今为实践之需要，亦往往能长成而为真实之爱情。"而对于当时新青年以文明的名义，任意废止旧式婚姻的行为，胡适在 1918 年 9 月写成的《美国的妇女》一文里颇有批评。"政治思想史大家萧公权就走在这样一条迥异于时髦青年的婚姻之路上，不离不弃，坦诚相待，却收获了与旧式妻子执子之手与子偕老的幸福"[9]。

又如印度古尔辛·南达（1926-）的著名小说《断线风筝》[10]，描写恩姐娜拒绝家长选择的丈夫，曾留学德国的德才兼备的卡玛尔·摩亨，当场逃婚，投奔她私下结识并热恋的情人本瓦尼。结果遭情人唾弃，恩姐娜只好受亡友所托，带着她的婴儿、冒名代替她投奔其公婆，隐姓埋名，悲痛度日。经过种种曲折，她最后还是与其家长选择的原配丈夫幸福成婚。

这部小说，情节精彩曲折动人，对婚姻复杂性的探讨颇有新意，因此法国将其改编成著名电影《我嫁给了一个影子》，译成中文，也曾热映。中国则

---

7 《吴宓日记》第二册，第 21 页，三联书店，1998。

8 潘光旦《中国家庭之问题》，第 140-141 页，商务印书馆，1926 年。

9 唐小兵《真名士，不风流》，《东方早报》2011 年 4 月 20 日。

10 〔印度〕古尔辛·南达《断线风筝》，唐生元译，山西人民出版社，1980 年版；内蒙古文化出版社蒙文译本，1982、2018 年版。

改编成沪剧《断线风筝》，风靡剧坛并获奖，新世纪初又做成 VCD 碟片，迅即售罄。

自由恋爱，常常受骗，或结婚多年，惨遭抛弃；而包办婚姻，美满的也很多。一切因人而异，天下没有完美无缺的婚姻制度。我认为："现在婚姻自由了，可是有真正爱情的少，婚姻真正美满者也很少，而离婚率却居高不下，也还是产生不少悲剧。事实是，天真烂漫的少女因缺乏阅历而在自由爱情的历程中受骗上当、受到严重伤害的不在少数。还有不少人，在自由选择的婚姻场景中，却找不到或遇不到理想的异性，从而选择了独身，放弃了婚姻。所以，自由爱情不一定美满，理想的婚姻往往是可遇而不可求的。"[11]

三、一夫一妻观念的共同认可

受反传统思潮的影响，国人都错以为中国古代男子都是三妻四妾，实行莫须有的所谓"多妻制"。实际上，有三妻四妾的是少数，要钱多、精力旺盛才有可能。绝大多数人，钱财不够或精力不够，心有余而力不足。还有人怕妇姑勃谿，怕麻烦，也不愿娶妾。不少人忠于爱情，也不娶妾。不仅占人口大多数的普通百姓是一夫一妻，不少人还无力娶妻，即使古代官员尤其是明清，绝大多数官员俸禄很低，根本养不起三妻四妾及其所生的大量子女。

因此拥有多妻的是少数。尽管是少数，古今中外也都有这种情况，而绝非古代中国独有。

而忠于发妻的爱情的，例不胜举。以思想比较自由解放，男女感情比较奔放的晚明时期为例，著名的抗清英雄、戏曲研究家祁彪佳（1603-1645）家境优越，科举顺利，他 21 岁即中进士，与其妻商景兰"祁、商作配"，"伉俪相重，未尝有妾媵也。"（朱彝尊《静志居诗话》）当时名家如陈确（思想家，1604-1677）、傅山（思想家、书法家、医学家，1607-1684）皆不纳妾，或出于对其妇的怜惜，或出于其妇的钟爱与尊重。又如邹韬奋的父亲是清末的一个小官，从韬奋《我的母亲》回忆其母的此文可知，韬奋之父，只有一位妻子。

汤显祖本人坚持一夫一妻的婚姻观。《牡丹亭》中的杜宝是一个颇有人情味的丈夫，杜宝始终没有娶妾。迫于没有儿子，女儿杜丽娘又一病而亡，杜宝夫人甄氏在春香的劝说和提醒下，她主动向杜宝提出纳妾的建议，第四十二出

---

11 拙文《印度小说〈断线风筝〉的中法改编本述评》，法国巴黎《对流》2011 年第7期。

《移镇》描写杜宝镇守淮安，与夫人闲叙时，夫妇两人对话：

〔老旦〕相公，我提起亡女，你便无言。岂知俺心中愁恨！一来为若伤女儿，二来为全无子息。待趁在扬州寻下一房，与相公传后。尊意何如？〔外〕使不得，部民之女哩。〔老旦〕这等，过江金陵女儿可好？〔外〕当今王事匆匆，何心及此。〔老旦〕苦杀俺丽娘儿也！〔哭介〕

夫人主动提出要为杜宝娶妾，杜宝以"部民之女（属下老百姓的女儿）"使不得和"王事匆匆，何心及此"为由，拒绝夫人提出的纳妾建议，于是，夫人提出在长江南岸、非杜宝属地的金陵，选女子纳妾，但杜宝也加拒绝。这既写出他性格中以国事为重、避免利用职权操办私事而授人以柄的心理，结合直至剧终依旧坚不娶妾的描写，可知杜宝郑重对待夫妻情感的态度。

《临川四梦》的四个传奇有着共同的、体现了汤显祖婚姻观的特出描写。汤显祖的戏曲表现了一夫一妻是古代婚姻最普遍的形式。汤显祖在《临川四梦》中坚持爱情的忠诚和纯洁，《牡丹亭》中的杜宝、《紫钗记》中的李益和《南柯记》中的淳于棼都忠于自己妻子的爱情，没有娶妾；而《邯郸记》中的卢生接受皇上赐予的二十四名女乐，并与她们尽欢极欲，试图实施彭祖的采女之术，结果未能长寿，反而催命。

四、妇女在家庭中的地位

受反传统观念的影响，国人都错以为中国古代男子在家都欺压妻子，女子大受三纲五常的压迫，男女很不平等，甚至将中国古代妇女的地位和生活形容成奴隶一般。实际情况远非如此，在和谐的社会和家庭中，即使在古代，丈夫爱妻子，儿女孝母亲，父亲爱护和保护女儿，女性的地位是很高的。反之，即使现代和当代社会，在中西都如此，妻子遭受家庭暴力，女儿受歧视，缺乏爱情等等，可悲的现象，也颇为普遍。

汤显祖戏曲中的妇女在家庭中的地位都是很高的。《牡丹亭》中，杜宝对夫人是非常尊重的，即使批评夫人"包庇"女儿，语气也是平等商量的。当遇到危难时，杜宝自己坚持在前线守城，却安排夫人和义女春香去后方避难。

杜宝深爱自己的女儿。在第五出《延师》中，杜宝向陈最良哀叹："我年过半，性喜书，牙签插架三万余。（叹介）伯道恐无儿，中郎有谁付？"三妇评本的陈同批语是："蓦然感怀，只作淡语叹惜，惟恐伤女情也。故下即云：

‘他要看的书尽看。’”此评分析无子老人的人物心理，更是精确评论了杜宝爱惜女儿、深怕伤害她的稚嫩的自尊心的微妙心理活动。不少研究家批判杜宝性格冷酷，摧残女儿，而同处明清时代、同是少女身份的陈同，则能深切体会杜宝疼惜女儿的细微心思和言行表现。第十六出《诘病》，夫妇俩看到女儿身患重病，不久人世，一起哀叹："两口丁零，告天天，半边儿是咱全家命。"他们都将女儿看做是自己爱情和婚姻的珍贵产物，尽管是"半边儿"的女儿，却与儿子一样重视，一样的感情深厚；他们对女儿极为珍爱和重视，所以将这个半子看作是全家的希望，是"全家命"的象征。这可见丽娘在家中的崇高地位，根本不存在杜丽娘作为女子，在家中受到封建压迫的问题。

《邯郸记》描写卢生全靠其妻崔氏，度过人生难关。第一次是崔氏用钱财为他铺路，帮助屡试不中、平庸无才的卢生得中科举。此后崔氏两次出力，救助丈夫。卢生被贬到陕州任知州时，凿石修路开河，生活非常艰辛。其妻崔氏陪同他去，陪伴他共度难关。卢生在前线作战有功，刚升官，宇文融密奏卢私通蕃将，欲图不轨。天子不辨，即命人把卢生押云阳市斩首。崔氏携八个儿子去午门喊冤，皇上免卢生不死，卢却被发配广南鬼门关。卢生全靠妻子之力，保住性命。他充军，崔氏被打入机坊做女工，受尽了屈辱和磨难。三年以后，崔氏在机坊织了回文绵，希望能奉给皇上，以图冤白。这天高力士来机坊，崔氏托他回文绵献于御前。吐蕃国人士当面向唐天子为卢生辩诬，恰在此时，皇上又看了崔氏的回文绵，方明白卢生之冤。卢生得以平反，和儿子都升了高官。

崔氏出身富贵人家，卢生是穷书生，崔氏垂怜他而结为夫妇，崔氏在家中的地位高于卢生。难得的是崔氏陪伴卢生同去吃苦，帮助他度过艰难的岁月。

中国古代的戏曲小说，多能正确表现妇女在家中的重要地位。例如《西厢记》中的老夫人、《红楼梦》中的贾母，执掌治家大权，男女后辈皆恭敬信服[12]。男性的寿命不及女性，所以封建大家庭，老年女性掌权的不少。儒家推重的孝道，使母亲在家中处于崇高的地位。

西方妇女在家中地位，像中国一样，也因人而异。有的地位很高，有的很低。家暴也颇为猖獗，中国报刊近年曾转载法国丈夫殴打妻子的家暴现象严重

---

12 参见拙著《西厢记注释汇评》第一和第三册（上海人民出版社 2013 平装本、2014年精装本）、《红楼梦的人生智慧》（海潮出版社，2006、上海锦绣文章出版社，2012）和《曹雪芹：从忆念到永恒》（济南出版社，2014）的有关章节。

的报道。美满的爱情和婚姻肯定有不少，而夫权思想严重，压迫妻子的例子也很多。

因此妇女在家中地位的高低，与社会制度无关：小时受父母宠爱，婚后受丈夫钟爱，老时得子女孝敬，她过的就是幸福的一生。女子的娘家背景强硬，丈夫怎敢欺负她？儿子深爱母亲，父亲怎敢虐待母亲？当然这也与女子本人的品格、智慧、能力和健康等等条件，以及能否正确处理与父母、丈夫的关系和子女教育有关。而最关键的是丈夫的选择，"男怕入错行，女怕选错郎"，是千古至理名言。古人在父母的理智之外，再以交换八字，作为婚姻幸福的保证。

西方直至现代，妇女地位高的家庭很多，文艺作品表现的，即如法国福楼拜《包法利夫人》、俄国托尔斯泰《安娜·卡列尼娜》中的出轨女主角，在家中的地位并不低。但是大男子主义猖獗，妻子受欺凌的也颇多。例如 1938 年获诺贝尔文学奖的美国女作家赛珍珠，其父赛兆祥是来华传教的牧师。赛珍珠的传记名著介绍他总是以《圣经》上的训诫为行为准则。他对女人的漠视，给其妻凯丽带来很大的痛苦。对赛兆祥来说，凯丽只要管好家，为他生孩子，服侍他就够了。他满脑子装满了女人从属于男人的保罗教义。在他的心中，女人从没有灵魂，"要是有，一个女人的灵魂也很难算是完全的灵魂"。在他收到的信徒的记录中，"只有女人所占的比例低才算是收获巨大的年头"，他歧视女人到那样的地步，以至于赛珍珠写道，"如果早二三十年出生，他会赞成焚烧女巫的"。赛珍珠家的父权统治也从没有间断过。"父亲从不装出像喜欢儿子那样喜欢女儿。女儿和妻子都是为了照顾他而存在的。""在我们家里，父亲是一家之主。尽管母亲不时地向他发起进攻，但他的家长地位始终没有动摇过。"赛珍珠自懂事起，就感到父亲和母亲的冲突越来越厉害，她一直听到父母的争吵，那些争吵一部分是母亲对父亲那至高无上男权的挑战，还有一部分就是源于父亲对传教士工作的热衷从而把整个家庭带入拮据[13]。后面的这个不顾家庭原因也与他漠视其妻有关系。

国人都错以为西方民主国家女子地位很高，"ladies first"，不知其真实

---

13 〔美〕赛珍珠《我的中国世界》，尚营林译，第 98 页，湖南文艺出版社，1991；
   〔美〕赛珍珠《战斗的天使》，陆兴华、陈永祥、丁夏林译，第 248、326、263 页，
   漓江出版社，1998；裴伟、周小英、张正欣《寻绎赛珍珠的中国故乡》，第 112、
   114 页，江苏人民出版社，2015。

情况。即使以仁慈、救世为宗旨的基督教、天主教，其教义也鄙视女性，牧师对待妻女的态度，由此可见一斑。《简爱》中的女主角拒绝表弟求婚，拒绝和他成婚后去印度传教，也即因预见与赛珍珠父母一样的夫妻关系和不幸结局。

波伏娃总结西方古今妇女的地位说："女人如果不是男人的奴隶，至少始终是他的附庸：两性从来没有平分过世界。""即使女人的权利得到抽象的承认，但长期养成的习惯也妨碍这些权利在风俗中获得具体表现。"[14]

当然西方也有很多家庭，夫妻和谐，其乐融融。

而且，古近代的中国家庭很多是和谐的。从《诗经》的有关诗歌可知，我国社会自古就推重"与子携手，与之俱老"、"琴瑟和谐"的美满婚姻。赵园《古风妻似友》举了许多实例，今略抄数例，以见"古代中国士大夫生活中较为诗意的方面"。明末清初归庄有诗曰："古风妻似友，佳话母为师。"（《兄子》）据邑志，归庄书门联云："一身寄安乐之窝，妻太聪明夫太怪；四境接幽冥之宅，人何寥落鬼何多！"（《归庄门符》）不但可感其本人的诙谐，其夫妇相处中的谐趣亦可想。明人、明清间人，以妻为友——至少作类似表述——者，不乏其人。明代茅坤说其妇"畅名理、解文义，当与古之辛宪英、徐淑略相似"；还说"予所共结发而床第者四十五年，未尝不师且友之"（《敕赠亡室姚孺人墓志铭》。按西晋辛宪英，明于识断；东汉徐淑，能诗）——非但"友"之，且"师"之。晚明叶绍袁在写给其亡妇的祭文中说："我之与君，伦则夫妇，契兼朋友"（《百日祭亡室沈安人文》）。该篇中的叶氏与其妇，"或以失意之眉对蹙，或以快心之语相诙；或与君（按即其妇）庄言之，可金可石；或与君谑言之，亦絃亦歌……"（《百日祭亡室沈安人文》）明末清初文坛领袖钱谦益《列朝诗集》说韩邦靖夫妇"诗文倡和，如良友焉"（《韩安人屈氏》）。孙奇逢祭其妻，说："尔虽吾妻也，实吾友也。"（《祭亡妻槐氏文》）刘宗周为将来与夫人合葬预撰墓誌，说当其妇死，自己哭之曰："失吾良友！"（《刘子暨配诰封淑人孝庄章氏合葬预誌》）[15]

再以抗清英雄祁彪佳为例，他是为官严正的官僚，又是十足的风雅文人，更是著名的戏曲研究家。《祁忠敏公日记》多则记载与妻商氏游乐的幸福场景；而妇病，则为其延医寻药，求签问卜，调治药饵。商氏产一女，祁氏说自己"内

14 西蒙娜·德·波伏娃《第二性》（合卷本），郑克鲁译，第15-16页，上海译文出版社，2015。

15 赵园《古风妻似友》，《中华读书报》2012年12月19日第13版。

调产妇，外理家事"（《自鉴录》）。商氏产女血崩，祁氏"为之彷徨者竟夜"；其妇"体复不安，彷徨终夜"；连日为其妇治药饵，外理应酬诸务，"大之如岁暮交际，细至米盐琐屑，皆一身兼之，苦不可言"。这是对其妻切切实实的一份关爱，也是士夫笔下家庭生活的温馨一幕。明代哲学大家刘宗周也与其妇分担家务，此类例子颇多，这都是受新文化反传统影响者难以想象的。

更奇妙的是，祁彪佳于明清鼎革之际自沉，其妻商景兰却未从死。商氏诗作中有《悼亡》一首，曰："公自成千古，吾犹恋一生。君臣原大节，儿女亦人情。……存亡虽异路，贞白本相成。"说得很朴素坦然，可见自沉前的祁彪佳，与其妻商景兰间应当已有商议或默契，丈夫死国，妻子理家，承担养育儿女、延续家庭生命的重任。她大约死于 1676 年，在丈夫死后生活了超过三十年。同时的黄道周妇蔡氏，于黄抗清殉难后也未从死，且享高年，"抚孤立节，寿过九十卒"（《明末民族艺人传·蔡玉卿（石润）》）。古代中国知识界的夫妇伦理和分工，通达公允，堪为世界之表率。五代花蕊夫人《口占答宋太祖述亡国诗》："君王城上竖降旗，妾在深宫哪得知。十四万人齐解甲，宁无一个是男儿！"是一种历史真相，而文天祥、祁彪佳和黄道周死难国事，分配妻子的任务是活下来求生存，是另一种历史的真相。反传统者只知西方男子在灾难中让女子先逃，不知中国男子早就有此风度。当然中西也都有品质恶劣的男性，任何事都不能一概而论。

还有妻子帮助丈夫辛勤致富的，如著名戏曲家、著名传奇（昆曲）《水浒记》的作者许自昌，其父许朝相的原配夫人孙孺人以其魄力和智慧助夫发财致富，并支持丈夫散财造福乡里（修城墙、建学校、灾年赈民，"所全活无虑数十家"等）。因不能生育，同意其夫娶妾，即自昌的生母陆孺人。自昌在其父五十之年出生后，得到其大母与其生母精心养育，真诚关爱[16]。

还有许多女子强悍，成为悍妻、河东狮吼，在家里实行霸道；胡适因此提出中国有"怕老婆"的传统云云。近年李京淑特发表《新"惧内"主义颠覆传统夫妻关系》[17]一文，内有"中国具有悠久的'惧内'历史和文化"专节，近年还有不少人整理的古代名人"怕老婆"趣闻和丑闻的资料和文章，颇可参阅。

《牡丹亭》则描写强盗怕老婆。第三十八出《淮警》，李全与婆娘的对话

---

16 拙文《许自昌〈水浒记〉》，拙著《水浒记评注》，《六十种曲评注》第 18 册，吉林人民出版社，2001。

17 李京淑《新"惧内"主义颠覆传统夫妻关系》，《北京科技报》2006 年 6 月 12 日。

十分有趣："〔净〕闻得金主南侵，教俺攻打淮扬，以便征进。思想扬州有杜安抚镇守，急切难攻。如何是好？〔丑〕依奴家所见，先围了淮安，杜安抚定然赴救。俺分兵扬州，断其声援，于中取事。〔净〕高，高！娘娘这计，李全要怕了你。〔丑〕你那一宗儿不怕了奴家！〔净〕罢了。未封王号时，俺是个怕老婆的强盗，封王之后，也要做怕老婆的王。〔丑〕着了。快起兵去攻打淮城。"强盗王怕强盗婆，是汤显祖故意使用的幽默手法，但也风趣描绘了这种婚姻现象。

至于一夫多妻现象，中外古今都是一样的，总有一些有钱有势的人，即使现代社会的制度不容许，照样在暗中包养女人，或不断地换女人，等等。

五、一见钟情、郎才女貌和知音互赏

中外古今小说和戏剧，男女之恋一般都是第一次会面即一见钟情。柳梦梅和杜丽娘、李益和霍小玉、卢生与崔小姐都是一见钟情。莎士比亚剧本《罗密欧与朱丽叶》等也如此，都是俊男美女一见钟情。

与西方不同，中国小说和戏曲的不少作品，都讲究郎才女貌。汤显祖的戏曲也不例外。《牡丹亭》中的柳梦梅，高中状元。《紫钗记》中的李益，到边境前线后，玉门关外有小河西，大河西二国，最近因受吐蕃扶制，正准备归顺吐蕃。李益下书二国，责二国归顺，否则就兴兵诛讨。又分兵截断吐蕃西路，使得二国来降。《南柯记》中的淳于梦到南柯任职，他能维持边事平宁，让民休养生息，为守二十年，政绩卓著。《邯郸记》中的卢生在河西，用离间计胜敌，后又治理陕州有方。因此情郎单有貌不行，必须才貌双全，必须有才。

更需强调的是，与西方不同，中国的戏曲小说，自《西厢记》起，描写的是知音互赏式的爱情。《西厢记》一开始虽亦描写张生与莺莺一见钟情，但继而立即超越一见钟情阶段，结合爱情受到严竣考验的心理描写，作者让张、莺舒展才华，在高智商的心灵碰撞中，不断冒出新的爱情火花，从而增进了解，成为人生知音，即男女双方在爱情观、人生观、文化观等方面都相同，而且还互相欣赏，知音互赏。这是在文化上、精神上、智慧上的门当户对。这就极大地推动了爱情的发展，并能超越生理性的性爱，达到灵肉的结合，展示文化的力量、智慧的力量、艺术的力量，达到更高层次的爱[18]。知音互赏式爱情不是

---

18 参见拙著《西厢记评注》，吉林人民出版社，2001；拙文《西厢记新论》，《戏剧艺术》2005 年第 4 期。

用苍白的语言表白爱情，而必须用诗歌、琴声、绘画等文艺手段做艺术的表达。《西厢记》中，张生和崔莺莺先是互赠诗歌，后来张生琴挑，莺莺用"明月三五夜"一诗回答。

《牡丹亭》在继承《西厢记》的知音互赏式爱情模式的基础上，做出了新的创造。

杜丽娘在游园惊梦时，原本要与柳梦梅比诗。第三十九出《如杭》杜丽娘对柳梦梅说："偶和你后花园曾梦来，擎一朵柳丝儿要俺把诗篇赛。奴正题咏间，便和你牡丹亭上去了。（生笑介）可好哩？（旦笑介）咳，正好中间，落花惊醒。此后神情不定，一病奄奄。这是聪明反被聪明带，真诚不得真诚在，冤亲做下这冤亲债。一点色情难坏，再世为人，话做了两头分拍。"（【江儿水】）

第三十二出《冥誓》，杜丽娘要向柳梦梅说明自己是鬼魂幽灵，又难以开口明说，就做了一首集唐诗："拟托良媒亦自伤（秦韬玉），月寒山色两苍苍（薛涛）。不知谁唱春归曲（曹唐），又向人间魅阮郎（刘言史）。"以诗代言，婉转表达难以启口的话儿。

《牡丹亭》的新创造是用绘画表达真情。杜丽娘临终前作了自画像，并在画上题诗一首，用画和画上的题诗，作为爱情的桥梁，留给柳梦梅。《写真》出，"〔旦题吟介〕'近睹分明似俨然，远观自在若飞仙。他年得傍蟾宫客，不在梅边在柳边。'〔放笔叹介〕春香，也有古今美女，早嫁了丈夫相爱，替他描模画样；也有美人自家写照，寄与情人。似我杜丽娘寄谁呵！"在她的心念中，希望这画和诗，能让自己心仪的情人看到。

她明确地表示要留给心目中期待的情郎。更妙的是，画和诗结合的这个表达，打破时空的制约，战胜天人遥隔的生死大限，在三年后让千里迢迢自岭南来到南安的梦中情人，在所游之园中，在三年前两人梦中幽会、欢会的情境中，有效传达给柳梦梅。杜丽娘和柳梦梅的生死之恋，在"景色依旧，人事全非"的旧园，就是这样衔接的。

知音互赏式爱情是中国文艺作品，在世界文化史上首创和独创的新的爱情模式。知音互赏式的爱情，是最理想的爱情。古近代西方文学艺术未能达到这个高度，《西厢记》《牡丹亭》《玉簪记》《长生殿》直到《红楼梦》则一脉相承地完美描写了这种爱情，为中国和世界文化艺术做出了重大贡献。

英国利兹大学学生英国版
《南柯记》观感

英国利兹大学学生英国版《南柯记》先后在上海戏剧学院、北京演出；接着，在2016中国抚州汤显祖剧作展演暨国际高峰学术论坛期间，在江西抚州东华理工大学演出了 5 场。我在上海戏剧学院剧场和江西抚州的东华理工大学剧场先后欣赏两次（2016 年 9 月 16 日晚和 9 月 25 日晚）。

在上海、北京演出时，此戏由北京对外贸易大学的中国学生演上半场，用中文表演莎士比亚《仲夏夜之梦》；利兹大学的英国学生演下半场，用英语表演汤显祖《南柯记》，全剧取名《仲夏夜梦南柯》。

《仲夏夜梦南柯》这个剧名取得好。汤显祖和莎士比亚的两个戏剧，艺术风格完全不同，思想内涵完全不同，用两剧剧名共有的"梦"字贯穿，就将两个戏剧连缀在一起。两个戏剧的面貌、风格完全不同，照理无法调和，可是"梦"是纽带，"梦"字放在中间，"梦"将它们对比强烈地组合成由上下两部可分可合的一台戏。

由于时间的限制，在东华理工大学，此戏仅演下半场，即利兹大学学生的《梦南柯》。接着演出西班牙具有吉普赛色彩的顶级弗拉门戈舞剧《塞万提斯"墨汁与足跟"》。

利兹大学此剧将《南柯梦》的剧名改为《梦南柯》，故事发生的背景改为现代英国。剧情为英国士兵淳于酒醉后梦入蝼蚁国被招为驸马，后任南柯郡守，政绩卓著。公主死后，淳于被召还宫中，加封丞相，正当他权倾一时，却因淫乱无度，被逐出蝼蚁国。最终，淳于醒来，发现只是黄粱一梦。

此戏是校园剧,是各种学科的大学生演出的自编剧。由于大学生的年龄、人生经历、学问修养和跨国文化的理解的限制,演出时间的限制,业余演出的性质,基本观众是英国大学生,编导将《南柯梦》的剧情化繁为简,思想内涵化深刻为平易,抓住原作的故事核心,略叙主要和重要角色的主要事件,简洁明快地推动剧情,编导、利兹大学李如茹教授做了一次成功的改编,也为国内的汤显祖戏曲的普及提供了借鉴。

汤显祖是世界一流的伟大戏剧家,其剧作是高雅文化,要大幅度普及是不现实的。莎士比亚的原作,外国人(接受"愉快教育"的多数民众)也大多是看不懂的,西方青年一般也只能欣赏莎剧的普及版、压缩版或改编本。我们应该借鉴这种方法,做第一步推广,因人、因地制宜普及汤显祖文化。

我认为,国内普及可分为三个层次。一是像利兹大学一样将汤剧改编成浅显易懂的白话文、现代剧形式;让大多数人知道汤显祖戏曲的原作是高级的、了不起的,即可。二是选择诸如春香闹学、劝农等汤剧中的内容浅显经典片段进教材,游园惊梦这样的经典场面和曲辞,也可作为教材,让高中生感受中国传统文言文的优美文辞;三是原汁原味地复排经典戏曲,作艺术呈现,并提高这类演出的频次和受众范围。

利兹大学大学生的《梦南柯》,做了一些富有启示的改编。例如开首由女尼演唱梵曲,象征着此戏原作佛光普照的意念和名僧开示、超度淳于梦的意味。场景的转换和一些戏剧动作例如公主死后淳于梦与俩女淫乱等等,使用戏曲的写意手法。整个戏也糅合了西方现代戏剧的手法,更借鉴了西方改编莎剧为通俗戏剧的方法。这些都显示了编导具有比较深厚的跨文化学养和鲜明的异质文化交流的观念。

北京对外贸易大学的《仲夜梦》也具有以上的优点。剧本的改编也颇有特色。例如其中增补的情节有一句堪称"经典"的台词是一位女主角正和男友缠绵,其父来电关心她,她说"我正在图书馆用功"。这句台词不仅显示了一些现代大学生对学习和生活的自由和随意的态度,更深层次地反应了两代人的代沟。父辈以自己当年的刻苦读书来要求子女,希望子女像自己一样抓住难得的大学学习机会,一心刻苦读书,"少小不努力,老大徒悲伤",恋爱婚姻到学成后再说;子女则热衷于享受青春,他们及时交友,及时快乐,希望追求学习与爱情两不误。